張紫蘭文學選（微型的半個世紀）

1979—2024（短篇小說、散文、童詩）

◎張紫蘭

自序

◎張紫蘭

用歷史事件寫當代，是不「真確」的，你看到的只是砲火。

一個十二歲的女孩，就會告訴你，老師在課堂上講的，是議論的假裝，她不相信。

於是有了小說，於是有了散文。於是有了千山萬水，遊蕩的字詞。

留在台北，一個中文的城市。留在一個巷子的左轉。

都在台北寫的，就算在美國，也自以為在台北寫的。家從民族東路（1983年—），到敦化北路（1997年—）。

目錄

在康乃爾大學

第二章

結婚

結婚

媽媽

和兒子

兒子：林函一

出版的書

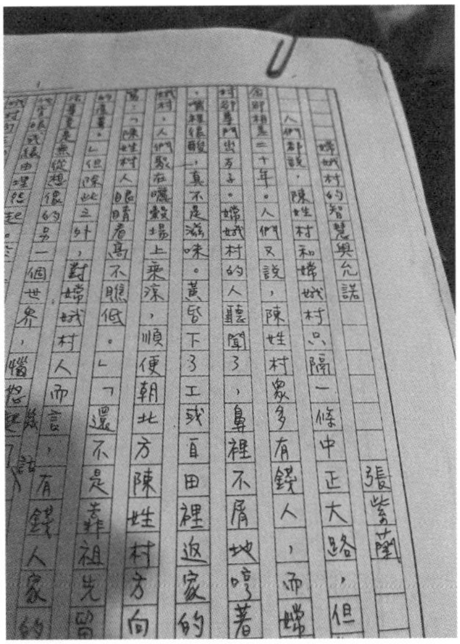
作者字跡

全家

作品刊登刊物

作品	刊登刊物
沒有	
這些人類	自立晚報
一個位置	自立晚報
喂，讓讓路！	
沈落城	自立晚報
太陽神的孩子們	中外文學
詞人	
完稿	
獨唱比賽	
廣告人	從容文學
嫦娥村的智慧與允諾	民眾日報
那女身，從容搖擺	從容文學

神話	自立晚報、中華日報
故鄉	中國時報
永遠	中國時報
祖母之死	中國時報
時間盡頭	自立晚報
藝術	從容文學
自由	自立晚報
圍城	自立晚報
孤絕	中華日報
存在	從容文學
寫作	從容文學
生命素描	中國時報
巴黎追逐	自立晚報
•小公主	自立晚報
時間	自立晚報、中華日報
美神	自立晚報
台北流浪記	文學台灣
中性人	

第一章：短篇小說（1979—2012年）

沒有

（一）

對天對地長嘯，為了一個好女人的聲譽，陳無苦了一輩子。但他們一家人真真是好人，她放心了，微笑著想了一下午。當然，還有比她更好的人，那就是鎮上的王杏林老醫師，陳無沈思著。

風，奮力的，很像一種人的表情，肌肉誇張，但蠻真情的。不錯，她就是要一個真情的人生，領著她的先生女兒一生奔向前去。善良是天生麗質的。

無限延長的過程，善穿越了智慧與表象。現在假設你的涵意，射向真實與虛空，你的名字就是你的限定，任你趾高氣揚地逃跑，任你在音的高處來回。有一種感情，溫柔、刻意、又牽掛，帶著風翻滾啊！

陳無想著過去未來，留下真情的眼淚。太逼真了，這生命。不！它是真的啊！她是一個懂道理的女人，規規矩矩。

她在一名記者家中幫傭，一起做事的還有三人，小金、老伯和珍珍。每一天，她都畏縮地站在房子角落等候主人的叫喚，或者，其他人也會出聲指使她。她是自卑的、瘦小的，她就像屋裡的一小座暗色傢俱。

陳無雙膝跪在客廳擦地板，很認真，很像一種天地膜拜的儀式，她撲向前，來回，再縮起身子，重新撲倒，來回膜拜，用全身的氣力，她這個女子啊！敬天畏天，要用身體舉起她的命運，抹布又撲倒。她就這樣，以瘦弱的全身之力，抹遍整個大客廳，最後，實在累壞了，但也滿意極了。

陳無做事，非常的慢，但非常仔細，好像一件藝術品。她洗一個碗，大約要三分鐘，她用洗碗精仔仔細細地清除殘渣，水來回不停沖洗，最後再以大紙巾將水擦得一滴不剩，亮亮晶晶，就擺在那兒展覽。屋裡的每件器具她都使盡全力去清洗，讓它們恢復並展現最美的姿勢，她這個人，簡直癡狂的地步，她是用心去體會這些器具。

每一個人的讚頌，帶著最內裡的微笑。也許很無關，也許就是自然。乘著奔跑，迎向明明白白的舞步。她為什麼嘆息？因為太思念沒有原因的天空。她是舞者，在一次又一次的練習中，逼真醉過。

簡單的音樂吐露，距離沈默如此透明，就是執迷，就是縱身流浪，放聲哭去一身。最保守的女子，最莫名的人間遊蕩。

記者家中僕人太多，有時會把陳無名字叫錯，她快快回應，讓主人不察覺，讓主人不尷尬。白天她的神經繃緊異常，她輕呼一聲：「好。」便拼命撲向前做事，卑微的忘情慌亂，又有說不出閃爍的慈悲。

陳無仰頭看，身材高大的記者背影，她的主人，穿著十分體面大方，她多麼欣慰！每天早上奔忙洗衣服，終也看到代價。外表真是優雅，她告訴自己，放心了。她從背後暗暗欣賞她的主人，真美好。

這一年，陳無的先生在台北做工，家在淡水鎮上租有兩個房間，四人擠，陳無父親白天帶孫女小英，先生搭清晨火車上工，每天先生會先行煮好早餐，寵愛她。

孤獨的說明，她成為。多麼冷冽啊，為了生命中最遲的某次儀禮，她惶惶等候，她駭然站立那兒，一路歌詠的頂點之禮，迎風而來。她赤足走向前，揮大衣袖撲過去，古典裡的素衣女子。這就是她，無懈可擊。

記者的女兒，在南部唸大學，陳無自告奮勇以腳踏車載她去搭火車，陳無溫和地說；「我載妳啦。」小姐跳上車，個子小的陳無汗流浹背地奮力踩踏，好大的動作，披頭散髮，分不清汗水淚水，歪歪斜斜穿梭淡水街弄。太陽真大，車輛來往，小姐震得表情扭曲。

某天，記者想吃西瓜，僕人們上街買了一個大西瓜，誰知切開不甜，記者大怒。

把眾僕人都叫上前，一一訓斥最近事宜，沒想到最後氣急了，大吼一聲，記者拿起切開的紅西瓜擲過來，那麼巧，剛好擊中站前面的老伯前額，紅色的西瓜汁和渣淋了老伯滿頭半身，像一灘血淋淋的鮮血直瀉，陳無與僕人們見狀應聲一哄跑開，陳無頓時驚恐萬分，一面狂奔一面大聲嚎哭，跌跌撞撞，天啊！

陳無今生永遠，忘不了老伯當天淒厲喊叫那一幕。

如一頭獸，如許失常，在奔過去的時光中，那般透明，那般無知。完全不能掌控光影的你，愣在那兒，結束這次旅人之行，放大沈落，鏡頭前沉落。你是自己，你是深刻，自此處躍入。

之後幾天，陳無縮在廚房清洗杯盤，雙手用力搓得紅紅腫腫。

過幾年，她其實都是安份又顫顫兢兢，主人皺個眉或心不在焉，她一切當真，只有更恐懼了。

某天，陳無誤解了記者的意思，做錯幾件小事，記者把她辭退了。陳無當下慌亂至極，拔腿往家的路上跑，仰頭跑著跑著，從此離開那個習慣的世界。

（二）

王杏林老醫師退休了，陳無被介紹到王家工作，陳無感激無上的光榮，薪水五千元，每日上午。王家有五層樓，一樓診所，二、三樓住家，四、五樓住院病房。陳無多留在二、三樓。現在幫人看病的是王介，王杏林與第一任太太的兒子。

第二任太太名沈爾爾，初識王杏林，在朋友的畫展，那時第一任太太還在。王杏林家中收集不少畫作和藝術雜誌。

其實沈爾爾只是一個中等資質的文化人，和王杏林一拍即合。王杏林初見她，眼睛突然大亮，這女子言談舉止簡直世間少有之優雅，她的人精彩極了，那凝神、那明眸、那淺笑！她就獨立在那兒！王杏林第一任太太發脾氣了，急著要離開畫展，但王杏林真是身不由己，一直站在沈爾爾身後發表高論，沈爾爾也頓時變得十分健談——

沈爾爾畫作平凡，但人物翩翩。她有著不俗的人生觀，待人極有禮，言必談藝術，熟捻中外藝術史，每週上三次美容課，全身上下精緻打理。

沒有睡眠的夜裡，她走過來走過去，在自由的屋裡想透縱身理想之崇高，人我關係之迷醉，於是尊貴的她徹底失眠了。

在他的夢裡，有一個女子，她站在前排拉提琴，一剎那，最強的燈光簇擁著她，她於是忘情的來回，誇張地擺動身軀，莫名而投入。她帶著獨特的生命力，他陶醉在女子不凡的英勇中。

沒多久，王杏林太太癌症，王杏林與沈爾爾來往頻繁。這些種種，王介全看在眼底，氣憤不已。王太太死後，沈爾爾娶進門，王介漠不關心。

王杏林與沈爾爾十分幸福，王杏林在淡水山腰買一棟別墅，闢為兩人畫室。往後，沈爾爾凡事聽王杏林，到了沒自己意見了，王杏林更寵她。沈爾爾有著改變，更善良、更迷人、更依賴。

王介經由親戚介紹娶了絕美的應力力。應力力一心要嫁醫生或博士，她的父親是鄉長，女中學歷，不懂人情世故。

沈爾爾與應力力在同一屋簷下，應力力總是偷看沈爾爾的動靜，忽然就站在沈爾爾面前說：「告訴你先生，該拿錢出來花了吧。」

陳無在王家很靜很聽話，好像不存在，她要好好待。王杏林比記者明理，他待底下人是客氣，沈爾爾溫和而多話，王介平常，應力力在眾人不在時，是屋裡僕人間的王。陳無老毛病，還是很緊張很標準；人在風中，努力繪寫世間的顏色。

王介婚後發現，他根本無法愛應力力，非常痛苦。但應力力愛極王介的家世、身份與財富。應力力太美了，王介態度翩翩。

陳無在沈爾爾房裡做事，很得沈爾爾的歡喜，陳無很卑微、很有禮貌，幫忙沈爾爾整理的有條不紊。在醫院打掃，陳無經常感冒，王介幫她免費看診，非常感激。

沈澱在小鎮的地底，有一股悶悶的鳴叫，層層包圍，無以形容的失落，無以形容的迷。前進的路曳著長髮，沈沈厲厲。妳是誰？呼叫的夢裡躲住一世困境。

沈爾爾喜歡吃水果，有一個中型冰箱放房裡，冰各式水果。沈爾爾不常出門，陳無便天天大小水果提進來。有時陳無自掏腰包送沈爾爾，沈爾爾要付錢她也不收。

沈爾爾與陳無常在洗衣間談得歡笑，有一天，應力力從窗外走了過去。回頭應力力對陳無說：「妳去老醫師房裡聽他們講什麼，妳再來報告我，我會給你獎金。看看我公公有沒有給那女人錢或做衣服？」陳無退出應力力房間時，剛好碰上王介進來。陳無告退，王介什麼都不知道，堆滿笑容，說：「好。好。」現在，應力力像明白了一切似的，突然發起瘋來，對陳無大發脾氣：「妳休想要我的丈夫和我的錢！死女人！給我滾出去！」把王介氣得坐立不安，哭笑不得。陳無迅速躲進廁所，摀住整張臉。

應力力花錢如流水，王杏林給她十五萬，她五天就花光了，買兩個名牌皮箱，五十塊布料，一大箱化妝品。然後想想，打開二樓窗戶，朝著樓下人來人往的街道喊：「沒有錢囉！會死人囉！」

王介根本不想管錢，應力力恨啊！應力力來自鄉間大地主家庭，家裡重男輕女，穿好吃好習慣了，但父親說好絕不給女兒財產。應力力愛著父母，但心裡好急啊！好急啊！

每天，應力力從報上閱讀政治，所以有天她終於忍不住了。她燙捲髮，穿佩最時髦太陽眼鏡，搭轎車要司機從淡水開往台北總統府，在總統府四周繞，她問司機：「有沒有看到阿扁總統啊？你看，我像總統夫人一樣高貴、有水準嗎？」

應力力熱衷政治，她的表哥選立委，當選當天，她興沖沖跑到競選總部，表哥見到她一嚇，大喝一聲：「妳來幹什麼！」應力力回去說給王介聽，王介說：「表哥真是！」

獨自奔跑起來，感到前所未有的萬世孤寂。我的心一直一直，人在自己的似水年華張看，為什麼不呢？如有撕裂，如有愛，如有一生一世的瘋狂。我是孤恨的女子，我是不明白的夢。

王介不懂女人，不懂偷情。應力力老是懷疑幾個護士，王介隨她搞，當作很閒的女人。鬧翻天了，王介才幾句話，也不瞧她。應力力相信王介愛她，因為他們郎才女貌啊。

王介應力力育有一男一女，送往美國受教育，王介不捨，應力力電話中老是叮嚀孩子：「要當美國人哦！」孩子在美國由舅舅舅母照顧，應力力一談起，得意非凡。

（三）

有關外國，真的，應力力多麼天真嚮往啊！所以當她聽說陳無就讀大學的女兒小英在學英語時，便自告奮勇介紹一位外國神父，教堂教英語。陳無受寵若驚，當天應力力還讓司機送小英去教堂。

誰知，神父一邊教英語，一遍近身掀開衣裙撫摸小英青春的身體。小英回家，一五一十告訴陳無，陳無大駭，哭了幾天幾夜。

陳無將此事告訴沈爾爾，沈爾爾對應力力十分反感，陳無與沈爾爾兩人彼此安慰著。這事應力力完全不知情，不然她不會這麼做。

應力力坐著看書，她是女中畢業，挑看大張彩色圖片，世界旅遊觀光或時尚模特兒。她的書很少，擺著高貴的書櫥，她特別重視。然後她把只有文字的書頁撕下來，折成紙墊子，正餐時墊在杯盤下，這是她節儉的時刻。所以她的書，總是缺頁脫頁的難堪。

陳無的小英，是心肝寶貝，王杏林交代凡親戚或僕人家屬，看病都不用錢。小英也會到王家找陳無，和母親一樣，她面對眾人都十分客氣，卻有著不平靜的內心。她總是交往有錢的男朋友，她頗聰明，平日很大方，年輕是美。有一天，陳無對沈爾爾說：「小英哦，虛榮啊！」但陳無心裡卻是歡喜的，自己的孩子，好的。某次，小英去看病沒付錢，新來的護士大聲喊：「妳是什麼人啊？」眾病人回頭看，小英滿臉通紅立在門口。

在王家，陳無口中總是喃喃：「對不起啊！」「對不起，我打掃一下廁所。」「對不起，各位，王醫生出來看病了。」「對不起，太太，飯煮好了。」「對不起，老醫生還在睡覺，請小聲走路，地板會響，對不起啊！」在室內，有人與她擦身而過，或有人進來廚房找東西吃，她總是立刻縮緊全身細胞，微弱的發出禮貌的回聲，深深鞠躬。

有個女孩趴在世界的窗口，臉蛋笑得好燦爛，還輕咳幾聲，她愛他（她）們，沒有人不好。悲劇也可以走下去，到了盡頭，依然愛著這個地球，下定決心，盡情地。明天就要走過世界的彩虹，提著粉紅包包，忘了自己的小蝴蝶，在每次大自然的一聲一韻之中，晃蕩一生，沈思一生。

應力力指揮著僕人，氣焰囂張。有時候，她也替他們這些底下人想，給他們她不要的舊衣，有實在破損褪色得厲害，她也敢給，她覺得是恩惠。只要她看不起的她就愈敢給，因為她覺得她太了解他們了！陳無站在僕人中，呆視前方。

應力力把沾染油漬又褪色的衣服揉成一團，丟給陳無：「拿回去，明天穿來給我看，很高尚的。」陳無回家把衣服丟進垃圾桶。一會兒，又撿起來，怕應力力回頭要回去，將它仔細燙得平平。

應力力一遇到醫生、博士、有錢人、政治人物，特別熱烈。她從房間走出，搬來椅子坐王介身邊，和這些前來拜訪王杏林的朋友激烈交談。她拔高音調振振有詞，掩蓋過王杏林父子的聲音。她總是突然插入大家的談話，把眾人嚇一跳，忘情表達自己虛榮的人生觀。當她說起那些和她黨派立場不同的政治人物，她是非置他們於死地不可。

沈爾爾見了，用話暗示王介。王介早已不悅，便說應力力，於是王介和應力力在屋裡互丟東西，兩人扭打起來，應力力因此筋骨受傷。王介陪她到台大醫院檢查，應力力大聲哭嚎說給骨科醫生聽，罵她丈夫，骨科醫生遂要應力力轉精神科。

應力力發起狠誓，對沈爾爾說：「將來妳先生死後，我一定讓你慘兮兮，妳看我敢不敢！」沈爾爾十分懼怕。

很不幸，王介發現得了巴金森氏症，診所交由同是醫生的親戚代診。應力力大喊：「你會不會死啊！我們還沒環遊世界啊！」王杏林為兒子憂愁萬分，一病不起，將名下存款交沈爾爾，離開人世。

沈爾爾日日夜夜哭泣，隔兩年，終也病重，應力力極力逼迫陳無去職，以免陳無支援沈爾爾。陳無幾度到鎮上另覓工作，都被應力力趕到，要別家主人千萬別用陳無。應力力全力阻擋陳無生路，因為她實在與沈爾爾太親近了。此時小英已嫁生意人，遂每月給陳無四萬元家用。

（四）

沈爾爾的晚年十分淒慘，那位風韻獨特的女子被病折磨，她總期盼陳無會來探望她，但極少極少，她知道這就是事實。她的臉頰長著塊塊斑疹走去鎮上，人問：「天啊！先生娘，妳怎會這樣？」她又默默走回自己空蕩蕩的臥房，聽著外頭應力力擺桌宴客的招呼聲。

而應力力老是下樓問院裡的醫生：「老太太什麼時候會死啊？」

坐在窗沿的蝴蝶，很暗了天色，全身一場，黑佔據我的逼真。我只悄聲隨風方向，延去碎裂的人物愛情，最可怖抓不住的自己。

沈爾爾死前，陳無趕來，沈爾爾將銀行保管箱鑰匙交陳無，要她她死後給王介。病床前，沈爾爾一度欲起身，手勢還在空中努力掙扎，遂斷了氣。陳無嚇呆了，直叫：「老太太，您真冤枉，您真冤枉，您就這樣死了哇！哇！」

那年冬天，鎮上的腳踏車響著走過天涯，診所鄰家的麵包店，小妹在唱一首流行歌曲，逼真的人生一回就唱完了。搖搖晃晃的陳無依舊騎車離開診所，她沒有回家，她直接跑到淡水河邊，殘酷的命運深深劃過她斑駁的面頰，她不能再沈默了。她放聲大喊，語句斷碎，風中聽不清她在講什麼。她走向前，將保管箱鑰匙丟入深深淡水河底，讓一切，永遠不再發生，永遠不再。

陳無知道，她不再是完美的人了。

應力力繼承了家中其他龐大房地產，她對朋友說：「我贏了。」王介病情加重，應力力也有了警惕。應力力很健康，生命力強，生活很舒適，現在也學會說勸人行善的話。她向歐洲師傅訂購優雅的服飾，幾年來堆了四棟房子的衣櫃，她看來還年輕，也仔細為王介打扮外表，做十套新西裝，現在兩人挽著手說笑著，仿若說笑著——。

二十一世紀。

應力力從瑞士旅遊歸來，和娘家親戚站在河邊，身旁堆著大小行李，等司機來接。應力力和顏悅色指導親戚如何繫一條歐洲絲巾，教人如何得體，十分和平，十分溫暖，現在她有不少有錢的朋友來往。

安靜了，她的世界。身材依舊那麼優美，撐開一朵陽傘，碎花漂灑河的流水，水面飛去成群的夢想，腳墊起仰臉的高跟鞋。現在輕輕飄飛的綠絲巾，滑過髮梢，歌遙遠去。

應力力每年都飛歐洲美國，自由自在，她說沒有比現在更快樂的人生了。除了談政治，她顯得很溫和，她經常拜祖先拜公婆，同時也上教堂。她喜歡買糕點請女傭們吃點心，坐一旁看她們吃。

她覺得自己很好，不再狼狽了。

這時候，河邊遠遠出現陳無牽著小孫子，近了，應力力陳無均一愣，停了五秒鐘，兩人面無表情錯身而過。孫子跑起來，陳無略顯急促的叫著孫子邊邊的名字：「邊邊過來，邊邊過來。」已經是另一個世紀了。

應力力的洋傘擋住天。她一直在淡水籌備一個自己小型的博物館，準備收藏她一生的歐洲衣飾及個人照片，對外公開，供眾人參觀。

日子心平氣和地移動，在美麗無邊的夕陽下，人生面目全非。

上世紀的天空，撕裂過一絲雲，啊一聲。

（約2010年）

這些人類

（一）

這是陳菁玉的第四個工作。半年前，菁玉從家鄉冬山北上台北，當時聽說經濟不景氣，第一個工作公司倒閉，第二個工作臨時女工，第三個工作老闆嫌她不精明，所以現在這份工作，她領悟到一種幸運的滋味，十九歲的菁玉，吐吐舌調皮一笑。

應徵的時候，老闆娘蘇翠問菁玉，這位小姐妳希望待遇多少？一個月四仟塊會不會太多？她愣頭愣腦問。蘇翠噗哧一聲，然後放浪開懷大笑。好，我給妳六仟，小姐妳有沒有賺過錢啊？蘇翠揶揄道。

菁玉果然是蘇翠要的乖小孩，而且蘇翠發現，菁玉的善良經常超出她的想像，所以蘇翠老覺得，沒有好好利用菁玉的順從簡直是自己的不夠聰明。

菁玉白天在管理部跑腿，下午三點到幼稚園接圓圓，整天忙裡忙外菁玉做得很賣力，以致五點鐘下班後，蘇翠漸漸感到一種沒人可支使的不快樂。所以蘇翠告訴菁玉，家裡客房多，妳乾脆搬進來住，不用付房租，存錢更快啊。菁玉說謝謝蘇小姐，心裡卻對自己說，行李那麼多，搬家很麻煩呢，道理有了，便放任自己墮性，拖著時間。幾天過去，蘇翠以為菁玉洞悉她的目的，心裡頭不願意，當天下班之前，蘇翠便藉故把菁玉留下，要她陪圓圓出去吃晚餐、去買兒童鞋，去選運動衣，睡前唸故事書。滿身疲憊的菁玉，只好睡在高家客房一連三天，也沒允許她回去換衣褲。這回之後，菁玉自己調適，習慣蘇翠不定期將她留下，到底是年輕的孩子，菁玉告訴自己，當作到野外露營吧，睡在哪裏，我都可以自得其樂，我都可以吃苦。然而蘇翠心裡有著疙瘩，她始終確信菁玉先前有拒絕的意思，習慣使壞心眼的人，就是找不到善良的理由為別人解釋。所以菁玉換洗用的衣服、牙膏牙刷，都不能公然帶進門，如果蘇翠看見，會假裝沒提過讓菁玉搬進來，她說：「妳又不住這裏，帶什麼牙膏牙刷，要把我屋裡堆髒，妳才高興啊？妳這個女孩子，怎麼這麼沒規矩！」

菁玉感到很委屈，這個工作好像不只勞力，還有心裏的疲憊。老闆娘要求很嚴格，老闆神秘兮兮的，還有圓圓，實在不像一般平常的小孩。

然而，蘇翠在菁玉做滿一個月當天，把薪水調至八千元，第二個月一萬，第三個月一萬三，第四個月一萬六，包括加班費，有時候月底領錢竟有兩萬元。好像試圖用金錢掩蓋什麼，薪水袋愈加愈厚，當小妹薪水有這麼多，菁玉感激著，畢竟人在社會，能遇到重用自己的老闆，很不容易。

現在，薪水逐月戲劇性地提高，好像一種賭博遊戲，給錢的人要菁玉恭敬地仰著頭，逐月感激下去……

（二）

早上醒來，菁玉豎起耳朵聽外頭動靜，知道沒人，才悄然摸黑出去刷牙。在黑暗中走著，好像一個笨拙而盲目的瞎子，兩隻手在半空中摸索求援。但是菁玉不願開燈，開燈屋裡的人會醒來，至少黑暗中她心裏自由的。

為著不把洗手檯濺濕，她僅用少許的水拍拍臉和刷牙，然後趴在檯上把每一滴水用衛生紙吸乾。衛生紙太輕，馬桶沖不下去，老又飄惚惚浮到水面來，菁玉緊張起來，反覆用力壓，馬桶底部還是一張白色魅影……。離開洗手間時，菁玉開始有點為自己今天的命運擔心。

老闆高宏遠家裏，全屋寬敞而光亮，七個臥室，三間廚房，四套衛浴設備，菁玉新來，蘇翠把每樣傢俱，都算價值給菁玉聽過。當初的室內佈置，是把台北傢俱街最昂貴的，全買回來，屋內烘托的金光閃閃；曾經，高宏遠花很多腦筋去講求設計，最後還是電視擺前面，沙發圍起來，地毯舖腳底，花盆放桌上，這是他這個人，最大的也是僅有的創造力。還好建材都昂貴，職業清潔婦兩天就來一回，她們夫婦很愛乾淨，桌子椅子床上不准人放東西，夫婦兩人好像隨時準備有人要來參觀，參觀屋內主人偉大的金錢世界。然而無論如何，對於拜訪高家的客人來說，這間屋子還是令他們難忘的，臥室像輪空的旅館豪華套房，客廳像百貨公司裏的傢俱樣品屋，一切佈置都講究，就是不像有人類居住著。

住在高家，連大廈公用電梯的寬敞，都令人十分滿意。現在菁玉帶圓圓出去買早餐，兩人在下墜的大電梯裏，墜落時電梯的機器幾乎靜悄悄，讓人無知覺而舒適地搭乘。菁玉仰頭，中央空調的冷氣柔和地遍吻她每一個細胞，好像催眠魔術裏的神秘誘惑，噹，到底。

五歲的小圓圓說：「陳姐姐，我還沒穿漂亮衣服，怎麼就出門呢？」菁玉偏過頭去，看見圓圓正垂下美麗的眼睫，為自己身上並不出色的便裝，緊皺眉頭。圓圓是個愛漂亮而有點虛榮的小女孩呢，於是菁玉安慰她：「我們只是去買豆漿，回來陳姐姐就幫妳換，換漂亮新裙子。」「好。」

「伯伯早安——」還沒到豆漿店門口，圓圓就搶著大聲喊。喊得店裏有一半的客人都回頭瞧，循著銀鈴般的童音，一個天真無邪的小天使吧！「早、早。」豆漿店主人慈祥的低下頭，一手輕撫圓圓的烏髮，一手朝空中抓塑膠袋包裝燒餅給客人。而圓圓人小鬼大，眼珠子飛快的轉向菁玉臉上，尋索菁玉的表情，彷若方才她的有禮貌，是要菁玉看見的。

菁玉正要出聲讓圓圓挑東西，圓圓已經迫不及待在指揮夥計，我要這個我要那個，剩下的煎包全部要，圓圓過度的能幹讓菁玉無可奈何，完全是個小大人。恐怕自己的心事，還不比這個小女孩多呢，想到這裏，菁玉心一軟，任她去吧。

圓圓叫完東西之後，仰著頭很有耐心等待她的早餐打包，像一個立體的小天使廣告招牌，被固定在人來人往的豆漿店門口，促銷早餐。圓圓知道，只要她沒有做錯事，菁玉是無權過問她吃東西的，媽媽曾經說過，我們有錢，要吃什麼就吃什麼。

回家的路上，圓圓說：

「陳姐姐，我剛才跟豆漿伯伯說早安。」

「哦，我聽到了。」

「那麼，妳回家會不會跟爸爸媽媽說呢？」

「好。」

菁玉「好」字一出口，圓圓簡直如釋重負，小孩的調皮搗蛋都出來了，圓圓把自己的身體幻想成一架飛機，在巷子裡跑來跑去，彷若這樣真能展翅，真能自由地心裡飛翔。

圓圓快樂的橫衝直撞，一輛駛過的機車要躲小孩，猛按喇吧，圓圓還興高采烈，邊跑邊朝人家屁股喊，車車再見，再見再見啊，清亮的童音在巷內旋轉迴響成一截樂章。菁玉雙手提早餐，慌忙狠狽的追上前去，圓圓，圓圓，圓圓，就像叫喚、尋找別人寄養的小寵物，比自己的還擔憂丟失。圓圓跑到家裏的大廈門口，高宏遠霍然站在那兒。

「圓圓，要像個規矩的女孩。」

糟糕，死定了，菁玉與圓圓的心同時一震，跌疼在絕望的底處。

還好大樓管理員，正好從小房間探出頭來。高宏遠因為重視身份與聲譽，所以不耐地擺擺手，菁玉懂了，趕緊領著圓圓匆匆上十樓去。

十樓客廳中，蘇翠在看報紙。圓圓一瞧見媽媽，蹦蹦跳跳奔過去討人歡喜：「媽媽，我今天很有禮貌，有跟豆漿伯伯說早安。」圓圓撒嬌地偎近蘇翠。蘇翠卻潛意識縮縮身子，然後立即站起來，好像很怕沾染到不潔之物。

為了掩飾自己的突兀，蘇翠放下報紙來說菁玉，她說陳小姐，妳知道高先生和我有多器重妳嗎？蘇翠重新坐下。每回蘇翠訓話，會記得第一句放得很溫柔，可是接下來，她就管不了那麼多了，她的嗓子生來要大嚷大叫，她不能埋沒它。

「除了公司的工作之外，我們把帶圓圓的責任交給妳，圓圓將來是要接掌公司的，她必須成為一個勇敢的女強人，可是妳看，」蘇翠抓起圓圓的衣領，一把將她推向菁玉。「這孩子被教養得小貓小狗一樣，整天只會黏著別人，她會成大器嗎？算了吧。」

圓圓嚇得頭低低，都不敢動。

「這是第一件事。還有第二件，妳不要以為高先生和我很寵妳，把妳帶在身邊，你就可以什麼都不學。我聽公司人說，妳連講電話都不行，害她們失掉一個客戶，這是怎麼回事呢？妳人長這麼大，講個謊話都不會嗎？那妳出來做事幹什麼？」

菁玉覺得很抱歉，連說對不起。

「不要假裝可憐兮兮啦，陳小姐，我人看很多的，我本來想妳很規矩，讓妳住在客房。誰曉得妳們鄉下來的，一個好好的浴室丟得馬桶裏全是東西。看得見的還好，看不見的恐怕全是細菌，嚇死人啦。陳小姐，我拜託妳好心點，嗯？」

菁玉點點頭。

這時高宏遠上樓來了，他不過來，悄然一閃進臥室去。

這時候，蘇翠轉身對圓圓說道：

「圓圓跟陳姐姐出去，錢夠不夠花？」圓圓點點頭。「好。爸爸媽媽對圓圓多好，給圓圓吃給圓圓穿，對圓圓恩重如山，是不是？」圓圓眨著天真的眼睫，點點頭，好像她什麼都懂得。「好。那麼圓圓發誓，說妳愛媽媽？」「我愛媽媽。」「妳長大要服從媽媽？」「我長大要服從媽媽。」「你長大要幫爸爸打倒對手？」「我長大要幫爸爸打倒對手。」「好。那麼圓圓把爸爸的對手唸出來聽聽。」圓圓嘰哩咕嚕背了一堆人名，幾乎每過兩天，圓圓就要跟蘇翠這樣唸詞保證一遍，而且態度很誠懇。蘇翠要一個五歲小女孩不停的點頭作保證。蘇翠的愛裡面有許多必要條件，甚至明天還有更多等著加進去，她不能冤枉的付出，她要確知自己的愛是否獲得代價。圓圓的未來太遠了，蘇翠從頭到腳看圓圓，什麼跡象也沒有，只是一個老在花她的錢的小女孩。

圓圓發完誓，蘇翠才允許去吃早點。當菁玉與圓圓在餐桌上拆豆漿時，高宏遠卻雙手插口袋，悠閒的踱到圓圓背後，他笑嘻嘻而不懷好意說：

「圓圓，還要在街上亂跑嗎？」

圓圓與菁玉一嚇，轉過臉去，而蘇翠果然已經鐵著一張面孔，面向她們。又做錯一件事了，兩人只好低下頭，不敢再弄早餐。原來蘇翠為了家教嚴謹，替圓圓訂立許多家規，這個主意剛開始是要寫下來的，蘇翠十分在乎自己家庭是否所謂「規矩人家」，由於制度是自己訂的，十則總嫌不盡興，後來蘇翠便隨口說，隨口是規矩，兩個夫婦從此樂此不疲，常常為圓圓訂定他們認為對她有益的生活規範。

高宏遠貼近蘇翠耳旁，說一堆話。

蘇翠歇斯底里叫道：

「圓圓，過來！妳又故意犯家規！」

圓圓驚嚇得直說我沒有，她再不說謊就要有一頓皮肉之苦。於是蘇翠手快腳快，一支長尺朝圓圓的屁股抽去，霹哩啪啦，並且喝令菁玉到廚房去。

菁玉驚惶未定走進廚房，外面圓圓已經「哇」聲大響，霹霹踫踫撞一團。菁玉捧著心跳去聽，是人體在地上滾動的聲音嗎？她又被自己的臆想嚇一跳，接著聽到圓圓提著一個「啊——」音，滿場慘叫著跑。

菁玉不敢動，也許他們隨時會撞開門來責罰她。門的那一邊，蘇翠正大聲斥責，蘇翠把自己的嗓子擺在弦的最高音，任性而拚命的來回拉，正在教訓圓圓什麼話吧，但不知為何，她的憤怒竟然那般瘋狂。經過一道木板門的隔閡，聲音傳過來，完全聽不清楚正確的語言涵意，只覺一串串叫聲尖銳，好像某種母獸淒厲的哀鳴。

在驚惶漫長的恐懼中，菁玉舉目四望，這間廚房真寬敞，全套西屋進口，玻璃櫃裡杯杯盤盤一式仿繪著藝術，大冰箱像一個無表情的巨人，盤踞角落。雖然是廚房，卻有金碧輝煌的感覺，而她陳菁玉，竟被關在如斯美麗的一個房間，無法動彈。外面的世界，她沒有勇氣去拯救或對抗，她只好待在這間屋裡，保護自己。

不知過多久，吵鬧停了，四下一無動靜，也沒人進來喊她。

菁玉有點納悶，依然乖巧站立等候。然後，她鼓起勇氣去摸門把，天啊！她們居然把她反鎖在這裏，菁玉跌跌撞撞摸索出路，後面陽台也因改裝封死了，菁玉恐懼地環顧四周，胃咕嚕咕叫……

他們人全出門了，彷若早已決定讓她與這些美麗的廚具，永遠埋葬在這裏。

（三）

圓圓兩歲半，進來高家的。

抱養圓圓的那一天，星期一早上，前一天高宏遠剛脫手兩棟成屋，荷包飽滿，開車南下好像旅遊慶賀，不像為著領養一個小生命這種神聖的人生大事。

高速公路是一條筆直的文明的夢途，人類智慧與勞力的結合。清晨霧起，路途優雅而流暢地上坡，好像兩條銀灰的腰帶高攀向雲的故鄉，從此延入天際的極點；左望，遠處山壁是大自然雕塑的殘餘，矗立在天幕下，猶如一整面龐大的招牌，正日夜展示天然的預言。人類不了解，當成僅是一窗風景，人在大自然的腳下來來往往，愚昧過一生。高宏遠開車，蘇翠沿途猛吃零嘴，並不時塞高宏遠的口裏，車抵台南，剛好抹嘴全部吃得精光。

他們的目的地是一棟半傾頹的三合院，賓士車開入院子，蘇翠的弟弟蘇義已站在門口等候他們。蘇翠卻不急於下車，她從車窗內冷眼望周遭，皺皺眉頭，她半生追逐金銀財富，現在卻委屈於這種家庭，尋找她的下一代，她不只一次為自己的命運潸然流淚，她不知自己做錯什麼，在她過往的人生裏那一個步伐有所失誤，上天竟不讓他們這種典型的人類代傳下去。他們夫婦兩人都無法生育，誰也怪不了誰，所以彼此相憐相惜，相互依賴，相互鼓舞個性裏的虛榮；愈是這樣，她愈要和整個世界作對，相互鼓勵對方的墮落。蘇翠從自己的傷感醒過來，碰然推開車門，闖進這個遠離塵囂的南部鄉間。

三合院住五戶人家，房子因土壤流失傾頹向一側，門前長滿兩人高的雜草，其中混有幾棵玫瑰與野菊，在亂草雜枝中掙扎求生；所有的野生植物聚成一叢倒向房子方向，遠遠觀看，倒像房子是被雜草叢枝壓扁的，而人就住在其中，彎著腰謙卑地從幾個腐蝕而矮的門，穿梭進出。

蘇義介紹的家庭，有一房一廳，屋內到處堆放東西，六、七個小孩或跑或玩。無意間打開廚房後門，霍然是逼面而來的山，滿山雜草雜竹，跨出一步就要攀援而上了。住在這個房子，人真是外在環境所團團困住。主人見來客異樣的眼光，趕緊去關門，說，免得蚊子和蛇跑進來。

高宏遠和蘇翠在那群孩子中，選擇一個最漂亮的，就是圓圓。兩歲半的圓圓長得像玩具娃娃，眼睛大，睫毛又蹺又捲，臉蛋是圓規畫出來的圓，只有衣服破舊。小圓圓一點也不怕生，有人逗她很高興，天真爛漫跑出來看人，以為在玩躲貓咪。其他兄弟姊妹都很「忙」，忙著頑皮，忙辦家家酒，床上箱子上到處爬，大人全走不進他們的世界。高宏遠和蘇翠當然是一點也不懂孩童的，說起來遺憾，他們平日甚至連一個小孩也不認識，有的就是朋友的或遠房親戚的，玩五分鐘人家便告辭抱回去。小孩是什麼，他們一點印象也沒有，所以憑鑑賞力挑選，也只懂百貨公司裏洋娃娃的那種可愛，每個小孩都叫來品頭論足，最後還是選擇圓圓。夫婦兩人真的十分渴望一個孩子，發誓要做一對好爸爸好媽媽，從前他們劃撥買過一套「孩子教育叢書」，只是還沒有空閒拆箱閱讀。三年之前，高宏遠依蘇義介紹，每月資助這個家庭一些錢，當時是看準孩子的父母五官都端正，想必遺傳也不致太離譜，他們希望帶得出去的孩子，希望既聰明又討人喜歡，就像電視奶粉廣告裡的娃娃，胖嘟嘟翻個跟斗又喊媽媽爬起來，而這些條件自己生的難，挑選反而容易多了。他們的父母的世界，還是幼稚可愛的。

回台北的車上，圓圓獨自在後座拆玩具。蘇翠直視前方，遠景是晴天燦爛，春光亮媚，他們走來時之路回去。這世界一切正常，連他們的悲劇也是天地之間的一種正常，蘇翠不由得嚶嚶哭泣，高宏遠轉頭問她哭什麼，於是她受不了了，她的心脆弱了，瞬時嚎啕大哭，天翻地覆。

（四）

年輕時候，高宏遠與蘇翠很努力工作，高宏遠在建設公司當銷售員，蘇翠在工廠做會計，下班後兩人到巷口吃一碗肉羹麵，三餐家裏不開伙，兩人經常通宵達旦，想如何賺錢。高宏遠長得醜，在現世勢利的社會裏行事比他人不順暢，他受著很大的刺激，於是拚命埋頭工作，一方面也拚命在老板跟前打同事的小報告。

高宏遠讀完大學，他的父親看不慣這個兒子，把他趕出去。半生戎馬的老人說不出所以然來，只覺得小兒子鼠頭鼠腦，做人不檢點，壞了他一門耿介的血統，然而兒子一出門，老人又立即後悔，他實在是正直的父親，卻給高宏遠的心靈留下不滅的傷痕。

蘇翠的愛情收容了高宏遠，他們情投意合，志趣相同，愛情鼓舞了他們的意志，所以他們不孤單了，一個人志氣也許薄弱，然而完全吻合的兩個人碰一起，使他們由驚訝而彼此戀惜，由彼此戀惜進而自我戀惜，由自我戀惜進而自我肯定。下班後，他們走在圓環夜市高談闊論，對這個世界憤怒難平，他們對於自己的哲學自戀了，於是他們決心要更努力賺錢，以財富來追求真正的幸福，以財富來追求崇高的社會地位。

天下沒有不勞而獲的成功，這兩個性情激烈的年輕人埋頭工作，把健康和智慧都賠進忙碌的生活裏。蘇翠刁鑽敏黠，高宏遠擅長偷偷摸摸，兩個人組成最佳拍擋，逐漸打出事業上的一片江山，他們在開發中的時代，走法與非法的邊緣，冒別人不敢冒的險，最後他們的事業落定在房地產銷售，他們以炫耀而誇大的海派廣告，與正派經營的生意人爭地盤，多少掙得一席之地，盈餘錢滾錢，利滾利，就在此時，他們的銀行存款與不動產的數目，跟著台灣經濟的快速起飛同時節節高升。

他們成功了！財富累積到某個程度，變成一種遊戲的趣味，振奮而麻木地把錢愈疊愈高，人仰著頭數，啊啊啊。人的肢體變成金錢的僕役，他們夫婦兩人瘋狂地奔波滾錢，蓬頭散髮，晚上失眠，白天也難得休息。深夜靜下來的時候，他們有一種恍恍惚惚的快樂，能騙多少就騙多少，兩人咧嘴相視而笑，日光燈下好像兩抹青色鬼魂。財富像一片薄紗，把他們罩起來，他們開始害怕死亡，東挑剔西挑剔，以罵別人為樂趣。

現在不愁吃不愁穿，他們卻膽小了。以前賺別人的錢，天不怕地不怕的搞，現在高宏遠卻急著把公司負責人，改為他母親的名字，因為害怕自己會吃上官司；他不敢接電話，雇一個小妹在家當總機，自己神經兮兮在分機另一頭偷聽，抿嘴竊笑，然後他把公司登記的住址，老遠遷到石牌的一間空屋子，每日由公司司機前往取信件，以免購屋受害者找上門來。甚至高宏遠這個名字也假的，他的本名叫高胡，但是商場上，人人只曉得找高宏遠。

（五）

高家雇用一位手藝高超的廚師，四十多歲的婦人，幾乎所有中國料理都做，除了傳統菜餚一板一眼外，她做菜腦筋很靈活，吃膩，自己創新烹調，口味仍然很道地，她配菜的技術和創意，爐火純青，實在媲美藝術家。

高宏遠把她從餐廳，高薪挖角過來，高宏遠夫婦心裏其實很滿意廚師。每天一上餐桌，高宏遠和蘇翠兩人就像餓慘的流浪漢，眼睛與筷子奔忙於每個餐盤上，他們是兩個逃家很久的孩子，許久不知家常菜的滋味，吃起來。竟有想哭的感覺。

然而時日一久，山珍海味吃穩了，夫婦兩人開始看不習慣，不習慣這個世界太完美，而創造者居然不是他們。

每回高家宴客，來客都會稱讚廚師的手藝，席間不斷有美評，廚師只好瞇起笑眼極力謙讓，謙讓著，退縮著，含蓄裡依然藏不住天賦。

某天，高宏遠終於忍不住，他說：「我們家雖然有的是錢，但也不能暴殄天物，每餐妳得煮得剛剛好，這個，妳的能力行嗎？」廚師點點頭，從此十分謹慎飯量和菜量。

可是換蘇翠，她不滿意，她說：「我請妳來幹嘛，妳煮這點東西，餵貓還餵鳥？廚師，我們全家都被妳餓死了，你知不知道？只要我高興，豬肉牛肉擺一整條巷子，妳怕我沒錢嗎？還是你忌妒我的錢？」

高宏遠又說了：「我們家很慷慨，吃不完，就妳全部把它吃光。但是你不許讓我看到有倒掉的。」

廚師於是努力加餐飯，吃別人剩下的。吃飯時刻，廚師像一隻驚惶張望的籠中鳥，然而等廚師離開廚房一會兒，高宏遠經常躡手躡腳進來，倒了半碗白飯在垃圾桶裡。

週末假日，廚師不上班，高家三口就到外面餐館打牙祭，三人對看，愈看愈無聊。所以蘇翠每逢假日就拚命打電話要請朋友客，朋友不想看他們臉色，大多婉拒，高宏遠便拉公司職員，職員就不能不聽話。

你推我，我推你，最後誰也不敢不去，來了一大堆表情木然的人。蘇翠交待由陳菁玉點名。

說好去吃海霸王，一行人走到半途，高宏遠突然孩子般的叫嚷：「啊，這裏有家新開幕，每桌送一鍋湯圓，就這家，就這家好了。」

高宏遠急躁地把大夥兒推進去，點菜的時候，高宏遠點了又換，換了又回頭點，把服務生搞得不耐煩。最後還是蘇翠珠連炮叫一大堆，都選便宜菜，但份量多，足夠撐破每個人的肚皮，反正大家不必付錢，無從抱怨。

席間都是高宏遠和蘇翠在講話，大家矜持而小心地夾菜。蘇翠的話俐落厲害，一分鐘幾十幾百句，叱吒風雲，整個人非常體面，於是高宏遠也想跟上速度，講很快，卻變得結結巴巴……

高宏遠結結巴巴，說著不在場職員的閒話，見大家反應不夠熱烈，便加一點謊言，加一點誣陷。氣氛依然不夠，人家好像不信任他，再加一點黃色，再加一點外遇事件。然後他著急了，又加了一點栽贓的情節，反正他已決心，把這個人給講壞掉……

蘇翠卻氣定神閒，她說：「XXX啊，每次他來見我們，都說你們對公司有多不滿，你們批評公司的，我都知道，這是XXX的功勞，只是我們高先生也知道，XXX這個人人雙面，說的不知是真是假，那些。我們都當做參考罷了。喂，應該沒有人那麼大膽吧？拿我們錢還批評我們？天下有這種事嗎？」

全桌的心，猛震一下，這下跟自己利害攸關，心裏紛紛怨懟×××，這個報馬仔，老闆的人，往後離遠些好，蘇翠一開口，勝過高宏遠千句百句。兩人合作又修理了幾個不在場的。世界原本風平浪靜，兩個人唯恐天下不亂。

大家坐在這裏，吃無需自己付錢的飯局，心情是複雜的；尤其每月領薪，生活恰好的上班人。每一個月，人在薪水的數目，劃得剛好的框框裏，生活，好像這便是你在這個世界上，安身立命的一個約定成俗的姿勢，你該安份地站好。往內縮縮，想多存點錢，孩子的學費、家裏的菜錢、水電瓦斯電話，全都是鐵的消費，致富是下輩子的神話。往外伸伸，想浪漫點生活，吃幾頓館子，買幾套名貴服飾，然而接下來日子便頓覺困難。所以能享用一頓無需自己付錢的飯局，起初因為節省，不無很快活，後來發覺不自由，人便陷入一種消極的哀愁，消極的自我放棄，整個人坐在那裏。無可無不可，桌下晃著小腿兒，桌上看得見的上半身，恭聽高宏遠的訓詞，完全自由，這年頭很少人享有吧。

高宏遠喜歡吃湯圓，今晚屢屢稱讚這一餐划得來。快用完餐，大家已經把散宴的心情準備好，不料高宏遠卻臨時起意，他拍拍掌，要服務生再送一鍋湯圓來，他是孩童般貪愛美味的心理，想吃個盡興，擁有一個難忘而美好的夜晚。

然而服務生卻一臉木然，說：「我們這裏，每桌只送一鍋湯圓。」然後服務生站回原地，維持不動，好像站立才是他的職責。高宏遠不放棄，又說：「你們這麼大的餐廳，難道連一小鍋湯圓也吝嗇？」服務生答道：「對不起，這是我們的規定。」反覆幾次，把高宏遠惹惱了：「他媽的，我付錢可以吧？把隔壁桌還沒上的拿來！」

服務生也有慍色，覺得真倒楣，遇上這種客人。這時候老板娘聞聲過來，服務生轉頭向她竊竊私語，老板娘走回櫃台，轉頭向會計竊竊私語，然後三人木然站那裏，冷眼看高宏遠，看他在他們店裏破口大罵；顯然他們對今晚最囂張的這一桌，已有深刻成見，他們正用一種判斷陌生人的直覺，去決定愛憎，然後把成見全寫在臉上。

付完帳，眾人紛紛離席而走出飯店。這時候的高宏遠並沒有領悟到自己不受歡迎的程度，他只覺得實在受了莫大的委屈，所以當他最後一位走近飯店出口，他突然衝上櫃台，猛拍桌子。朝透明小費箱投入四仟元大鈔，那意思是：「我是有錢人，你們惹不起我，這下你們懂了嗎？」然後傲慢地揚長而去。

可是高宏遠大搖大擺還沒出大門呢，就聽得後頭夥計一陣爆笑，嘲笑之言此起彼落，言下之意，好像高宏遠是一隻馬戲團提供的猴子，行動荒謬。

（六）

大熱天，管理部派了三個人發宣傳單，公司小弟把她們和十疊「天母名流園」宣傳單，載到敦化北路，然後把車開走。

三個女孩站在台塑大樓前，叉著腰。都下午四點了，陽光還吐著火舌、高宏遠現在才讓她們出來，是為了節省鐘點費，菁玉孤家寡人無所謂時間，但小環和翠菓子卻很在乎，她們可不願為老板多耗一分一秒，五點鐘一到，即刻要下班的。小環舉腳一踹，踢倒了兩疊宣傳單，她說：「發啊！」然後彎個腰從傾倒的那堆，胡亂抽一疊放在手上，繩子鬆了，精緻的彩色傳單遂散滿一地，很漂亮的，擘天而立的大廈印在光滑的銅版紙上，背景是湖光山色，菁玉有點猶豫，她從來不曾在街頭散發傳單，她望著人行道來往的每個男女，感到一種被距離所阻隔的漠然與畏懼，她害怕迎向前去，把傳單遞給別人，好像紙上寫的全是她自己的告白；當她伸手把傳單遞給路人，想到內心的真誠，竟要用這麼誇張的方法宣傳出去，多麼矛盾也多麼艱難啊，難道他們不會曲解她原始的善意！哦，當然，他們會看到傳單上華美不實的廣告，以為那就是她這個人的原意與操守，於是她更羞怯了。全世界的人都理直氣壯在街頭走來走去。只有她，她就做不好一個最基本的傳遞工作。

菁玉還是勉強了自己，怯怯把傳單遞給第一個路人、第二個路人、第三個路人……，這其間，有幾個人不耐煩地拒絕她，她退縮一下，隨即又無意識地伸手出去，給下一位路人，沒想到那個人倒和顏悅色接過去，還道聲謝謝，她鬆一口氣。世界並不像她所想像的那般困難，他只是不熟稔生存的公式罷了。心理的障礙減輕，菁玉漸漸分發得很順利，發完半疊，她心裏高興而驕傲起來；菁玉左顧右盼，又悄悄模倣其他兩個女孩，試圖擺出一個更老練的姿勢。好像自己已經迅速搖身一變，成為一個能幹的熟手。

三個女孩在人行道上，站成一列，試圖以年輕的軀體和五顏六色的廣告傳單，把來往的人潮通通擋住。翠菓子人長最高，身材豐滿而美，夏天裏隨意穿件短衫熱褲，就來上班，她有點年輕女孩的心不在焉，好像台北火車站前在等待郊遊的城市女孩，心地是好的。另一個女孩小環，今天穿及膝的花格圓裙，裙角有點污髒，她看見人就搶先跑過去，笑嘻嘻的，在西裝鼻挺的男人面前，小環是楚楚可人的小女孩，在中學生面前，小環轉眼化身熱絡親切的大姊姊，在時髦挑剔的女人面前，小環又好像一位事事全為顧客著想的售貨小姐。小環的臉頰右眼下有個明顯的焦疤，那是台北後車站討生活時留下的，小環的脾氣陰晴變化之快很嚇人，當然，那也可以說明她的聰明，每當小環面部的表情千變萬化，焦疤便也隨著臉部的肌肉運動，努力地誇張與凸顯，強調著它的存在。每個走過去的路人，小環都給三、四張，她分發傳單的技巧一流，心裏卻恨不得趕緊結束這個大太陽下的辛苦差事，而菁玉站在小環旁邊，是最不顯眼的一個，穿著與舉止都土氣，但是很認真，似乎正努力學習其他兩個女孩，好的壞的都吸收，為著讓自己看起來更像這個城市裏的一份子。

「高先生發什麼神經病，以前傳單不都夾報紙嗎？為什麼叫我們出來發啊！」小環說。

沒有人回答。跟小環一起工作，翠菓子總是懶懶難得開口，而菁玉則趕緊朝小環微微笑，表示她基本的禮貌。

「像你們這種速度，晚上八點都別想結束，我們六點半以前沒回去打卡，公司就關門，要算半天曠職耶。那不都白做了？」小環又說，表現出她的精明深算。

是的。三個人心裏都明白，蘇翠翻臉像翻書，也許發錢那日蘇翠心情不佳，便把沒有打卡當曠職，根本不承認有今日下午這件差事，蘇翠這個人，什麼都有可能，他們過去不是沒有碰過，只是現在小環一句話，提醒了大家。三人於是顯得心情十分焦燥，偶而仰頭揮汗，對大太陽生氣。討厭的夏天，討厭的傳單，發也發不完，不發又不敢回去。

「我要到對面麥當勞，那邊人多，陳菁玉妳待這裏，翠菓子幫我，我們帶五疊過去，」小環說。

翠菓子沒有意見，跟著小環走了。身處茫茫人海，小環比她們兩人懂得如何掌握群眾的流動，尤其面對一個個沒有名沒有姓，從街道那端一直不斷冒出來的人類，小環的腦子能很快將五官各異的人們歸類，然後笑嘻嘻跑過去，完成推銷的第一步。面對客戶，小環極盡恭敬或謙卑的能事，那是因為她的內心深處，有一股頑強的自信與龐大的漠然，支持著她。

不料半個多鐘頭之後，小環卻氣沖沖跑回來，她開口就大聲責問菁玉：

「陳菁玉，我有兩疊傳單擺在麥當勞門前，妳看見誰偷走沒？」

菁玉嚇了一跳，尚搞不清楚是怎麼回事：

「沒有啊。」

「妳這個笨蛋，為什麼警覺性這麼差？我和翠菓子只去吃個冰，回來傳單就全被偷走了，妳站這邊，妳不會幫我們留意？」小環罵道。

菁玉仍然一堆霧水，台塑與麥當勞也有一大段的距離，尤其隔著人車洶湧的敦化北路與民生東路，一個人的視覺可能抵達那麼遠嗎？而且她們兩人離去之後，老實的菁玉背對馬路，只忙著認真發傳單，根本沒想到要往對街瞧去。被小環如此責備，菁玉只好愣在那裏。

這時候，翠菓子也回來了，三人再把剩餘的傳單發一發，收拾一番，使搭公車回去。

擁擠的公共汽車裏，小環一人手拉車環站在司機旁，而翠菓子與陳菁王則順著人群擠往車子最後面。

翠菓子說：

「事實上小環是怕妳報告高先生，先將妳嚇唬住，她把傳單全搞丟了，我覺得是故意的，拖我去吃冰，一吃二十分鐘，也不許我回來，傳單放在人行道上，大概被旁邊那群中學生拿去玩，或當成廢紙賣掉吧。」

「啊？」菁玉心裏大吃一驚，良久才平靜。然後也學著翠菓子的表情，若無其事看看窗外，再看看車廂廣告。

快下車時，車廂之內乘客空空蕩蕩，小環走過來，說：

「我們回去報計程車費，本來，我們就可以坐計程車回公司。」

翠菓子搖搖頭，冷淡地說：「我不想。」小環轉頭詢問菁玉，菁玉則支唔猶豫不決，於是小環撇撇嘴，不高興地轉過身去，小環能做錯誤的事，但是沒有人敢在小環周圍做錯誤的事，包括與她同謀，小環會出賣人的。

她們終於及時在六點半前，打下卡片，走出公司。菁玉回一條街之隔的高家報到，小環與翠菓子走在忠孝東路上。有那麼一剎那，等待綠燈的車群，突然同時轟隆衝出去，個個神氣地呼嘯在路面；好像整座龐大的城市重重吐了一口氣，領略著自由的滋味，告訴自己。下班了，終於下班了。

（七）

睡在客房裡，菁玉做了一個夢。

她一個人搭電梯往上升，指按十樓，電梯卻過樓不停，整個廂子直往頂樓衝，瘋狂朝天空衝去，無法阻止……。電梯衝破屋頂之後，廂子輕飄飄在空中沉浮，半晌，摔跌在滿佈爛泥巴的農田裡，廂子傾斜一側，上緣還狼狽地，勾住路旁電線桿的幾條電線。菁玉奮力掙扎，赤腳爬出廂外……。冬山鄉下的阿公卻站在農田旁，呵呵笑問他的小孫女，查某囝仔，台北好玩嗎？玩得身軀髒兮兮歸來，去，去，去找妳阿母幫妳洗洗。菁玉焦急著想解釋，阿公，你別看我身軀髒兮兮，我在台北賺很多錢哦，一個月很多錢，而且我的老闆很器重我，老闆說……

話沒說完，夢卻醒來。上帝沒空傾聽。菁玉有點悵然的感覺……

這時候，高家發生一件大事，圓圓在幼稚園偷東西。

圓圓就讀的幼稚園，為了鼓勵表現最佳的小朋友，固定在月底宣佈「乖寶寶獎」。當天上學前，蘇翠在餐桌上吃蛋餅，喝豆漿，與圓圓面對面，蘇翠盯著圓圓的臉蛋，她心緒不穩，又嗚嗚哭泣了。她說，圓圓，妳雖然不是媽媽親生，但是爸爸媽媽的產業，將來都妳的，你現在愛什麼有什麼，妳以前的父母，那種低下階層的低賤人物，過著恐佈的貧窮日子，妳能夠愛他們嗎？我想妳不會，可是我們真害怕，怕妳忘恩負義，又怕我們花一大堆錢，卻找到一個又蠢又笨的孩子。這也有可能，妳知道，妳出生不好的家庭，想必天賦好不到哪裏去，現在妳又整天愛玩具，不學好，是不是想回去過貧窮日子？我告訴妳，妳長大會知道，有我們，妳們窮人永遠別想出頭的。圓圓妳說，妳喜歡當窮人，還是喜歡有錢？圓圓知道嗎？媽媽好可憐，爸爸也都好可憐，所以，圓圓要不要為爸媽媽爭氣呢？嗯？「好」說大聲一點，媽媽沒有聽到，再大聲一點，再大聲一點。

當天幼稚園放學，圓圓捧著「乖寶寶獎」的獎品，獻給媽媽，小女孩仰首等待媽媽的歡顏。蘇翠先是詫異一愣，然後明白怎麼回事，模糊講句話讚美，便進廚房指揮廚師做菜了。

高宏遠回來很晚，蘇翠坐在梳妝台前無聊，便決定打一通電話給圓圓的幼稚園老師。圓圓的老師是一個清純打扮的年輕女人，但談起孩子的教育卻頭頭是道，厚墊墊的知識使年輕老師的青春，一下子老氣了十載。基本上，剛任教職的老師，對孩子是沒有偏見的，圓圓的老師好像報告個案一般，與蘇翠討論圓圓，雙方你來我往十分鐘，忽然有點不對勁了。

圓圓很活潑，上課愛講話，不然憑圓圓的聰明，應該可以得「乖寶寶獎」，但是請妳們家長放心，我們幼稚園即使遇到活潑的孩子，也都施予愛的教育……

「那麼，這個月到底誰得『乖寶寶獎』？」蘇翠霍然站起，當然不是圓圓。

蘇翠使力打斷兩隻長尺，並用開罐器的一部份猛刺圓圓的手背，皮肉裂開，血液在傷口張望，驚恐亂竄的圓圓像一隻無援的小鹿，一再被抓到。最後蘇翠疲累了，她緩緩坐下來，靠在舒適的床上，悠閒地翻開電話簿，打電話給簿子上的所有朋友，用她嚷嚷的本事，告訴全世界，圓圓偷東西。

往後，人家想到高家的圓圓，都在心裏定了型，還這麼小就偷東西啊，然後歎了一口氣。小女孩一生的名譽，從此成為一則茶餘飯後的謠言。至於，圓圓究竟是真正偷竊，或只是向同學借來獎品，炫耀一番，沒有人在乎事實的真相。人間孤兒，沒有嚐試錯誤的權利，經過大家一再謠傳，這個小孩也沒有重新回頭的可能了。

事情過後，由菁玉帶圓圓去國泰醫院掛號，高宏遠拿出一疊鈔票，不交菁玉，故意塞入圓圓的史努比大口袋，圓圓也很識相，當場停止抽搐。

中秋節前，管理部忙著到處送禮。有一天要下班，菁玉與司機小王還趕到台北車站附近。禮物送完出來，菁玉竟找不到小王，小王可能先行回去打卡，菁玉被放鴿子了。可是她的皮包仍放小王車上，身上沒有一毛錢可搭車。

菁玉恐慌萬分，等了許久，膽怯怯向金石堂文化廣場借電話。電話裡蘇翠一點也不同情，說：「繼續等啊，妳跑進人家店裡打電話幹嘛，小王當然找不到妳！沒等到小王，不要先回來。」

夜逐漸深沈了，菁玉依然可憐兮兮站在街頭，而小王始終沒有出現。最後，菁玉只好走進警察局，他們借給她一百元計程車資，她才脫困。

第二天遇見小王，小王並不瞧她，也毫無抱歉的意思，皮包胡亂丟她桌上。

（八）

這個工作菁玉確實在做，上午蘇翠面談或跑腿，下午一、兩點菁玉到公司用自己的存在——這般算算公司的零用開銷，那般傳播蘇翠的情緒動向——挑撥離間公司的人事。到底是個肯定的差事，她還活著，勇敢的。蘇翠讓謠言滿公司，鼓勵互打小報告，然後再讓它們被揭穿，兩人都尷尬而難以收拾。

蘇翠說：「陳小姐呀，我看妳家鄉那個商專夜間部的學業，不必復學了。」「錢這麼多，誰捨得，我先生也是名人，在我的公司做事，哪個動植物不趾高氣昂的！」菁玉的腳步站穩。「學歷不要哦……」她點點頭。

一條簡簡單單的柏油路，穿涼鞋竟也會跌跤。菁玉拉著圓圓的小手走，到夜市麵攤叫菜、吃麵、付錢、起立、離開。她覺得人生好冰，像吃蜜豆冰，碎碎的冰塊，恐怖的攪拌，這是什麼前途？

仁愛路的巷子裡，一個衛兵站那兒，是護衛一個失勢或得勢的老將軍吧，有輪班，看來都是同樣的面孔的年輕，分不清誰，右腳往右移半步，左腳往左還原半步，很簡單的肢體動作，每天做著。

年終老闆請玩東南亞，要年資很精確地算，菁玉當然沒有。每每上班靠近佈告欄簽名字紙，資深自願參加，就有壓迫；她沒有被歸類，在這公司裡，他們讓她沒有名份，到底秘書還是小妹？所以也沒把她歸類成「人」，在這個空間裡。一個離職的主管在電梯裡遇見菁玉，他的眼眶有水，菁玉馬虎寒暄，離開他的同情或自憐。她，陳菁玉一百五十九公分，可以站在地球上的，以前想。

來了一個新小妹，菁玉負責帶的，蘇翠都這麼說，說完眼神使了個壞。誰能帶誰呢，有誰能在別人的人生裡設局。

菁玉走路偶而很滑稽，像一個上緊發條的木偶，右手右腳一齊擺動，左手左腳一齊擺動，說話也吞吐也順暢，蘇翠製造的人。

菁玉也沒有上下班的時間，蘇翠愛用她不用她的。有時候菁玉站在街口看眼前流動的男男女女，覺得自己可以談戀愛了，跟一個大學夜間部的工讀男生之類的，於是她淚眼潸潸，或許是一個年輕帥氣的計程車司機呢，這個行業她不明白，但賺錢不少的。

老闆心情不好，員工也一般，顫抖著做事，尤其菁玉。

蘇翠打圓圓，打得小孩背部都淤血了，圓圓睜著眼睛被打，像「忍耐」是一則藝術，打完，孩子背著嘿嘿乾笑，好像被體罰是她的責任義務，相互鼓勵對方的墮落。某日，吃飯前圓圓沒有叫媽媽，蘇翠尖叫起來：「為什麼不叫媽媽？為什麼不叫媽媽？我養妳做什麼？」

圓圓長大了，漂亮的臉蛋器官都稍稍移了位，愈長愈冷淡，不再那麼可愛依人，愈離開那個洋娃娃模式。

高宏遠說，圓圓是「小小太妹」啦，圓圓吆喝著親朋幾個孩童到處玩耍。有時圓圓也偷東西，菁玉指正著，努力指正著。

台北是個多麼美好的地方啊，但她，怎麼掉入這個巷子裡呢？菁玉想。

這個禮拜阿公來台北，要菁玉回鄉復學了。

（1991年）

一個位置

（一）

施太太面帶和氣的微笑，細心回答年輕夫婦的問話，從客廳參觀到臥室，心中噗噗地跳，唯恐他們要改變主意。如果他們不要她，對面四樓的賴太太也在爭取。年輕夫婦說話了，講的話是見過世面的那種客氣與油條，聽介紹的人說施太太人很好，本來我們就決定寶寶讓妳帶，可是來了才知道，你們家既在頂樓又沒有冷氣，那怎麼行呀，我們家寶寶會熱出病來。施太太一緊張，馬上結結巴巴撒了個謊，說本來家裡就要裝冷氣的，但電器行說，明天早上才有空……。說完，施太太有些後悔，也許犯不著為了爭奪一個小孩，而花一筆錢去買冷氣機。哦？那好，那我們寶寶就明天下午開始帶，到時候，不會「中暑」了吧？！年輕女人精幹地朝她的丈夫眨眨眼，OK，就這麼決定，施太太，一切拜託妳了。

年輕夫婦鑽進一輛BMW轎車，駛遠了；施太太努力把上身探出陽台，溫和地朝他們揮著手，臉上還滿溢和氣的笑，彷若他們仍然看得見她。施太太返回客廳，輕聲關上紗門。沒有客人在，她仍然是個重禮節的人。也好，前幾天卿芸不是老嚷著這房子熱死人了嗎？還有卿文唸書，也需要一個涼快的環境，就分期付款買吧。施太太坐下來，織毛線，靈機一動，決定把冷氣裝在客廳，這樣全家都能享受到它的好處。想到這兒，施太太覺得欣慰而有點快樂。她的微笑，有一種富貴家族婦人們舒坦與怡然的情調，眼角浮現數條弧度優美的深紋。

施太太本來已經帶一個小孩，小小，是全天候的，晚上睡她和施先生的房裡。通常星期六晚上，小小的父母才來帶回，享受天倫之樂。但是最近，施太太又迫切希望多找一個小孩，因為三女兒卿文今年上私立大學了，學費並不便宜。這邊社區價錢，一個小孩一萬三左右，很不錯的，而且施太太告訴自己，她也喜歡小孩，疼小孩，小孩子很天真呢。

施先生回來了，他佝僂著背，腋下夾著一份晚報，是給他的二女兒卿芸買的。「吃綠豆湯？」他搖搖手，把報紙放在藤椅上，進房裡去看顧小小。施太太馬上起身，跟進去說，我抱就好，阿里亞都。施太太怕他受委屈。

「芸芸還沒回來？」施先生左顧右盼，問。施先生最疼愛這個女兒。

「沒有呢。」

施太太的聲調很柔，她習慣對丈夫用很女人味的聲調講話，她十分愛他。施太太這一生只熟稔一個男人，她賢慧聰明，把這個男人的優點都挑出來愛。

鄰居若是對施先生有所疑問，施太太便說：「我先生啊，人普通啦，但是他不喝酒不抽煙，又那麼照顧家庭，說真的，我這做太太的已經很滿足了。你說是吧？」所以大家都「忘記」問，施先生到底是不是沒工作遊手好閒。施先生在外面的聲譽，向來都是施太太在維護。其實本來所謂一個人的「名譽」，就是可以刻意「製造」的。這附近的人，都曉得施太太是個和靄可親的好女人，尤其在這個教育程度不高的社區裡，這樣外表高尚的女人並不多。從好女人口中說出的話，應該不會錯的。而卿芸卿文都是乖巧女兒，這是社區眾所皆知。經常，施太太遇到鄰居，都不忘多宣傳先生女兒的好處幾遍，好讓別人將來說出去，左鄰右舍很相信這種道聽塗說的。他們施家如今生活雖不寬裕，但總可以努力，活得更受尊重一點吧。

受尊重這種事，也許有人不甚了解，它不完全只有精神收穫而已哦。不信，偶而還可以獲致一點物質上的好處，像這回這個小孩，討價還價以後一個月一萬三，如果不是施太太的家庭在這附近聲譽特別好，那裏輪得到。

（二）

第二天中午，小孩美美送來了，年輕夫婦才上樓就急著要走。電器行剛裝妥大同冷氣，卿芸低頭閱讀著使用須知，她坐在藤椅上，鼓著一張臉很不高興，她說：

「我們家是觀光旅館、來來大飯店啊！一個月一萬三想吹冷氣？媽，我看妳現在升格當高級女傭了，養的小鬼高級貨，千金小姐禁不起熱，會中暑哦，把她塞到冰箱裡冷凍算了。」

卿芸說完，順手輕抓一把小美美的腦袋。「芸芸，不可以這樣！」施太太連忙喝斥女兒卿芸，罵人的話從施太太嘴裡出來，變成一串輕言細語，一點威嚴也沒有。卿芸嘟著嘴，她有豐富的想像力，眼珠兒一轉，又說了下去：

「男的流里流氣，女的妖魔鬼怪，我看生出來的以後多半是女太保或小流氓，好不到那兒去！」

忽然，坐在地板上玩積木的小小，也正經八百接了一句話：「好不到那兒去。」小小正在牙牙學語，把眾大人都嚇一跳，妳看我我看你，卿芸自己率先噗哧笑出來。卿芸的嘴壞，對於初認識的人永遠沒有好感，可是她又天生最愛笑一有風吹草動就咯咯咯吱吱吱笑起來，彷若被灑了魔咒笑粉的女孩，一時也停不下來。卿芸是個敏感的孩子，幾年前剛從國立大學中文系畢業，進入社會工作，她一直自認不得志，牢騷非常多。接著，卿芸學美美的父親說話：

「哦，施太太，那麼孩子就『麻煩』妳了，哦。」卿芸把自己優秀的模仿天賦發揮得淋漓盡致。「他們真曉得她們女兒是個『麻煩』啊？那麼做做善事抱回去啊，我們晚上要哄她，抱她，為她換尿布，為她睡不安穩，憑什麼嘛！」

「憑什麼嘛！」小小又學卿芸說話。

卿芸忍不住，又笑出來。施太太也在微笑。

卿芸是施太太的二女兒，書唸多一點，喜歡講道理，已經二十四歲，其實還是未經世事的小女孩，還是媽媽心裡不放心的一個愁呢。

一家人都坐在客廳聽卿芸發牢騷，彷若共同參與談論一件事情，享受著平凡家庭的溫馨。然而除了卿芸還憤世嫉俗外，其他人心裏多已平靜許多。他們多少已經開始習慣不很寬裕的生活。從前那個風風光光的施家，似真似假，是記憶裡的一場夢。活在這個中下階層的社區，活在這個人潮洶湧的台北市，沒人知道你曾是X鎮的施家大族，沒人知道你是風流倜儻的施家大少，其實，也沒有人在乎吧！

（三）

施家小姐卿芸，很注重打扮的。她的個兒瘦小，要踩極高的高跟鞋，出門才覺得漂亮妥當。她穿時下復古的中國古典洋裝，八百元一套，象徵她的品味與情懷，更象徵她主修的中國古典文學。自從台北出現這種中國式套裝之後。她就不再考慮襯衫與牛仔褲了，因為她覺得那些粗糙的設計，從前著實把她的女人氣味都埋沒掉。難怪她想結婚，又老是結不了婚，想來想去都是衣服的錯，現在不化妝不穿順眼的衣服，她是不敢出門的，卿芸都從女孩變成小女人了

原本，卿芸應該穿質料好的料子，但現在她實在付不起那些價錢，因此她會臉色陰然很傷感地在高級服飾店門前流連不去。她說她朋友的新衣裳：「一套衣服四千塊，穿在身上，簡直中了資本主義的毒嘛！」背後罵，面前也說，說得對方要變臉了，卿芸又好言好語地對人哀求的模樣，朋友以為她心直口快，小女孩模樣的，也就

算了。可是卿芸心裡依然記著，下回遇見另外的朋友，就說這位有多浮誇多奢侈，真是可怕的罪惡，那模樣很像小孩爭著向大人打小報告，說其他同伴的壞話一般，說完還仰著臉期待，想讓這個世界只疼她一個人。

早晨，卿芸從士林搭車到忠孝東路，她討厭搭公車，然而偏偏每天要上下班。因為卿芸是一個過度緊張、動不動就臉紅的女孩，總也不曉得怎麼去面對這個世界的眾人與現象，而不忸怩，而會舉手投足。對她而言，一切都顯得困難，何況公車裡有那麼多陌生面孔。卿芸擠在公車裡，想起以前在建設公司聽來的黃色笑話，想著想著，便以為車上所有的男人都想吃她豆腐，神經質地左顧右盼，看這人又防那人，所以人家都好奇地反瞧她，於是卿芸確定了，憤怒了，男人真不要臉，色鬼，她在心裡把他們沿路咒罵過去。

卿芸三餐不愛吃媽媽烹煮的飯菜，在外吃炸雞、小蛋糕、蜜餞、麻薯、蘇打餅乾……，非常快活。尤其喜歡西式餐飲，喜歡麥當勞，喜歡有情調的咖啡屋，她有著一種完全西化的飲食習慣，小時候帶過來的品味講究，於是不知怎麼，漸漸的她的荷包愈來愈拮据，每個月零用錢總是不夠花。到了不能忍受的地步，卿芸便在公司老板背後大罵三字經，瞪著豪華的董事長辦公室罵道：「有人大半年不加薪的嗎？這個公司簡直是壓榨勞工！」說著說著心酸起來，一人楞坐辦公桌前，淚珠在眼眶裡打轉了又打轉。

（四）

畢業之後，卿芸轉換過兩家公司，這家是辦文化出版的，卿芸在編輯部門寫稿，編兒童週刊。週刊上的工作人員，卿芸排在一列名字的最後端，好像讓人欺負到底了。

這兒上班很自由，公司剛開張，一切都還沒有制度。編輯部裡有一個主編，六個編輯，兩個美工，共分兩組，一組編兒童月刊一組編兒童叢書。清一色全部女孩，卿芸摀著嘴竊笑說，反映老板的品味嘛，全公司卿芸最愛說黃色笑話。起先大家彼此陌生，都還衿持著，每日客客氣氣溝通著工作，好像一個流暢的機械動作，呆板而順利，而主編脾氣非常好，消除了許多辦公室內階級上的緊張，以及人與人的不了解。

然而卿芸的性情到底憋不住，她趁人不注意，把牛奶、豆干、蕃茄、蜜餞、糖菓，偷偷提進公司，塞得一個抽屜滿滿，沒人看見時隱蔽著吃。過兩天，被主編發現了，好像也沒怎麼不高興，所以卿芸的膽子更大了，把零嘴拿到桌面上來，用書本隱約遮蓋著。又過兩天，人人都看卿芸整天口裡嚼個不停了，於是卿芸乾脆來個大公開，慷慨地把零嘴分予大家，她自己也可以吃個痛快。最後全編輯部都吃著鬧著，彷若學校開同學會，而卿芸自己瘋得最厲害，手舞足蹈。

公司老板薛成是個生意人，本來在推銷書刊，後來就自己開公司。薛成審查週刊只看彩色圖片，不看文字。所以，卿芸樂得把寫給兒童看的文章，用古文寫，加文言文寫；卿芸覺得她有使命，要把中國古典文學傳承下去。她不管兒童不兒童，看懂不看懂。況且她本來就討厭兒童的調皮，她本來就不是要搞兒童的工作，她只是因為必須上班賺錢，她自己可是比兒童更兒童，比兒童更任性。

然而主編猶豫了，她把卿芸叫過來，詢問她是否寫錯字，勉勵她下一篇該寫淺顯一點，「其實妳的能力很不錯。」主編這麼說。卿芸走回座位，怒氣沖天。卿芸可以不爭排名不爭權位，然而卻容忍不了別人對文學的無知。卿芸原就輕視這位主編的學歷遠不如她，如今主編又批評卿芸的大作，卿芸自然更是憤恨難消。待某次主編起身出去與老板開會，卿芸便在座位上破口大罵，三字經全出籠，漫罵主編不懂文學、不識中國字，罵得全部門的人都驚訝卿芸的膽大與放肆。

卿芸堅持她的理想與信仰，有時彷若一位烈士，有時又驕傲得要把她周邊的人人，全部撕得粉碎。

編輯部與業務部合開協調會，邀請業務員們對兒童週刊與叢書的內容提出意見，以及客戶的反應。一般在每個正經八百的現代會議裡，自詡受過社會鍛練的人類們，總是不會忘記預先強調自己的意見是如何地客觀與沒有私見，然後再儘情任性地對別人的作品提出嚴厲的苛責，因為這是現代社會一個無奈的生存法則，「自由競爭」的生存法則。

編輯部幾乎每一個人的作品都被批評到，當然，也包括卿芸的文章。這時，卿芸扭扭捏捏地站起來，頭微低著，傾聽眾人正經八百在談她的專欄，忽兒想到什麼，嘻嘻嘻笑出來，又想起一件更好笑的事，自己也控制不了，笑聲吱吱吱引燃一室的驚訝與趣味；於是大家看到一個惡作劇的小妹妹，臉蛋愈笑愈通紅，愈羞愈憐。

會議結束，眾人等電梯回辦公室。有個女業務員親熱地過來與卿芸攀談，覺得卿芸很愛笑很可愛，卿芸有著一張令人不會防備的甜臉蛋兒。

然而卿芸卻迫不及待想奔回編輯部清靜一番，結束這場精神虐待的會議，她大聲說：

「言不及義的一個上午，外行領導內行的一個公司。」

「施卿芸，小心隔牆有耳哦。」鄰座編輯齊致柔提醒她。

卿芸不以為然地努努嘴，眼睛看著外頭的業務部，順便很輕鬆地說了一個有關業務員的黃色笑話。演說零零碎碎的故事是卿芸的天賦，她這種遊戲天賦把全編輯部的人笑得東倒西歪。

（五）

上班不如意，卿芸回家後發脾氣，哭得淚眼紅紅不想低聲下氣出去討口飯吃，不想出賣她的文學。

她趴在書桌上，淚兒汪汪桌上有份報紙，今天副刊刊載的正是卿芸大學同班男同學李徹的小說。李徹是當年卿芸所傾慕的男孩，可惜兩人於情感方面無緣，李徹因童年的家庭因素，成長後無法喜愛異性。小說卿芸讀過，想到了自己的能力，她是寫不出這樣的文章的。她是施卿芸，她不是別人。她多麼希望自己是別人，別人可能好活一點，有才氣一點，不是這麼混亂與不知所措，她也知道他們搞文學的，沒有才氣是死定的。

這時候施先生走進卿芸的房裡：

「芸芸，妳媽媽叫妳出去吃飯。」

卿芸不作聲。施先生又說：

「芸芸，趴在桌上睡覺會著涼哦。」

卿芸依然不作聲。

施先生等了一會兒，落漠的身影走出去，隨手將門悄聲合上。

待會兒，施太太便在廚房裏朝這邊喊：「芸芸啊，芸芸啊。」那聲音彷若每個人的幼年，在家附近嬉戲貪玩，吃飯時間媽媽便順理成章走出來尋孩子。調皮的孩子，可愛的家庭。

卿芸仍然沒有動靜。

施先生又踱回來才敲房門，卿芸便暴跳起來：

「吃飯吃飯，貧窮人家吃什麼飯？怎麼不說去討飯呢？」

卿芸邊說邊走往飯廳，理直氣壯的。

施太太端著一碗湯，愣在那兒。

卿文看不慣卿芸，說：

「芸芸，妳說話不要太過份。」

卿芸說：

「我過份？是啊！」

「看人臉色看過份了，我昏了頭，過份了。可是有人快十九歲，還在家裡養尊處優，還不曉得暑假去打工，貼補家用，丟不丟臉，過不過份啊！」

卿芸接著又說：

「芸芸，文文是妳妹妹呢，妳不可這樣說她。」媽媽阻止卿芸。

卿芸接著又說：

「還有人在家裡只吃不做。」

忽然間空氣死寂下來，施先生沈默著。

施太太丟下一桌飯菜，頭也不回地走進房裡。然後卿文也氣憤地跟進去。

卿芸自己愣了一會兒，看見眾人都不理她，才明白自己說錯話，媽媽從來不發這麼大的脾氣的，卿芸望著空蕩蕩的飯桌與低頭沉默的父親，感覺一種空前未有的寂寞與恐慌。

（六）

沈祖慶的電話，很難找得著人。

「喂——請找沈祖慶。」

「找誰啊？」

「沈……沈祖慶。」

「誰？講大聲一點。」

「沈……沈祖慶。」

「哦，他啊，他不在。」

電話啪地掛斷。嗚——好近耳的寂寞，從天涯海角傳過來。沈祖慶這支電話，卿芸每天勤撥三、四通，平均總要三、四天，才有機會與沈祖慶說上一次話。三個月，他們才見一次面。

「唉，我很忙，真的忙死了，好好好，等妳考上研究所，我們馬上結婚，我們去一個風光明媚的地方渡蜜月。可是妳現在不要吵我啊，真的不要常打電話給我，我拜託妳。因為醫學研究所的功課實在太忙了，我怕一分心，就拿不到前五名。我要去忙了，見面的事下次再談吧。拜拜，嗯，親一個。」

沈祖慶是大伯母介紹相親的。

畢業後，卿芸大學的男同學都漸漸失去連繫，加上李徹每回當兵休假回來，總也閃爍不定，或笑著說：「小姑娘，妳還沒長大呢。」

沈祖慶與卿芸同校，讀的是醫學院研究所，總以為親戚長輩介紹的，比較小孩子在外頭濫交朋友，來得可靠多了。

（七）

齊致柔有時不耐煩了，停下筆來說：

「施卿芸，管管妳的嘴巴吧。」

卿芸「嘻」一笑，不理齊致柔，繼續轉過頭去與人滔滔不絕談著天，零食一口一口往嘴裡放。

所以沒多久，卿芸的人緣就好的不得了了，常見卿芸拿著一包豆干或巧克力勸人吃，對於零食的花費，卿芸從來不吝嗇。卿芸結交公司上上下下的人大家見她模樣可愛，又老是吃她零食，交情便一日日好起來。連老板薛成也開始注意起這個嬌小的女孩，因為每回老板光臨編輯部，卿芸的臉便愈羞愈紅，愈低著頭。然而等薛成一跨出編輯部，卿芸的快嘴便即刻講一個與薛成有關連的黃色笑話，或把薛成的大名拿出來拆字組合押韻編歌詞，把大夥笑倒成一堆。薛成笑笑地站在門外，聽不見裡面說什麼，卻見卿芸猛朝他瞧，大夥兒又樂轟轟的，不由得對施卿芸好感日增。

然而當卿芸回到她的李白杜甫時，卿芸就無法喜愛任何一個同事了，她痛恨別人不懂她的古典文學。等中午時分大家都出去吃飯，卿芸便一一咒罵著方才與她嘻嘻哈哈的同事。卿芸自言自語大聲數說著這些同事的現世思想、功利主義與學識貧乏，說得聲淚俱下。

（八）

主編黃逸晨，三十出頭，三專編採科出來的。在工作上，她對薛成盡心負責，在情感上，高高壯壯的薛成則是黃逸晨所欽慕的男子典型。所以黃逸晨平日工作，總也十分賣力與滿足，她是個善良的女子，有著她自身的內在美麗。五年前，薛成在另一同業處認識黃逸晨，一見如故相談甚歡，所以當薛成有意自己開出版公司而缺乏編務經驗時，便請黃逸晨過來坐鎮。

每日上午九點半，編輯部照例開一個十五分鐘的小型會議，由黃逸晨主持，經常卿芸就在下面擠眉弄眼。

卿芸老是嚷嚷主編黃逸晨的文學不好，久而久之，竊竊私語變成謠言，然後謠言再逐漸演變成似是而非的「事實」。判斷力不強的同事，有逐漸往卿芸的思想靠的傾向，不然也會在大夥批評之時，偶而加入幾句贊同的聲音。週刊編輯陳翠琳和副主編王善玲，逐漸與卿芸形成小圈圈，同進同出。卿芸究竟是小女孩的任性，然而陳翠琳與王善玲卻是有野心的。

黃逸晨每日需要主編的威信，再輕鬆的團體也得有人出來作決定工作才能繼續。

而因為陳翠琳文稿經常故意遲交，遂與黃逸晨有了幾次口角。某日王善玲與施卿芸亦義不容辭加入冷戰行列，遂爆發編輯部的大戰爭。

陳翠琳與黃逸晨兩人不約而同歇斯底里叫嚷起來，摔書摔原子筆摔煙灰缸，撕稿紙撕日曆撕舊原稿。

不一會兒，老板薛成來上班了。薛成是講究穿著格調與生活品味的雅痞貴族，人坐沙發上擺好優美姿勢，一邊撫摸他手指間的鑽戒，一邊傾聽他的女秘書細說吵架事件的原委。薛成嘴角隱隱牽引一絲笑意，其實他是頂愛「熱鬧」的那種人呢。

於是，立即將黃逸晨與陳翠琳二人叫進董事長辦公室。當場，黃逸晨振振有辭而陳翠琳哭哭啼啼，結果當然是各說各話，互不相讓。

於是薛成為了表示公平公正，而且擴大「參與」，決定舉行一次「選舉」，由編輯部人員投票決定，是該黃逸晨離職，亦或陳翠琳走路。

編輯部的每一個人，都被一一隔離，一個個進入董事長辦公室與薛成私下密談，面告薛成他們擁載的是那一位，同時薛成也可以因此了解編輯部裡，誰是誰的班底。密談依次在進行，然而黃逸晨與陳翠琳二人卻完全被蒙在鼓裏，不知道有這項「擴大參與的選舉」。薛成像一個大頑童般，玩得起勁得很。

董事長秘書由於工作上的協調，與黃黃逸晨走得近，不忍見黃逸晨的自信與天真，因而私下偷偷向她透露此事。主編黃逸晨聽罷大驚，想她與薛成的情義，想陳翠琳不過是編輯部裡一位資淺的編輯。黃逸晨不由得嗟歎不已，從此對這社會現世的種種，不再懷抱熱烈的信任與情感。

當月由於有兩位外稿的作者暫時沒有空閒，且南部經銷商反映希望周刊增加幼兒版面，有一星期週刊延遲了兩天才出版，薛成大為緊張，於是黃逸晨與陳翠琳幸運地都被留了下來。

接著，薛成宣佈編輯部每位同仁即將加薪四仟元，但必須在下個月之前加班多趕出一個月的存檔，全體同仁都完成才算數。一時之間大家的工作份量激增，然而人人一想到即將增加的薪水，無不埋頭熬夜苦幹。有的人臉上時而莫名地浮現著微笑，想是對於往後每月多出來的四仟元，大家都有了美麗的計劃。

美術副主編王善玲年約二十五歲，然而社會閱歷已有十年之久。當她看見大夥兒都為即將加薪之事快樂時，態度頗不以為然，以她過往的工作經驗，她並不以為薛成會實踐他的諾言，尤其她平日對於薛成為人的了解。王善玲看著那群剛從大學畢業的天真傢伙，不禁搖頭歎息。在日日趕工之下，所有的文字稿很快的交到王善玲手上，王善玲冷眼瞄了幾下，將文稿依次存入抽屜，她依然按照從前的速度設計版面、發打字、完稿，從容不迫。因此月底期期限一到，美工部份尚有一些零碎的圖說和插畫未完成。薛成見狀，也沒說什麼。雖然未完成最後的步驟，但由於已經趕出許多存檔，薛成大為輕鬆，談笑風生地帶著他漂亮的女秘書下南部出差去了。

及至發薪水那天，大家的臉都發綠，薪水一塊錢也沒有增加。王善玲在編輯部一向說話很大聲，哪位編輯與她不合，她便在工作協調時處處刁難那人，因而此事大家都不敢站出來指責王善玲，又因為隔行如隔山，實在也不很確定是否美工的工作份量的確很多，因而趕工不過來。

大家心裡怨怒，卻無處宣洩。忽然聽見卿芸站出來喊：「薛成，打娘胎出來的剝削鬼，文化事業一事無成，招遙撞騙手段上乘！」一時之間，譴責的聲音此起彼落，你一句我一句。起先大家還記得是自己工作未完成。然而三天之後，人人就只牢記是老闆言而無信、詐騙員工了。

（九）

卿芸日日打電話找沈祖慶，找不著人就流淚或發呆。

施太太安慰她說：「芸芸，不要緊啦，那個叫沈祖慶的是醫學院的，可是妳的條件也很好啊，國立大學，我們不怕找不到比沈祖慶更好的對象，妳說是不是？媽媽也捨不得妳這麼早就嫁出去。」

媽媽這麼好，卿芸原也是心地柔軟的人，擦乾眼淚後，不由得夢想將來要賺很多的錢，孝敬媽媽。

卿芸給沈祖慶寫一封信，由於沒有他的地址，寄往學校去。沈祖慶先生，請你打電話給我，不然我將把那天的事件，告訴你的教授與同學。沈祖慶很快就有回音，電話裡好言好語的，說為什麼不懂等待的道理，一定會娶妳啊，只要妳一考上研究所，我們就結婚，下次一定帶妳回去給我守寡的媽媽看，一定不再食言。

大姊卿卿和姊夫仲賢回來娘家，在客廳裡與施先生施太太閒話家常，言談之間，施太太樂得合不攏嘴。當天的晚餐特別豐盛，有大姊愛吃的豬腳、苦瓜與油豆腐，施先生忙著頻頻勸吃，而姊夫仲賢也時而夾菜給大姊卿卿。卿卿結婚多年，始終無法如願生個小寶寶，然而仲賢依然愛她如故，沒有半句怨言，如果卿卿情緒低落，仲賢便說，男人也有一半的責任。

卿芸永遠不會忘記卿卿結婚那天，完完整整的古式傳統婚禮，遠近的親族朋友均趕熱鬧。上午九時，迎親隊遊行起來，彷若古時候官邸千金的出嫁，無限煊耀。鎮上就那幾條大街，為了不辜負這樣的排場，也為了壯大聲勢與氣氛，遊行隊伍足足重覆繞行全鎮三大圈。

卿卿生來體弱多病，然而由於母親的照料與堅持，卿卿長成一個快樂而美麗的女孩。從前施太太每週要帶卿卿上醫院，便把卿芸和卿文交與傭人看顧；有時卿卿住院，施太太也機動式地抱起一具茶壺、一堆內衣褲，就跟著住進去

卿卿和卿文思想簡單，然而卿芸卻是一個記憶力特強的小孩。通常，學校裡的功課卿芸看幾眼就牢牢記住，很快地贏得許多獎狀回家，而母親對她的童年的疏忽，卿芸也一絲一毫不曾忘記。有時候，卿芸懷疑自己是否與其他人類不一樣，根本沒有「遺忘」的能力。超強的記憶力稟賦，使她又優越又痛苦。

十幾歲時候，如花似玉的卿卿男朋友很多。有時男孩到家裡找卿卿，卿卿不在，

卿芸便羞紅一張臉，鼓起勇氣走上前對那些男孩說：「我姊姊有肺病呢，恐怕會傳染。」「我姊姊還有心臟病呢，將來不能嫁人的。」某回不巧被施太太聽見，把卿芸嚴厲訓斥一頓。然而卿芸還是改不掉，與姊姊爭新衣裳、爭日本娃娃、爭髮圈。爭到後來，正值青春年華的卿芸不鍛煉自己的鑑賞力了，衣櫥裡的衣裳幾乎與姊姊同一款式。

最近幾代的施家，一直過著富裕而平靜的生活，他們沒有作奸犯科的前人，也沒有因富裕而墮落的子孫。只是為人豪爽的施先生，有那麼一點懶散而不擅理財的毛病；人家來借錢或把錢拿去濟助鄰人時，施先生從不要求寫借據，施先生所受的貴族教育，只教導他如何成為優秀的青年、誠懇的好人，卻沒教他如何防禦世間的惡人。於是，許多出去的錢財都討不回來，而施先生還是鎮日笑呵呵，樂觀地度日。某日，附近一場大火波及施家，二百多坪的住所燒得精光，又適逢經濟不景氣，所投資的事業負債。為了躲避債務也為了顏面，施家大小連夜北上，是夜在綿雨不斷的台北市士林區倉促落腳，從此開始客居他鄉的生涯。

由於未加薪事件，卿芸憤而辭職。卿芸寫了一封文言文的信給薛成，讓他猜一猜。

今年卿芸又沒考上研究所，沈祖慶也避不相見。

第二次見面，沈祖慶便帶卿芸上旅館開房間，卿芸一頭霧水，天真地帶點神秘走來走去東看西看，出來才後悔。然後，沈祖慶就一直沒再來電聯絡。第三次見面，沈祖慶又要求上旅館做愛，卿芸沒敢說什麼，她根本在這個男人面前下不了什麼決心。

人生全是個騙局，卿芸跌了一跤，於是日日夜夜流淚，像古典文學裡的悲劇女子，叫天天不應叫地地無聲。

在宇宙間，任何人都應有一個位置，讓他生存下去。他不需要太多的工作，他只要成為自己，做許多閱讀與人間閱歷，他是自我要求的。卿芸流著眼淚站起來，嫁給一位經人介紹的王姓有錢男子，把自己安頓妥當。她的丈夫忙碌於工作，卿芸就在家裡讀書，卿芸也應該可以頂天立地的，在她的書本裡。明年，明年她一定要考上研究所。

（1995年）

喂！讓讓路

一群人在門口等屍體。

「說好兩點，到現在還沒影子？」

「怎麼可能？好人死這麼快！」

「就是嘛。」

「快告訴我，他去台北做什麼？」

「看女兒啊！」

「妻呢？」

「一起去的啦，我年輕就和他們熟識，常聽人說這個女人有多賢惠，丈夫還不是死。」

「啊啊啊，那天他經過我家，還笑呵呵跟我說『再見』耶！」說話者突然神經質起來。

「真的？莫非他有預感他會死？老人家可能哦。」

「別猜，高血壓心臟病突發的啦！」

「這個女兒也是笨手笨腳，運一個屍體又不是一大堆，到現在！」

「沒有經驗啦，下次就熟了。」

「啊！死人哦——我們這條街又死去一個人，沒飯吃扛棺材的阿昆、阿明現在可以多活幾天囉，大家蒼蠅搶吃，嗡嗡嗡全圍過來吧！」有個女人突然跑出來喊。

「瘋婆子，我撕爛你的嘴，你知道今天死的是誰？有錢人耶，好人耶。蒼天怎麼不死你家那個不賺錢的懶惰鬼！」

「嘻！你說我家那個呀……就是嘛！他命可長，算命仙說的。嘻！」

「唉！這樣死也是好，沒有拖，沒有太多痛苦，人生這樣就夠好了，一個沒有痛苦的結束。只是，他的妻子慘了。」

「噓！噓！不孝順嗎？」

「誰知道，現在的人表面做得好看，說得甜蜜。」

「是啦，年輕人為前途，苦了兩個老的。但是話說回來，活到七十多歲也不錯了，不算長壽也不早夭，還有什麼話說呢？都是命。」

「哼！什麼命！」

「哦？你誰都可以怨，可別怨天公伯，天上有天理的。」

「唉！」

「我看財產剩不少？」

「很難說。」

「真的？你從哪裏知道？」

「不說這……大冰塊買了沒？還有死人要睡的門板呢？這種大熱天，人肉不到一天就會腐爛，臭味四溢的。」

「剛剛好像聽說叫一個年輕人去買。年輕人有氣力，這事跟老頭子沒關係啦。」

「我想大的兩塊就夠了，死人也不必放太久。」

「死在外地，他們會一路把他的靈魂招回來。」

「你是說，他的靈魂會知道嗎？」

「拜託！他當然知道！」說話者生氣了，受不了人對死亡還有疑問。

「你幹什麼生氣，我的意思是說現在什麼時代了，還信這個？」

「那那那你要信哪一條你說？笑我落伍？你去發明。」

「我不跟你爭了。」

「誰跟你，死也要爭。」

「啊！我好餓！我等得肚子都餓了呢。」

「你呀！一起死死去就別怕餓肚子活不了。」

「那麼也不怕賺沒錢好養妻兒子女囉！一切都沒憂愁了。」

「人死，會去哪裏呢？」

「你替神明煩惱怎麼安排？」

「去哪裏啦？」

「……………」

「死，所有的生物都一樣，就是完全沒有，連身體靈魂也沒有了。」有一人說。

大家驚駭相視。

「嘻嘻嘻，算了算了，不談了，別光談那些無用的事。你看，這次不騙人，真的來了，屍體運回來了哦，你們大家快過來幫忙呀！可憐的人。」

這群談話者於是順從地走過去，帶著他們今世的負荷魚貫地包圍過去。

「喂！還有，那些站那邊的年輕人，讓讓路吧，別都佔滿了，這樣屍體就可以順利安全地過去了。」

（1986年）

沈落城

◎前言

「你要智慧還是青春？」神說。

「青春青春青春。」他流淚喊道。

◎本文

（一）

今天公司徵人。一早吳梅雨昂首步闊大搖大擺跨進門，腳步也沒停，便很神氣地朝低著頭抹拭桌椅的小妹，丟下一堆命令：

「妹妹，注意聽，今天公司上下要一塵不染，管理部那幾盆花給我搬到大門口擺，哎哎哎，妳這笨豬，別再跟我用那種小氣玻璃杯倒水，早上企劃部徵人，妳代表公司要微笑謹慎，會嗎？去去去，別愣得像條豬。」

「是。」小妹恭敬地朝吳梅雨一鞠躬。然後她回頭往廚房走，不以為然吐吐舌，什麼大不了的事窮緊張，這公司她待兩年，算很元老的，公司每月起碼登報徵三次業務員，像大拜拜人來來去去她看多了，那次她不是應付妥貼的？現在要新增一個叫什麼企劃部的，頭回徵人，說有多不得了她就不相信，這個吳副總卻一早跑來發神經，老頭子最會窮緊張！小妹不屑地朝垃圾筒啐口痰。她十七歲，像許多夜校的中學生，高一就出來當小妹，聰明靈巧的小女娃，燒水寄信跑腿，世面看多了，學習模倣能力強，委屈也受不少，人在全公司最低階層的位置，最可嚐盡人間冷暖。她著中學制服，青春少女的臉蛋，但心裡早早萌芽都市裡成人社交間的厲害與精明。

「妹妹早。」業務部陸續有人來了。

「小公主，我的茶呢？」業務員請小妹做事，但多不敢惹她，因為惹了她不但沒人跑腿也自找麻煩。

「我快忙死啦，吳副總的企劃部徵人，企劃部不簡單耶你懂不懂，全要我一個人發落，所以吳副總剛才才交代下來，今天業務部不重要，茶水你們自己倒，這可是吳副總說的，我本來很樂意為你們服務。」

她職位低被欺負了，心裡不痛快，便一句話把工作推得一乾二淨。她知道這個吳副總最近在業務部吃不開，現在她又「隨口」替他多加一條討人厭的罪名。她不是好惹的，小妹有小妹的「位置」，天下事天下人沒有絕對得意的。

（二）

吳梅雨丟下公事包，全身躺入蓬鬆的大沙發中，人後仰嘆口氣，一天開始了；他落入清冷的沈思中。空無聲息的辦公室裡，生命還是最初的那種呼吸，人則乾癟短小被炸乾的，所以當他的軀體一陷入塌軟變形的大沙發，就給團團包裹住；人在裡頭腳騰空，像塊大漢堡，裏頭夾著一層過夜瘦肉，太擠了，奮力伸隻腿朝外探探，卻彈不得。吳梅雨熟練地燃根煙，吸一口，深入五臟六腑的最底層，那兒他心機隱藏的地方。彈彈灰，他端詳著指間的煙。上個禮拜董事長湯姆下道命令，不歡迎上班抽煙，桌上的煙灰缸叫小妹收得一個不剩。據說，現在西方世界已經非常排斥吸煙者，台灣應該會「跟著」進步的。上冷氣車，公車司機會對你皺皺眉：「請把香煙熄掉，再上車。」在西門町，天真的小學生遞給你一張小卡片，標語是：「為了您的健康，請戒煙。」請請請請，怎不說當年我們抽煙也是被時代和時髦「請」上癮的呢？現在倒好，時代要往前走，就把我們「當時」的人往後擠？吳梅雨高一就吸煙，當時跟流行，覺得自己真是新潮神氣十足，後來在廣告公司上班，想點子時抽根煙幫助思考，靈感最容易出來，因為大夥兒都深信如此，煙霧繚繞中人手一比劃，還彷彿有點藝術家調調呢，抽煙的男人成熟有個性，抽煙的女子前衛有思想。那曉得這抽煙的時髦才演變成「習慣」後，禁煙的時髦便接踵而至，報紙開始跟著西方嚷禁煙，大家都恐慌起來，說肺癌可怕。當然，這些都是殘酷的事實，但他已經戒不掉了，現在香煙是他最後的「朋友」。時髦和流行，記得二十年前上廣告學，教授曾經說：「我們廣告人，就是創造『流行』的人！也就是所謂先知先覺。」他吳梅雨畢業沒多久就連獲金像獎及電影界最富盛名的一項編劇獎，接著策劃成功好幾項商品廣告，創造十幾年的「流行」。想不到湯姆現在居然說：「我們公司的經營理念最新，響應世界潮流，從今天起抽煙的工員不考慮升級。」這回吳梅雨被「流行」狠狠踹一腳，丟棄得老遠。唉。

「老吳，你那排牙齒啊，跳到淡水河也刷洗不乾淨，那煙味可以用來薰烤地瓜。嘻嘻！」湯姆心情好的時候會這樣說。但是一旦湯姆的神經質發作，就會指著吳梅雨的鼻子大吼：「抽煙的混蛋給我用滾的到外面去，啊——跟你們這些抽煙的愚蠢的驢，共同生活在一個地球上，十年後我一定是死於肺癌，李秘書——」然後，湯姆會命令秘書李依人抬來一座特大型的電風扇，誇張地在辦公室內驅除煙味，唯恐一絲煙塵捲到他的鼻孔內去。有人勸吳梅雨不如換家公司東山再起，他燃起第二根煙。不！這是下下之策。

要他交出職權那天，湯姆裝模作樣擁著吳梅雨說：「老吳，你是讀書人，在業務部簡直埋沒才華，我準備籌劃一個企劃部由你全權帶領，你重振雄風的日子到了。那個李嘯是粗人，業務部這種燙手山芋你丟給他算了，你落得輕鬆呀。」第二個月，公司在報紙上刊登一則小廣告：「徵企劃助理一人，美工一人」共兩人。以全省三百多名業務員的業務部，跟人交換兩個助理級的企劃部。「謝謝董事長！」吳梅雨盯著的兩個空位發楞。「下一位應徵者，馮娟娟——」小妹扯著嗓子喊。吳梅雨一定神，日子已經過了一個多月，企劃部的兩個空位坐著一男一女——呂超國和馮娟娟。呂超國戰戰兢兢在題寫一幅要懸掛在湯姆家中客廳的字畫，馮娟娟則重滕今天朝會湯姆的演講稿。吳梅雨在他的寶座上換了一個坐姿。他當然不全是因為抽煙而失勢的，明眼的人都知道，抽煙根本是湯姆的藉口，但權力鬥爭的運籌帷幄中，你就是連藉口也不能被別人逮著。

明明說是企劃部的辦公室，最近卻擠進來五個業務員。是這樣的，那天總經理李嘯推門進來，滿臉謙卑的笑朝大夥兒一鞠躬，嚇得呂超國和馮娟娟急忙站起回禮，吳梅雨也從辦公桌後面走出來。李嘯說話了：「嘿嘿，有件事來請教企劃部號稱天才的先生小姐們，我們公司業務部最近要徵一位助理小姐，來幫忙在下整理文件，可是董事長說這『助理』二字太俗氣了，沒氣質，登在報上人家還以為我們是小公司，因此來我請教各位有沒有什麼高見？」呂超國和馮娟娟提議好幾個名稱，李嘯都當沒聽著似的不予理會，最後吳梅雨隨口說：「要有氣質就叫『總經理秘書』？」李嘯忽然戲劇性地跳起來拍桌子叫好：「啊喲！你看看！還是我們吳副總厲害，廣告界的才子耶！『總經理秘書』，哦，多高貴的稱呼！全公司只有鬼才吳副總才想得出這麼完美的稱呼，不愧是我李嘯手下第一級的主管。」這時候大家才知道，原來李嘯是進來愚弄吳梅雨的，吳梅雨一旁猛陪笑，戲未演完，還有下一幕。李嘯的笑聲忽然停止，臉色一變全不認人似的，粗魯地抓起吳梅雨桌上的電話機按內線到業務部，語氣十分嚴厲：「給我找業務部黃副理。黃副理，我在企劃部幫你把公關打好了，現在叫那些人將桌子都搬進來吧。」一會兒門口出現幾個工人模樣的彪形大漢，抬著三張辦公桌進來。「放這邊！放那邊！」李嘯囂張地指揮著，企劃部的人一時莫名其妙，任李嘯擺佈。李嘯比一比空間擺不下，決定把呂超國和馮娟娟的桌椅移到角落去，好讓業務部的人搬進來。欺人欺到人家家裡來，吳梅雨心裡恨得癢癢的，但臉上是一付老好人的笑容，所以，呂超國和馮娟娟也只好委委屈屈搬到邊邊去。「你看！我說企劃部寬嘛，我們業務早就該進來利用，也可就近了解我們吳副總經理的企劃工作有多偉大。」吳梅雨最後的據點李嘯也不放過。桌子擺妥，一群人呼嘯而去。所以第二天上班時，企劃部就多出三位業務部的人，企劃部坐在角落，像被欺負的小媳婦。

（三）

「吳副總，站起來朗誦本公司的十大守則。」董事長湯姆在台上命令，像叫喚一隻老狗。這是公司主管會議。

幾個年輕的新任主任紛紛回頭望。

吳梅雨咧開嘴，急急忙忙從座椅爬起來，皺皺折折的西裝黏貼在瘦扁又汗流不止的背上，身體搖晃，掩不去狼狽，眼神卻還是慧黠應變的。

「是是是是，董事長！」吳梅雨說。一隻老氣的哈巴狗，趕緊使出混身解數搖尾巴。

湯姆不屑地覷他一眼。湯姆要人卑賤，卻也最恨真正卑賤的人。

吳梅雨雙手背後面，像小學生般朗誦十則口號，鉅細靡遺。考智慧考背書吳梅雨是一流的，他從小學到研究所都是學業第一、辯才第一、文筆第一。只是這場合不免有些靦腆，背完後他卑微地向大家一鞠躬，然後承受沒有掌聲的尷尬。

接著，湯姆開始演講，今天的講題是「邁向國際化出版」。他的女秘書李依人一旁微笑候著。每回湯姆要演講之前，李依人必須到會議廳請大家肅靜，示意董事長即將駕臨。這位女秘書生得一張沒有脾氣的臉，在這間會議廳裡，似乎只有她的臉是不帶「殺氣」的——不，或許該說，只有她的臉是沒有意見也沒有成見的。她雙手捧著文件面對大家站立(湯姆站著演講，因此他的秘書也不能坐下休息)，盈盈定定的眼神，白白豐腴的臉頰，日光一斜射，恍惚，竟像一尊東方繪畫裡的女佛，安詳永遠而遙遠。這幾天，她被總編輯顏玉追得有點心動，坐第二排的顏玉現在正朝她偷覷一眼，她的心便小鹿亂撞起來……

「李秘書，到董事長室把把那份我們和國外大出版公司簽好的合約書，拿來給各位新來的主管見識見識！」湯姆突然叫她。

「是。」

李依人謙卑地退到門外，但人卻不往董事長室走，因為根本沒有什麼所謂合約，這是湯姆的一種習慣，演講時一得意忘形就吹牛，或將身邊的人差遣得團團轉，享受一下自己的幻想力。李依人待在門外，不敢走遠，湯姆隨時還會叫她，因為任何時刻湯姆只要找不到她，不管是不是去辦湯姆的另一件事，她都會狠狠挨罵的，她可不願如此。現在的李依人一人愣在門外面，想起顏玉方才的表情，甜蜜地回味著……

門的另一面，湯姆滔滔不絕他的演說：

「現在在座的有兩位是本公司元老級主管，吳梅雨吳副總和顏玉總編輯，請各位鼓掌。」

台下的總務經理蕭淑芝臉一紅，心中忐忑不安，因為她才是公司真正待最久的人。湯姆故意不提她，吊她的胃口。湯姆的霸主世界是純陽的；蕭淑芝事事好與男人爭強、爭高下，但輸了便找湯姆的老婆投靠，這種沒格調沒擔當的人讓湯姆倒盡胃口，不知該把她安置在那個位置好。所以乾脆故意不提她。

「但是話說回來，元老有什麼用！今天我要的是業績！業績才是一切！李嘯李總經理與我認識不到一年，但他跟我拍胸膛保證他可以創造兩倍於目前的業績，試想，那我還要吳梅雨這樣的老頭子幹什麼？」「時尚出版是要賺錢的企業，不是提供養老的企業……」「OK各位主管，我今天還要親口答應你們，將來誰可以超越李嘯，誰也可以取代李嘯的位置。我湯姆的企業永遠有一個高高在上的總經理室，但名牌可以隨時更換……」

湯姆的演講贏得熱烈的掌聲。然而不管是吳梅雨、李嘯或者其他人，在他們的心底最深處多不免要恨湯姆，恨他可以壞得那麼坦白，壞得那麼不掩飾。而以男人對男人來說，他們嫉妒他——他的財富、才能，甚至他的超級神經質。

「李秘書——」這時忽然像見到鬼，湯姆尖聲叫起來。

李秘書衝進來。

「妳看看妳看看……顏總編輯——」湯姆手指著窗外，人氣得直發抖。

於是，大家趕緊順著湯姆的手勢望過去。一時之間還不明白湯姆在生氣什麼。

「那那那……那個編輯，他叫什麼的豬，你們快叫他滾開，不然馬上走路。你看看他現在站那兒，把我那尊佛像擋住半身，好大的膽子。顏總編輯，去叫他閃。」

原來外面掛著一幅湯姆每日要朝拜的佛像，編輯小蔡翻找資料現在正巧站在前面，無意中犯了湯姆的禁忌。

顏玉與李依人前後奪門而出，叫小蔡快離去，小蔡抬頭，一臉莫名其妙地走開。大家總算鬆了一口氣。

（四）

某日下午在企劃部，吳梅雨蹺起他的二郎腿，悠閒地吞雲吐霧。業務員全出門作業，馮娟娟去會計部請款，呂超國低頭在設計一則全十廣告，吳梅雨要他三點鐘以前交，呂超國正忙得團團轉。吳梅雨半仰頭抽著煙，冷眼看呂超國；看一個「人」，一個「生物」，在空間裡活動、喘息、流汗、求生，為了趕吳梅雨分派給他的工作。

「吳副總，請你看看這樣行嗎？」呂超國年輕而壯碩的身影壓到吳梅雨眼前。

「太差勁！重做！」

吳梅雨連判斷都沒判斷，順手把作品擲向呂超國桌上，他像當年別人整他一樣，正準備狠狠整面前這個年輕人。

這時，總編輯顏玉走到企劃部門口，試圖放慢腳步聽聽裡面的動靜。顏玉是個約莫三十出頭的男子，現在站在那兒，一七五身高，長得英俊挺拔，如果公司開會主管列席排排站，你可能一眼就發現他的耀目，「青年才俊」的樣子，尤其不言不語不動地立在那兒之時，某個剎那他的側部面龐，竟猶如一座近乎完美的青年男子雕像；無意之間，他竟擺出一種永恆的姿勢，太美了！可惜這個「完美」不長久，一會兒，顏玉的狹窄心眼蠢蠢欲動，他移轉面部角度，去和身旁業務部的副理竊竊私語、議人長短，搗著嘴低笑之時，只是一個乏味的男子了。

顏玉剛開始在「時尚出版公司」工讀，幹的是搬書、送書、開車、寄信、燒開水、編輯……，自從去年媳婦熬成婆當上總編輯之後，他就要求自己穿西裝打領帶，四季如一，因為湯姆總是到編輯部指著顏玉的額頭說：「要體面！有氣派！我的總編輯。」顏玉非常喜歡這樣的稱呼。但湯姆除了赴宴之外，平日自己都是一襲運動服，湯姆重視養生之道，西裝筆挺太折騰、虐待自己了。

吳副總的企劃部又恢復死寂一片。方才呂超國被修理，心中愈想愈氣，找個藉口出去買美工刀片，恰巧在門口碰上顏玉，彼此點頭問好。顏玉跨入企劃部，一陣寒氣逼向臉頰，他記起這房間的冷氣一向特別強，顏玉身子顫了一下，太靜太無人氣的辦公室，令人有種無盡大無盡延長的錯覺。人走過偌大的空間，地板立即吱吱叫起來，頓時更是寒意四生。顏玉穿過排排辦公桌椅，心中正謀算著什麼，腳步因此猶豫緩慢，張望間又有幻覺，彷彿「教父」類電影黑社會拼戰前的恐怖死寂，有人可能從某個暗處躍出突然捅你一刀，然後你「啊」應聲倒地，從此消失在銀幕上；這房間給人一種幻覺。

「吳副總。」顏玉走到房間盡頭，小心翼翼叫喚。

「唔。什麼事？」吳梅雨從他的沈思中醒過來。

「您現在有空嗎？我可不可以跟您討論一下？」

「可以。」吳梅雨咧開一嘴黃牙，但聲音冷冽，眼底沒有笑，乾枯枯瞪著這個人世，一個他活了四十多年的當代。

顏玉把臉湊過去交談；很快地，兩人是同黨了。

顏玉開始數說他手下一位副總編輯的不是，諸如針筆開銷太多，完稿紙沒用完又買一大堆，垃圾筒三人合用一個還嫌不夠……，其實，顏玉心裡擔心這剛到手的總編輯寶座，心中沒什麼安全感，想拉個人靠靠比較實在，更何況顏玉原是吳梅雨最忠實的部屬。還有你瞧瞧現在兩人正像一對做完家事忍不住繞舌的婦人，聊得很開心。

「那個李嘯，幹！明明是跑江湖賣膏藥的，字沒認識幾個要來搞出版，屁！你聽聽他跟女職員講內線，都是黃色笑話，把人家女孩子嚇壞了。還有你瞧瞧，他來不到一個半月，業務部所有資深的都被直接或者間接逼走。那能這樣搞呀！他根本全不顧湯姆的名譽，全不為『時尚出版公司』著想，不要臉哦——」吳梅雨傾斜身坐著，一隻手靠著椅子的扶把，眼光斜向一邊，像一個瘦弱、狡猾並且難纏的老太婆。

「聽說，他在公司裡放高利貸，強迫業務員……」顏玉小聲附和。

「誰曉得！還聽說跟隔壁那棟樓的地下錢莊搞不清楚。」吳梅雨說。

「會嗎？」

「怎麼不會？」吳梅雨跳起來。「喂！小顏，你太年輕了，這你就沒經驗，什麼角色我老吳沒見過，逃得過我嗎？哼！」

「是是是。」

「難道你還看不出來，李嘯簡直是個——騙子！」吳梅雨愈說愈激烈，滿胸憤恨。

呂超國回來了，顏玉忽然覺得再講下去，要是有所洩露，他可吃不消。雖然李嘯他不熟，但畢竟是湯姆面前的紅人，而如今吳梅雨猶如喪家之犬，只能趁湯姆不在，對底下人發發閒脾氣罷了。顏玉忽然覺得自己被扯進吳梅雨和李嘯這個旋渦，並不值得，正想打退堂鼓……

敏感的吳梅雨彷彿也感覺到顏玉的沈默，吳梅雨暴跳起來：

「小妹——桌子髒死了，小妹死那裏去？」「吳副總，您忙您忙，我回編輯部了。」顏玉趕緊抽身而退。

（五）

湯姆是華僑，美國一所州立大學大眾傳播碩士，早年在美國吃不少苦，來台灣幾年後自己創業，從一人的小出版公司做起，現在事業已擴展很多。湯姆喜歡別人叫他英文名字，說話喜歡夾雜英文。做為一個男人，他好面子，愛結交社會名流，想像自己是男人中的男人與至高無上的王，還有他最迷清純、自然而善良的年輕女孩。但做為一個人，他敏感、戀家、愛孩子，年輕時挫折很深但都熬過來了。而吳梅雨則從小就是個資優學生，過世的父親是國大代表，吳梅雨傳承著政治世家的理性，也傳承著他的時代所教給他的自由、頹廢與不定的愛情觀。湯姆和吳梅雨原是一家美商公司的同事，後來各自出來創業，吳梅雨失敗，但湯姆沒有倒，一個人硬撐著。吳梅雨很快就響應現代潮流與太太離婚，目前與一個女人同居。而湯姆則鎮日與老婆在公司員工面前吵吵鬧鬧，又老是引誘別的女孩，但也僅止於眉目傳情，總之湯姆在外面鬧累了，最後終會回到他寶貝老婆身邊。這是湯姆的原則，他總認為有固定老婆的男人，才是真正「成功」的男人。

（六）

「老吳，我常常在想李依人現在已經很熟悉那些檔案與信件，顏玉的編輯企劃書也寫得尚可啦，你知道嗎？這都是你的功勞，兩人都是你教出來的好徒弟，你的工作他們已學得差不多。可是話說回來，你的那個企劃部呀，也一段日子了，怎麼就沒表現？我還得倒貼你們三個——呂超國、馮娟娟，還有你的薪水。你看看這可怎麼辦呢？你回去為我想個辦法吧。」

一個禮拜前，吳梅雨在湯姆家打牌，湯姆對他說這話時頭也不抬，吳梅雨已意識到湯姆的打算，回家後這兩天心事重重。今天早上，依照慣例吳梅雨和顏玉在湯姆的辦公室口述企劃內容，說著說著，湯姆叫李依人出去打電報，顏玉繼續朗誦一套叢書大綱，顏玉煞有其事筆直地站著宣讀……

這時湯姆頭一仰，有一道風從冷氣孔裡被推出來，湯姆心中忽然閃過一道憂傷，直逼生命底層：每天上班、聽簡報、開會、應酬、談女人……生命是這樣，就僅止一種循環？昨天，湯姆陪伴一位高商女校長，想爭取這所學校的教科書生意，戰戰兢兢「侍奉」那個女人一整天，聽她「訓話」，湯姆是那種要求自己對女人務必無微不至的人，所以一天下來，差點把自己累垮，回家後笑容還僵著。那位女校長舉止思想全像男人，反而把湯姆當小白臉，可憐湯姆陪一個沒有性別的女人，心裡過敏，胃老是不舒服。

「老吳，我們今年幾歲了？」湯姆截斷顏玉的報告。

「哦？四十多吧。」吳梅雨愣了下，不明白湯姆要出什麼招數。

「嘻嘻，老吳你臉上的皺紋，簡直像蜘蛛網。」湯姆像小孩子一樣，高興得拍手叫起來，好坦白好任性，什麼都不需掩飾。

「啊！哈，是呀！」吳梅雨苦笑。

顏玉立在一旁，他的簡報被切斷，不知何時可以繼續。

這時，湯姆悟到一個結論，更是興致勃勃：

「老吳你看我的臉，就沒你那麼老吧！」湯姆雖然頭頂微禿，但面頰白皙光滑，精神飽滿毫無老態。或許，該歸功於他的保養功夫，向來做得很徹底，平日工作繁忙時，一抓到空閒就假寐，每週不忘打兩次網球，鬆弛身心，一直緊抓青春的尾巴不放。「起碼我們倆站一起，你看就差多了。你曉得為什麼嗎？我有錢啦，我會賺錢，我用錢買你吳梅雨的青春。哈哈哈！真有趣！」

吳梅雨也在笑，一邊笑一邊心裡在掉淚。倒是顏玉很尷尬，不知道自己是笑還是不笑，才不致得罪人。

「顏總編輯，記者電話。」有一個編輯部的女孩敲門進來說。

「好，小顏，今天到此為止，你出去吧。」

湯姆目視顏玉和編輯部的女孩，若有所思，便對吳梅雨說：

「看來，我們的顏總編輯，還蠻有女孩子緣嘛，我早該把編輯部大權交給他，搞不好編輯部的效率會好起來。」

「不只編輯部的女孩，我看連我們李依人李大小姐也動了凡心，他們倆好得很，眉來眼去的，如果能湊上一對，也是我們時尚出版公司的大喜事。」吳梅雨很刻意地說。吳梅雨也追求過李依人，以追所有女孩的態度追李依人，後來不了了之。

吳梅雨的話，一字一句重重地打在湯姆的心底：

「開……開玩笑，眉來眼去，這怎麼可以……」湯姆覺得有種被出賣的感覺，「他們把我的辦公室當戀愛場所，咖啡廳還是公園？這怎麼得了！哦，天呀！為什麼公司裡的每一個人都這麼不可靠？尤其小顏，真是愈來愈不像話，公私不分根本不配當主管……」這時湯姆差點哭出來了。

吳梅雨看湯姆果然中計，心中一喜但面色不改，準備再加鹽添醋：

「本來嘛，小顏現在是全公司最有價值的男人。」

「可是這個李依人也真是嫩，跟我那麼久沒學聰明，男人哪能選顏玉這種小白臉呀！小白臉根本不可靠！其實，小顏也不好看，面頰上有一顆不吉祥的小痣，你注意看了沒？脂粉氣重，他跟李依人根本不配……」湯姆想著自己對李依人恩重如山，當初李依人三專剛畢業，只是發行部一個羞怯的小職員，喊她時就眨著大眼睛真真地笑著。是他發掘她，領她到董事長室成為董事長秘書，坐全公司的女孩子最欽慕的位置。是他教她如何裝扮，教她社會那套規矩，教她成為最時髦動人的女秘書。而李依人竟……是的，他承認近來有點冷落她，也因為這女孩變世故變懂事了，漸漸少了從前的天真可愛——李依人也精雕細琢打扮，臉上塗抹今年最新潮的脂粉，所以，外表看去和那些庸俗脂粉的女業務員十分類似，擠電梯站一起或開會排一起，幾乎分不清了；還有是的，他承認自己的脾氣的確不好，總是怒吼李依人，但公司誰不曉得他的脾氣？他發過就算了，他也未曾真正如何啊；還有，也許他太太最近心情不好，對李依人發過幾次脾氣，說幾句酸話。但李依人跟他這麼久了，她應該了解這些種種有多稀鬆平常，並不能代表什麼啊！

「老吳，今後你給我密切注意，誰敢在我公司裡公私不分、假公濟私，你來報告我，我定饒不了他們。老吳，你現在是全公司我最信任的人，由你來做這件重要的事吧。」

吳梅雨哈著腰連說是是是，只差沒把嘴親到地板上去。

（七）

「吳總經你有沒有發現，您的保溫杯是全公司最乾淨的哦！因為我用沙拉脫把它洗得乾乾淨淨，放到冰箱裡去，這樣晚上便不會蟑螂爬過，也不沾染灰塵，你看，我妹妹做事夠仔細吧。」小妹說，一付討賞的表情。

「哦？」吳梅雨不屑地哼了聲氣。

「就連我們董事長的杯子也沒這麼乾淨，從前那個離職的李依人李秘書好懶哦，都是早上來才洗杯子，這種壞習慣，難怪我們董事長會……」

「好了，妹妹，去做妳的事，別待這兒光說不做！去去去！還沒下班聊什麼天，我知道妳很辛苦了。」

「是——謝謝吳總經理！」小妹高聲說，然後蹦蹦跳跳、快樂地跳出總經理室。小妹有吳梅雨最後的那句話，目的便達成了。

是的，數個月後的今天，吳梅雨已坐鎮總經理室，李嘯因業績不理想被吳梅雨擺了一道，湯姆降他為副理，李嘯不能忍受已自行求去。

現在的總經理室中，暗黃色的地毯已換成大紅顏色，裝潢工人剛剛鋪設完畢，洗手拿錢回去，紅地毯加上午後的夕陽，把總經理室炒得熱騰騰且喜氣異常。吳梅雨置身其中，踱著步東看西瞧，那窗帘、盆景、字聯、扁額、獎牌……當然，還有紅地毯，他在鑑賞自己的精心傑作。好像一個油膩花俏的老男人，興致勃勃著上紅色T恤，踩著搖晃而顛倒的舞步，陶醉著，陶醉在權術的完全勝利中……。他感謝他的智慧，真的，他也感謝他的時代，因為它是那麼適合他「這種人」，不然他怎麼能反敗為勝？

李嘯主持的業務部，成績平平。天生就適合當業務員的本來就不多，都是一些聽了幾場行銷演講的年輕人，隨意信以為真又五分鐘熱度，拉了幾個親戚朋友購買之後，就走頭無路。李嘯所繼承之台灣現階段出版直銷制度，投機性太濃而無人性成份，忽視職業道德和專業修養，因而根基十分薄弱。其實，台灣出版市場尚未完全定型，頗具潛力。想突破，必須有更大的財力為後盾，以擊退不良但充斥市場的出版商：有勇氣發掘優秀的作品，以教導讀者品味；有強而具韌性的發行網，做好公關工作。那套美國、日本書上翻譯過來而庸俗化了的行銷與編輯觀念，是特效藥，但後遺症無窮，台灣還是需要擁有自己的出版創意。

湯姆的經濟情況心有餘而力不足，又負責企劃的吳梅雨，鎮日全力拼戰湯姆下給他的那一局再一局爭權奪利的棋，吳梅雨過人的創造力早已廢置一旁，而且每日埋首書寫致某某市長函、致某某議員函……。這些種種都使「時尚出版公司」原地踏步，最後李嘯只好下台走路。當然，這些事也都在吳梅雨的意料之中。那夜，吳梅雨喝得微醺，用台語對顏玉說：「跟你說，世界是轉過來又轉過去，你就不相信！這是我老吳的世界名言，哦。」接著唱起「往事只能回味」那首歌，把歌詞亂改：「時光一逝又回頭，往事又再回味……」

現在，顏玉還是總編輯，因為他及時放棄與李依人的愛情，並且建議湯姆，李依人李秘書的工作能力很弱，對編輯部毫無幫助，可否請她另謀高就？湯姆猶豫著，湯姆雖然學了許多這時代所教給他的壞主意與現實觀念，但是他畢竟是個多情而有自己愛情品味的人，湯姆是真正懂得欣賞李依人的，喜歡她單純而善良的本質，他一向愛的就是這種女人，包括初戀那時的他太太。而就在此時，李依人主動提出辭呈。

那種結局，讓吳梅雨鬆了口氣。

（八）

落雨了，湯姆關上辦公室裡的窗戶，頃刻之間，排山倒海似的傾盆雨衝向玻璃窗。湯姆望著窗外，想起很年輕的中學時代，他曾經自認是班上最富正義感的男生，拿一支木棍在教室走廊上與同學殺來殺去，他想像自己是配把劍走天下的中國俠士，啊！那些美麗的往事，在他的生命中都過去了。

這時候，業務部大廳中，每日業績檢討會報正抵最高潮；吳梅雨的演說非常精彩，全體業務員均正襟危坐，呂超國則忙著在講台一側，寫滿業務員姓名的黑板上，將今天未達業績的業務員，以紅筆一一寫上「敗類」二大字。最後，吳梅雨總經理領導大家高呼口號：

「時尚出版世界第一！

時尚出版全球第一！

我們決心明天創造更輝煌業績！

我們以不佳業績為恥辱！

時尚的守則就是我一生的守則！

我們全體以時尚出版為榮！

我們竭誠擁護董事長的卓越領導！」

此時，一旁列席的總編輯顏玉更起身衝上台，以激動的語氣領導大家高呼：

「還有，我們全體以成為吳總經理的子弟兵為榮！」

在熱烈的回響與鼓掌聲中，業務部宣佈散會。

六點半，吳梅雨和顏玉齊步跨出辦公大樓。顏玉跨上摩托車，走了。吳梅雨準備走到對街搭計程車。幾乎整個台北城都已下班，一堆一堆的人從辦公室裡走到街面上來，董事長、推銷員、接線生、經理、老板娘、小妹、律師、作業員……全擠在街頭。當每個人離開自己作威作福(或委屈地工作)的小王國，走到外面的大千世界，就誰也分不清誰是什麼身份了，沒有人是最偉大的，也沒有人天生最卑微。小個子的吳梅雨擠在南京東路的人群中，手提一個邋遢的公事包，他彎進地下道，在各式地攤小販間穿來穿去。不知何時，右前方有個高大的人影阻擋了他前進的速度，原來有個高個子，正東張西望在看地攤上擺的東西。吳梅雨屢次想超前他，小跑步想擺脫他，但都徒勞；高大的身影像令人心煩的障礙橫在前面，總是揮之不去，困擾著吳梅雨。最後好不容易，吳梅雨以九牛二虎之力，狼狽地衝到前面去，衝鋒陷陣般的勁兒，才擺脫了糾纏，不意竟直接撞到一位裝扮入時的俏女郎懷裡。「啊！」女郎歇斯的里地叫起來，路人紛紛望向這邊，吳梅雨正在暗自得意這番小艷遇，習慣性地邪邪兒笑……

「糟老頭！色狼！」女郎丟下這些話，憤憤地走遠了。

吳梅雨走出地下道，站在南京東路的人行道上，迎著風，忘記要叫計程車。他的臉頰猶如凍結般僵硬，那女郎的話對他是個大打擊。

舉目四望，一個台北的日子即將落幕，吳梅雨手腳微抖煙癮又發，頹然地坐在南京東路路旁的博愛座上……

（1989年）

太陽神的孩子們

阿公逝世後，秦蓉兒依舊過著台北的上班生活，只是經常轉換工作，趁等待新工作的空檔喘口氣。

記得初買這個房子時，秦蓉兒與阿公約好時間地點，便押著一輛小貨車，滿載一大堆破傢俱與舊書，風塵僕僕從新竹直駛台北市區。飛快的老爺貨車，一路跌跌撞撞，疾風過處，秦蓉兒的短髮跳起來瘋狂地拍擊她的面頰，像演練一個打鼓者的雄姿，非常熱情。那時的她，自以為已經長大成人、智慧飽滿，一路大聲朗唱歌曲。

這個地址找起來並不容易，因為附近新房子多未掛上門牌，車抵目的地之時，只見四周一片荒涼且到處堆滿建材。她遠遠看見阿公坐在工地招待處前面的水泥地上，屈膝坐在大地之上，而頭往斜前方望，青天白日下等待什麼，是對人生依然存有期望的一種頭部的姿勢吧。她跳下小貨車，漾著微笑走向前去，一步接一步躍過紛亂雜陳的廢棄建材，阿公也在笑。那火紅的大太陽之下，彷若他們其實是原始大自然裏，簡單而很容易快樂的洪荒男女。

沒想到搬家後二十多天的某個深夜，阿公竟然不聲不響地與世長辭。

這一年來，秦蓉兒就住在這間三十坪不到的公寓裡。現在下班返家，秦蓉兒偶而坐在書桌前看一兩小時的書。

書冊翻開，走出一個宇宙的響音。

家裡一旦有喪事，人往往變得比較敏感。某一陣子屋裡只要發現螞蟻、蒼蠅、小蟑螂，秦蓉兒馬上跳起來，又認真又神經兮兮地盯著這些小東西看，彷彿想瞧出什麼端倪來，又彷彿當作人家是來與她作伴的，任牠們竄來竄去，也不刻意揮趕或驅除。因此沒多久，那些活蹦蹦的小蟲，就公然在書桌上、垃圾筒上昂首挺胸趾高氣揚地走著、跳著；說也奇怪，眼前沒有死亡威脅的小生命，走起路來竟像一個「王」，威風十足。

有時候正在看書，秦蓉兒卻忽然想起浴室地板水漬未乾容易滑倒，就要起身奔去擦拭的一剎，才真正憶起家裡已經沒有老人了。

心情不好，秦蓉兒也像都市裡那些愛跳舞的年輕女孩一樣，買兩卷錄音帶回家關起房門，自己胡亂跳舞。秦蓉兒跳舞跳得不好看，遂告訴自己不准虐待別人的視覺，同理也因不能忍受舞池裡跳得不美的別人，所以從來不去公眾場合。美麗與醜陋的東西，其實都不應過份勉強別人承受才是啊。

●

最近隔壁的余太太生個男娃娃，由於余先生很喜歡熱鬧，所以左鄰右舍到處邀人去看他們的小寶寶。基於每天打招呼的情份，秦蓉兒很榮幸成為第一位去「拜訪」寶寶的貴賓。其實如果換一種說法，可以說是，人家寶寶從醫院一抱回家，秦蓉兒就老守在門口，探著腦袋，興致勃勃想看小娃娃。

「來了，來了，我們小藍波來了。」余先生逗趣地，從房裡奔出來。

秦蓉兒的視線停止在前方半空中，因為她愣住了，事先沒有想到一個新生的孩子是那麼小。一丁點大的小生命，用一條色彩柔美的浴巾很妥貼地包裹好；小人兒被深深擁抱著。

「看！我的兒子帥吧？」余先生說。

一丁點的小生命，竟然勇敢地跑到這個世界來，準備長成一個有著愛怨情愁、高智慧但肉體脆弱的人類。

「阿姨抱抱。」余先生說。

「啊，不用……」

秦蓉兒臨場卻有點退縮，隔著一段距離目不轉睛地端詳小孩。

呵！一個生命呢！她心裡是肅然的。

「沒關係，我兒子很乖，把他吵醒也沒關係，妳來抱抱看。」

秦蓉兒羞紅著臉，像遇到一件偉大的創作。

由於秦蓉兒拖拖拉拉，余先生以為她很客氣，便說：

「過幾年妳也要抱小娃娃啊，現在趕快先學學，免繳學費啦。」余先生手一鬆，就把小孩推給秦蓉兒了。

秦蓉兒趕緊抱穩，以免小孩和大人都跌倒。這小孩有十根極小極嫩的腳趾頭，腳趾頭有點皺皺，卻不難看，將來要踩在大地之上。

「他叫什麼名字？」秦蓉兒抬頭問。

人們曾經試圖使用各式各樣的方法——譬如，傳宗接代、宗教信仰、藝術創作、揚名世界、賺取財富……等等，來爭取自己靈魂的不朽。可是後來他們依然被棄入一個機械運轉的宇宙，從事誕生與死亡。可是後來他們依然在睡眠的盡頭醒來，勇敢地重新走入價值的世界之中。

「就叫小藍波啊？」余先生嬉皮笑臉說。

一切都是為了名字，

「小妹，妳別聽他胡說八道。」余太太身披睡衣，從房裡微笑走出來。「名字還沒有取啦，她爺爺列了很多，說要算筆劃再作決定。」

為了存在，

「是，我們小藍波要一炮成『名』哦！」余先生說。

為了超越，

「哦？還沒有名字！真可愛。」

也為了永恆。

小孩的軀體非常柔軟，當觸覺碰到小孩的體溫時，使人覺得十分美妙。可是也由於小孩太小，看不出長得像父親、母親，或其他的人。秦蓉兒有點失望。

「咦，妳看他醒了。」

「來，這個給他。」

余太太遞來一瓶牛奶。多了一個牛奶瓶，秦蓉兒顯得更加手忙腳亂。

然而小孩可一點也不體諒，含了兩口，就不吃了，這時候小孩試圖任性地搖晃身體，然後被窗外斜進來的陽光嚇一跳趕緊閉上眼，有點想哭。可是忍不住，把眼睛瞇成一條線，再度望向外面世界。

「做小孩子很好吧？妳看有這麼多人喜歡他、保護他。」

余太太走過來，把小孩抱過去，熟練地拍著他的背告訴秦蓉兒，說：

「每次他醒著的時候，空氣中很小的聲音也會把他嚇一跳，所以可以這樣拍拍他，讓他有被保護的感覺。」

這時候，小孩用嘴巴輕輕推開奶嘴，有點頑皮的模樣。秦蓉兒看見大浴巾裡的小孩穿著一件袖口寬寬的嬰兒服，像中國戲劇裡的衣裳。

大家都沈默著，也許各自在想關於新生命的什麼吧。空氣靜悄悄。

忽然，小孩滿足地笑，嘴巴愈笑愈大。大人也感染了他的喜悅，紛紛以手指頭去逗他。

小孩因此更加興奮，發出咯咯笑聲，兩隻小胖腿不停踢著。當快樂即將抵達高潮之時，小孩激動地舉起雙袖揮舞，天馬行空。這小孩好像天生喜愛用「肢體」來詮釋自己的情緒，頗有天份，動作看起來竟像一隻蝶的身段；他對窗子那端最有興趣，袖口頻頻揮指向陽光進來的那一方。

中午報告新聞時間一到，余先生馬上停止談天，一人坐到電視機前去，表情認真十足。像一般知識份子的男人，每天習慣用這種半小時的迅速方式，關心國內外大事。

「電視關小聲一點。」余太太輕喚，指指小孩。

「古埃及文物展，從十月七日開始在台北國立歷史博物館揭幕。昨天適逢週末，前往參觀的人潮又創新記錄，歷史博物館一天之內居然擠進兩萬多人。直到傍晚，人潮還是沒有減少，館方只好臨時宣佈延長開放時間。這次古埃及文物展，在一百八十一件展覽品當中，最吸引觀眾注目的，仍然是那具擁有三千多年歷史、埃及大祭師奈班特魯的木乃伊。展示木乃伊的三樓側廳，被群眾擠得水洩不通，誰也不願放棄這千載難逢的好機會，親眼目睹埃及木乃伊的風采。尤其蹦蹦跳跳的小孩子們最高興了，他們頻頻指著木乃伊問他們的父母說：「那真的是三千年前的死人嗎？」『那真的是木乃伊嗎？』『躺在那裡的真的是人嗎？死人就是那樣嗎？』是的，各位觀眾，對這些天真可愛的小朋友來講，這真是一次最富歷史教育意義的參觀活動。」

余太太轉頭對余先生說：

「很難得哦，等做完月子，我們也去看木乃伊。小妹，妳要不要一塊兒去？」

秦蓉兒搖搖頭。

「妳們公司會團體去吧？總之，不要錯過就是了。」

阿公逝世的那個深夜，屋裡還沒裝電話，她跑下樓，奔入最大片的黑夜之中。先撥公用電話找離家最近的中山北路醫院，沒有救護車。再撥敦化北路一家醫院，請你們自己坐計程車過來。最後找上一一九，身體冷冷硬硬嗎？那是早就死了。大寒的夜，她站在空無死寂的巷口等候，天空竟然飛飄起冷霧般的雨，把她的軀體整個罩入虛幻的無際空間裡。一一九車子繞，找不著她，妳們這附近房子怎麼都沒門牌地址。

家裡的電話響起，秦蓉兒站起來，邊跑邊與余先生余太太道再見。

●

是高中同學陳鈴鈺的聲音。

「蓉兒，我下禮拜六要上台北，晚上住妳那兒可以嗎？」

「當然好啊。」

「我跟朱麗約好下禮拜去看埃及木乃伊耶！妳看報紙嗎．埃及人為了保存死後的身體，而發明『木乃伊』。哇！太有趣了！我想去看看木乃伊到底包了幾層布。蓉兒，聽說那是一種藝術耶，妳以前不是很喜歡逛畫展、逛書展嗎？」

「鈴鈺，我對木乃伊的興趣不大，可是很高興妳要上台北來，我們晚上可以聊個通宵……」

「好，到時候我還會新買照相機，讓妳瞧瞧我的攝影技術。」

秦蓉兒以前住新竹老家，總覺得家裡照片到處都是，當她搬來台北工作時，還隨手拿走兩本舊相簿。可是沒想到前一趟回新竹翻找，一些舊時的照片都被已婚的哥姊拿光了。晚年的阿公，秦蓉兒很熟悉，但是更往前推移的歲月，就不是秦蓉兒的時代了，她很好奇。現在她手上只有兩張阿公早年的照片，一是結婚之時的新郎獨照，眉清目秀的。再一張阿公大概三四十歲，好像是去山上勘察礦山吧；他右手持木棍邁步爬山，全身神采奕奕，左臉則恰巧迎上一大片燦爛的陽光，眼神亮亮晶晶，很自信，好像知道那正是自己的黃金年華。照片已經泛黃了，但剛好說明那是個舊時代，竟然也和現在的我們有著相同的人類表情。照片再細瞧，原來太陽底下，每一個健康的男人(或人類)都是獨一無二的驕驕子啊！

當秦蓉兒再度見到陳鈴鈺時，秦蓉兒有點吃驚。記憶中陳鈴鈺長得胖胖壯壯，樂觀、不拘小節，而且人很好相處。以前唸女校中午吃便當，陳鈴鈺總咀嚼得很大聲，旁若無人。有一回陳鈴鈺忘記攜帶筷子，還不管三七二十一用手抓飯猛吃，把全班女同學笑得倒成一堆，從此，陳鈴鈺被取了個「原始人」的綽號。然而現在的陳鈴鈺比以前瘦，臉上化著粧，頭髮留長了，而言談顧盼之間，多出一種一般女孩子的情調。

「蓉兒，妳相信嗎？我去減肥中心減肥耶，我的天，快餓死我了。可是我知道，我還是要加油，離標準體重還差五點五公斤。」

「蓉兒，做一個現代人要懂得體驗生活、美化生活。不要整天在家裏，不出去交朋友，那馬上會退步的。我現在總是要求自己把日子排得滿滿的，下班後去英語課啦美容課啦，好好充實一番。這樣，才能跟上時代而不落伍。」

「蓉兒，前一陣子我還吃素食哦，很難想像吧？現在不少人喜歡、很流行的。因為吃素可以把我們體內一些骯髒的物質排出去，徹底改變體質，對身體健康最有幫助。」

「其實蓉兒，我跟妳說妳不要生氣哦。我們女孩子平常出門，一定要化點粧，因為這是一種最基本的禮貌。妳不能妳有妳自己的看法，就不在乎社會上的觀點，因為妳老是這樣一張臉色難看的臉出門，男人是不會注意妳的。人家我們美容老師她說得很好，身體髮膚受之父母，不敢毀傷，孝之始也。我們不僅要不毀傷，還得好好把自己美容一番。妳沒聽人家說，年輕就是要漂亮一下嗎？」

「我們公司最近有個大消息，我們財務經理居然中風耶，好可怕。我們公司的人都說，那一定是平常應酬大魚大肉吃太多，身體受不了的。年紀輕輕四十五歲就中風，他太太簡直哭得死去活來。所以我最近也跟著倒楣啦，工作份量增加，忙死了，差點不能上來。」

當我們從事信仰之時，也許沒有想到，信仰本身其實是一種創造力量；

「可是我一想，埃及木乃伊沒看到，我一定會終生遺憾的，無論如何也要趕上來。蓉兒妳知道展覽木乃伊的意義嗎？以前的埃及人啊，相信人的靈魂是不滅的，死的只是身體。所以當他們國王或貴族死了以後，他們就趕快把身體做成木乃伊，這樣總有一天靈魂會再回來，找到他們的身體。嘿，報紙寫的還多呢，我都可以背起來。」

創造神、上帝，

「這幾天的XX晚報，為了配合這次古埃及文物展，還特別連載一篇埃及神話，好可憐哦，蓉兒，那篇神話大概是說，從前有一個叫奧力西斯的神，被他的兄弟殺害，屍體被人分成十四塊，他的妻子伊希絲非常傷心，於是不辭辛勞去尋找他丈夫的屍體恢復完整。可是最後伊希絲只找到十三塊，一針一線地把奧力西斯的屍體縫起來。真令人感動。」

創造自己的意志，

「妳知道嗎？這次展覽木乃伊還有一件趣事，就是他們把木乃伊送到三軍總醫院去照X光。哈哈！有了X光，就可以把木乃伊的身體裡面看得一清二楚，什麼也躲不掉，真妙！這一招不曉得哪位仁兄想出來的點子。喂，蓉兒，妳難道真的不想去實地見識一番、開開眼界嗎？」

創造美學。

「哦，埃及，聽起來多麼神秘的國家啊！據說古埃及最高的統治者叫『法老』，也就是太陽神之子的意思。妳看看這名字多像神話裡的人啊！蓉兒，我發誓如果有一天賺夠錢，一定要去遙遠的北非旅遊、探險！」

●

陳鈴鈺與秦蓉兒二人，快快樂樂逛了一晚的士林夜市，邊走邊聊，然後大包小包抱著坐計程車回家。

唯一美中不足的是，朱麗家的電話一直到深更半夜還通話中，線老是打不進去。

「怎麼會這樣呢？」陳鈴鈺氣急敗壞，直嘟囔著。電視都沒有節目好看了。

記得剛上高中的時候，秦蓉兒是一個自以為最擁護真理、信仰真理的俠義孩子。有一天秦蓉兒以不屑而驕傲的語氣說：

「阿公，人為什麼要賺那麼多錢呢？錢只要夠用就好，為什麼要花那麼多精力和時間去賺錢？真是沒有文化！」

阿公說：

「妳是在問我，錢既然夠了，為什麼還要多賺嗎？因為我們人除了吃飯之外，也會生病，有時候生病要花很多錢，所以當我們健康的時候，就要把一些錢存起來，準備著。」

到了秦蓉兒大學三年級，阿公的身體一日日衰弱。有一回，秦蓉兒苦惱地問阿公，也想知道老人的信仰：

「阿公，人死了到那裏去？人死靈魂會去那裏？」

「人死，就是——沒有了。完全沒有了。」阿公說。

阿公的面容冷靜、語氣堅決，彷若自己就是大自然的判決者。

秦蓉兒感覺從那日到今日這許多年來，自己彷若一直維持當時那震驚的表情。

「現在怎麼辦呢？朱麗說這禮拜天臨時要加班，所以不能去了。昨天她們公司的兩個同事為搶廣告客戶，在公司裏大打出手、鬧自殺，昨晚就是因為那兩個人回到家都分別打電話向她這個業務主任訴苦，所以電話才一直通話中。喂，其實不錯耶，朱麗才幹兩年就升主任，她手腕最好了，那像我們！不過聽說啊，噓，她們那裏上司很……『黃』的，算了算了，蓉兒，她不去，我們也省得整天聽她公司長公司短的，我們兩個，也可以去啊！」

秦蓉兒卻不想去。

我看到人類優美的身體，好像一首如水的牧歌的旋律。

「這樣好了，我保證妳去看一下，一定會有意想不到的驚喜和收穫。」

「鈴鈺，非常對不起掃妳的興，我真的有點不舒服……」

「哎呀，沒關係啦，我們坐計程車去嘛，看看就回來了。」

「…………」

「到底怎樣嘛？」

「…………」

「蓉兒，妳這樣實在不夠朋友哦！」

我看到人類優美的身體，好像大自然在練習描繪曲線的夢。

「好吧，走。」

住在台北的親戚朋友都趕來了，表叔忙著去買冥紙，舅舅忙著連絡，姑婆在阿公的房門外嚎哭得死去活來。半個小時之後，在景美當校長的二叔驚惶進門，試圖以雙手重擊阿公的心臟部位，也都沒有效，只得頻頻嘆息。

這時候，秦蓉兒站在阿公的床邊。從形體看去，她已經長大了，像普通女孩一樣亭亭玉立，曾經是老人多麼漫長的一個願望。

當一切急救方法都無效之後，大家都退離。房間裏只有屍體和一個女孩。

秦蓉兒靠近屍體，悄悄搓揉起老人的四肢，輕輕地，一遍再一遍；搓揉著即將冷卻的血液，搓揉著曾經渴望不朽的軀體，那動作像試圖成為死者與生者之間的一種語言。她愈來愈用力，愈來愈瘋狂，於是也愈來愈專注……

可是老人到底沒有甦醒過來。

老人的嘴巴張得好大，維持死前的最後一個姿勢。

女孩悄悄爬上床。

忽然聽得房內一聲轟響，女孩駭然撲向屍體，企圖以她全身湧動的體溫來挽回一個人的生命。

●

「哇！我的天，人這麼多！蓉兒妳看，還有老阿公老阿媽拄著拐杖來耶，那麼老也喜歡看木乃伊，真夠新鮮！上次我和我媽去XX的動物園，人潮就跟現在差不多，不過人家那個動物園很正式哦，還邀請三位議員為小象寶寶慶生。那三位議員的其中一個李議員，我們家最熟了，是我嬸嬸的表妹她們家的親戚，去年選舉我還投他一票呢。那天就是由三位議員領頭，帶領我們為小象寶寶唱生日快樂。今天的人潮就跟我們那天動物園的差不多，快擠死人了。」

「快點，蓉兒，我們直接到三樓去。奇怪，怎麼這麼多小鬼嚷嚷叫叫，小孩子最麻煩了，都沒有人管嗎？」

「這裏能不能拍照啊？如果不可以，我的相機藏在皮包裏，待會兒妳用身體幫我擋一下就好。哎喲，蓉兒，妳怎麼這麼沒膽量，沒關係啦，拍張照片又不要兩秒鐘。何況像他們這種國立什麼館的公務員我最了解，所謂規定還不就是做個樣子罷了。我們只要不明目張膽，他們就覺得妳很給面子，說不定還很感激我們呢。妳說什麼？不會啊，我替木乃伊照相會有什麼不妥？木乃伊怎麼會有什麼損失？他是死的人嘛！

唉，走吧走吧，不要談妳的大道理。」

「那邊有賣飲料耶，小姐給我一瓶巧克力牛奶，蓉兒妳要什麼？我們可以邊看邊喝。」

「快看！白布包裹著那個，用白布包裹著那個就是木乃伊！咦，奇怪了！我們為什麼不能摸？真的不能用手摸嗎？奇怪了，他們應該讓社會大眾摸摸看才知道古時候的人到底和現在人有什麼不同啊！真沒道理，還用一個透明櫃子裝著，原來是騙觀眾錢的，騙錢的嘛。蓉兒，人家上次我們在動物園還可以抱小老虎拍照呢？妳相不相信？」

站在木乃伊之前，四面八方觀眾驚嘆聲如潮湧至。仔細聽，原來是眾人喊喊喳喳細碎的討論聲之總合。而室內燈光昏黃陰鬱，沈重的空氣就像一首悲壯的交響樂，現在在有著雜音的頻道頻頻播出。

古埃及人的身軀，原來居住於熱帶無雨的北非故鄉，飄洋過海到美國賓州大學博物館，再飄洋過海到台灣或其他地方，永無歸期的飄流與展覽，展示死亡之前最後一個姿勢。

這時候秦蓉兒正視前方透明櫃內，以一種充滿水的徘徊的眼眶，於是她的目光扛起木乃伊的身軀，亦即阿公的身軀亦即秦蓉兒自己的身軀。

「這個木乃伊鼻子很挺嘛！蓉兒，我告訴妳一個笑話，報上還說這木乃伊要死以前患有鼻竇炎哦，嘻，笑死人。看，這裏是他的嘴巴……他的喉結……他迷人的胸部……他的手臂……他的大腿……他的香港腳……嘻嘻……」

　於是秦蓉兒的目光緩緩偏離　那種令人震驚顫抖而無情的展示形式　於是秦蓉兒的目光緩緩偏離　當信仰停止而不朽幻滅在無人的荒原之中　於是秦蓉兒的目光緩緩偏離　這個埃及人永遠不能回鄉歸土的哀號　於是秦蓉兒的目光緩緩偏移　凝止展覽室四壁神祕古埃及的繪畫裏　於是秦蓉兒的目光緩緩偏移　熱帶藝術的色彩理念鮮豔一如烈陽的火舌　於是秦蓉兒的目光緩緩偏移　而畫中人物目光炯炯彷若逼視這世界裏面的什麼　於是秦蓉兒的目光緩緩偏離　想到無論靈魂或肉體一個關於人類最後無力堅持的冰冷的尊嚴

秦蓉兒合上書冊，闔上宇宙的響音。

（1988年）

余風雲坐在辦公桌前沉思，好像一尊美的女佛，凝聚千古蹲踞於石洞的堅持，深沉典雅，內蘊外露。窗外風雨嘩嘩拍打，那大自然，有歡騰有悲歌，直直跌落世途人間，永墜紅塵。

老闆易醒很看重余風雲，她心地善良，文學程度不錯，懂一些音樂，易醒的「音樂世家雜誌社」需要這種人類。易醒是一位智慧透徹的鋼琴演奏家，他知道他的雜誌社要的是性情真誠的音樂編輯，所以儘管余風雲有個小缺點——年輕怕羞，易醒都替她一手阻擋，讓她出落成全雜誌社最優雅的女孩。

「風雲，再學習一年，妳必能成為一位才華洋溢的採訪高手，因為妳是發自內在、內涵的成長！」易醒拍拍余風雲的肩膀說。余風雲似懂非懂的點點頭，很快樂的樣子。

易醒自己創業，他對辦音樂雜誌有一股理想與執著，他還年輕，圈內認識他的人不多，然而他的古典鋼琴彈奏得很具大將之風。

易醒自深居南部父親的血液中遺傳了對音樂的熱忱，在他幼年，父親便諄諄善誘，時時教導，而易醒果然是一個聰明又深厚的孩子，成長的過程裡，從音樂中不停表達一位翩翩少年的憂鬱與快樂情懷。

「我有一個美麗的童年，當我年少，我常躺在自己的床上傾聽窗戶外面的聲響，每一則聲響都像絕妙樂音深深吸引我……」

易醒陶醉的自述，侃侃而談，談人生與音樂的初步相逢，生命中音樂的降臨，一個小男孩與音樂精靈精神往來的祕密。

余風雲微笑著，欽佩著易醒的生命態度。然而另一位編輯陳利卿一旁低著頭，不以為然，他看不起易醒的哲學，尤其至目前為止，易醒只是一個沒有名氣的音樂從事者。這就是世界，余風雲自然的自己活著，自私的完成自己的孤寂。

有一回余風雲與陳利卿一起出外採訪，結束後兩人在植物園稍作停歇，陳利卿表示她不想回公司打卡了，她教導余風雲欺瞞老闆易醒的許多辦法，講得頭頭是道。

陳利卿以前在某報當記者，她的電話簿裡密密麻麻寫著許多文化界名人的電話號碼，令人驚訝，也有諷刺。於是陳利卿有些驕傲了，頭仰得高高的。然而余風雲並不討厭她，余風雲的性格可以容納她。

陳利卿採訪時言語流利，有種表象的優雅，但內容不夠深刻。所以，在雜誌社裡，易醒與余風雲對待陳利卿都是不約而同的某種包容。

易醒給了余風雲許多機會，去專訪一些形形色色的音樂家。於是，沒有社會經驗的余風雲，便一路跌跌撞撞，結結巴巴的硬著頭皮努力執行她的工作。

在採訪的歲月裡，余風雲認識了一位音樂中心的主任。那是一位身材微微發福的中年男子，談起古典音樂眉飛色舞，他耐心的告訴余風雲音樂的種種與他生命的遠景，他的每一句話都紛紛化成哲理，是一個藝術家的特殊才情，余風雲忙著作筆記，寫了滿滿十大張，年輕的余風雲亦真情至性，彷若給予對方熱烈的鼓掌。

還有，一位白髮暮年的老音樂家，一生創作了許多優美絕響的古典樂曲，易醒想找他擔任雜誌社顧問。易醒放心大膽的把地址交給余風雲，余風雲於是出發進行她的拜訪工作。

那天，余風雲按址爬上一處陰潮晦暗的市區小樓，左右尋覓，叫門叫半天，裡面才有了動靜。久久，一位老者迎風走了出來，那樸素的神情，微微展放慈顏，一如他的樂曲般，優美的滑了出來，言語之間，一身人生到底的瑩瑩智慧。

後來，余風雲改行從事文學創作，遭遇挫折，時而會憶起這位老者的典範，一生堅持！「藝術」就是如此在年歲中一再激勵，艱困又優雅的走過來吧！

然而，余風雲上班壓力很大。易醒能，余風雲卻不能，等待自己成長。她迷惘了，她該追求什麼？一口流利的言語？一則順暢的處世待人？她自幼至今的教育目的為何？她想成為一個如何的人類？余風雲時常詢問自己。

那生命的風雲極速飛馳，猶如天外的色彩，頓時渲染開來，來不及躲，人生不過如此，一剎整個人全置身其中，置身人與物的自然之中。自然與人物不斷翻滾，不停止的流動，成為一則莫大的永恆。

易醒問余風雲：「妳知道陳利卿怎麼了？」余風雲回答：「也許你該對她熱絡一

點。」第二天，易醒便單獨在社長辦公室約見陳利卿，聊天歌唱，把余風雲冷落在一旁。

余風雲自告奮勇跨組流行音樂，採訪一位歌星花容月，易醒想阻止，欲語還止。電話中，花容月一聽說是與音樂相關的雜誌，很快就答應接受訪問。余風雲沒想到事情進行如此順利，十分驚喜，她對這次採訪充滿雀躍的期待，好像孩子一般。

余風雲抵達咖啡廳時，眼睛向四周巡禮一番，都是一些衣著打扮十分高貴的客人，散坐各處，花容月顯然尚未出現。余風雲常常在電視前觀賞花容月的表演，她三十幾歲的年紀。

在等待的空檔中，余風雲愈來愈緊張，一直深呼吸，週遭室內設計的色調很冷漠，讓她不太適應。余風雲是個樸素真情的小鎮女，身在繁榮的大都市裡四處碰撞行走，雕塑人類生命的形體與面容。

咖啡廳裡播放一首音樂。前奏突然，鼓聲連續，潛在的大浪翻飛，情感於是湧動。詞出來，小提琴馬上跟進，幾拍大力肯定的歌詠，詞不平庸，感動處人們一抹微笑，全曲不凡。流行音樂的好，輕易的影響。

這時候，余風雲突然發現花容月，一人坐在不遠處的座位上，余風雲鼓起勇氣走過去，整個咖啡廳的音樂狂奔起來，女音拔高。

這次訪談問的是花容月的音樂，花容月說：「我最討厭記者問我的私生活了。」訪談時，花容月一直「我，我，我，」對余風雲視若無睹。她已經出了許多張國語流行音樂專輯，除了早期的，全部自己作曲。

余風雲沒辦法放輕鬆，結結巴巴。余風雲告訴花容月自己有時寫寫文章，花容月眼睛一亮。訪談即將結束，花容月起身打電話給她的新婚丈夫，要他來接她。飛舞在兩人身旁，音樂的旋律細細吟語，猶如一朵大自然的淡色花香。然後踩著節奏，各自遠走了。余風雲這才鬆了一口氣。

回到公司，又約好歌星王猿，他是目今台灣詞曲搭配最圓融的一位，下星期專訪。

余風雲心裡累了，她覺得她做不好工作。寫採訪稿對她來說很簡單，然而走出去採訪則太困難了，她連幾句客套話都說不出來，她想，人說的每一句話都應該發自內心的誠懇啊！

然而事實並非如此，你一套我一套，余風雲對語言真是困惑不已，在學校求學時，她就愛文學恨語言。文學院裡，一、二年級偏重語言，她被會話老師嚇的經常做惡夢，痛苦不已；三、四年級偏重文學，於是她便蛻變成一隻睿智的小鳥，成績神速進步，天天沉醉書冊之中，快樂無比，成為課堂上的領袖人物。

易醒說：「說話可以鍛鍊，根本不是問題，妳的問題是短暫的。」不過，余風雲的薪水的確比陳利卿少，陳利卿透露的。

年輕是苦悶的，年輕是天真的，年輕是揮霍的。看在已婚的易醒眼底，余風雲與其他職員都還年輕，而易醒已是育有一子的標準爸爸了，他的婚姻十分幸福，妻子愛他。大家在人生的每一階段駐足四顧，留下行為，或成為反省。

某天上班之前，天光異常明亮灼熱，教人心理怪不舒服的。余風雲台北家的電話突然響起：

「喂！余風雲在嗎？」

「我就是。」

「我九點半在松江路的救國團門口等妳。」

「請問你是哪位？」

「我們沒見過面，我是小刀子，理芬的朋友，妳一定聽過我吧？」

「聽過。有事嗎？」

「沒事，只是我現在住理芬家，我在他的電話簿裡發現妳的名字，我……我想認識妳。」

「可是……」

「妳一定要來哦！」

「小刀子，你喝醉了嗎？」

「妳一定要來哦！」

余風雲好生為難，早就聽理芬講起小刀子喜歡瞎搞性關係，可是有時候理芬又說，小刀子其實是一個相當「自然」的人，理芬幾個搞藝術的朋友，人人都愛小刀子。

好吧！就這麼決定去救國團，不上班不工作了，余風雲也不理危不危險，輕率而行，不管公司裡的人是否在等她，她便隨性做了一個離職的舉動，放棄前行之路。她很年輕，不知珍惜與感恩，別人對她的好她不會掌握，只是隱約明瞭很難得，然而她不懂如何維持這種良好關係，於是，輕易的傷害了對她好的人。

九點半，小刀子並沒有來救國團，余風雲又等了一個鐘頭，這才離開，回家後接到易醒的電話，余風雲硬著頭皮表示不做了，薪水也不必拿了，易醒問了許多，也勸說許久，然後黯然掛下電話，從此再見。

後來的歲月裡，余風雲漸漸明白自己失落很多，一個人的一生遇不著幾個了解自己的人類，而她卻莫名的放棄，這是她的缺點。

余風雲在電話裡告訴祖父：

「對不起，我失業了。」

她知道祖父為了籌備他們兄弟姊妹的學費與生活費，有些困難。

祖父卻回答：

「妳為什麼要工作，妳為什麼不回羅東？」

余風雲的眼淚差點掉下來，於是她立刻著手準備寫作一篇小說。

小時候，祖父深夜見她房裡有燈光，便起身問她：

「怎麼不睡覺？」

她說：

「我在寫日記。」

她沒有告訴祖父，我一定不能讓今天白白過去，我要用「筆」留住今天啊！

到了十五歲，導師建議余風雲可以嘗試寫小說，於是余風雲寫了生平第一篇小說，獲得全校高中組寫作第一名。

離開『音樂世家』之後，余風雲在街上偶遇陳利卿，迎面而來，陳利卿給予鄙夷的眼光，令默默無語的余風雲返家後大為不解。

某天，余風雲打電話給花容月，花容月淡淡的問她：

「你想不想寫歌詞？」

余風雲一嚇，說：

「我想……我可以試試。」

「你寫好拿來我看。」

余風雲樂極了，便認真埋頭創作。寫歌詞字少，對她真是太簡單了，她也努力控制著品質。三天後，她寫了三首詞，與花容月碰面。花容月回去讀完，讚嘆不已，很快就著手譜曲。

當然，余風雲知道，其實沒有花容月形容的那麼好，只是余風雲的作品很真誠，比較少見。而花容月有其「真」的一面，兩人一拍即合。如此而已。

童年洋娃娃的臉，貼在兩個女人的懷抱。在音樂裡，每一個人的自戀方式各有不同，而生命的力量一湧進，兩人奮力追逐與歌詠。走吧！走吧！那生命！我要從此出人頭地和創造生命。

見面時大多選在花容月家附近，然而花容月總愛遲到兩、三個鐘頭，任由余風雲自行煎熬的等待，花容月也毫無抱歉的意思，反而下次更加變本加利的晚到。

花容月的CD出來了，余風雲被錄用兩首，簡直快樂極了，一切不快樂幾乎煙消雲散。余風雲仔細來回聽著，只有作品是一切，創作者的精神如此，艱苦的過程是考驗，談不上真正委屈，余風雲其實明瞭。聽與創造的快樂，著實包圍著余風雲。

花容月說：「愛情，我要愛情的詞！」然而余風雲對「愛情」卻興趣不高，有些非愛情的詞到了花容月手中，硬是唱不出來，太深奧了，流行歌曲市場寫的幾乎都是愛情故事。余風雲有些半強迫的給詞，幾首愛情搭配一首其他，如果被花容月擱置一旁，也就算了。

花容月的先生季私成也是一位作曲者，有時，余風雲給花容月的詞，他會拿去譜曲。他是一位對自己外貌很在乎的男人，他的音樂很平凡，花容月經常糾正他的不專業：「私成，再來一次，你這次一定要完全認真。」「私成，你應該仔細研究一下這首詞。私成，你在聽我說話嗎？」「私成，你過來一下，這次余風雲要請客……」

花容月殷切的呼喚季私成，季私成回首一刻，又繼續返身與隔桌朋友聊天遊玩，於是，有那麼一刻，花容月朝季私成招呼的姿勢，無力的停在半空中……

花容月曾經很紅，在電視上，而現在也不錯。花容月的成功在於她對音樂的熱情，流行音樂界對她有褒有貶，然而她仍然不顧一切地往前走著。由於脾氣大，坊間一些愛揭人隱私的報章雜誌，便把她描述成一個調情高手，男友一個接著一個，其實她婚前常常談戀愛，然而都是點到為止，她十分自大，於是自己便很少記取什麼失敗或成功的經驗。

以前，花容月與所屬唱片公司的老闆談戀愛，老闆有意將花容月捧成超級巨星。但是花容月中途愛上季私成，計劃於是作罷，是後來花容月人生的一大遺憾。

花容月的婚姻寫在張望的臉上。她和季私成出去逛街，正熱情、高潮、吶喊，只是花容月頻頻回首觀望人群的表情，轉頭的那一個面目凝止！對了！就是那神情，那彷若沒有把握而等待著的剎那。

花容月與季私成吵架了，她發起脾氣來天崩地裂。她用棒子把季私成的轎車打得稀爛，身著牛仔褲砸花瓶、踢車燈，姿勢特別講求帥氣，連吵架都想著紀念價值！

花容月愛季私成，她討論著他的好壞，總歸咎於季私成是個成長於外國學校的小孩，都市情緒而無太多的真情，這花容月自己想著，而季私成與花容月表象上真是天生一對！

一年後，花容月與季私成協議離婚。季私成哄著花容月答應，說：「離婚後讓我們各自冷靜兩年，兩年之後的結婚紀念日，我將再度隆重迎娶妳。」分手也講求浪漫，花容月愈來愈了解季私成。分手後，季私成馬上與另一女歌星同居，花容月咒罵著，被狼狽的趕了出來。

幸好，花容月還有音樂，此時花容月的父母在東區為她買下一間小屋，以為療傷。

花容月出了她個人第十張音樂專輯，裡面又收錄三首余風雲作詞的作品。這時候，花容月經常燃起一根煙，朝著對面咖啡座的余風雲談論，有些作曲家向她打聽「余風雲」，他們對她的詞頗有興趣呢，余風雲低頭聆聽著。那聲音迴響，第一次來自知音的所在，在余風雲靜靜的心靈中，起了甜甜的生命的感動。

余風雲的父親說：「那天，我不小心在電視上看到風雲的名字耶！」並且，花容月和余風雲所共譜的歌曲，被一齣連續劇選用做為片頭曲。幾乎花容月的電視、電台訪問，余風雲都在家仔細的聆聽，十分高興。花容月這次的MTV和CD封套設計的非常精采，水準之上，只是非常可惜，沒有受到流行音樂界的多少注目。

花容月菸酒不戒，很傷喉嚨，然她性情中人，沒人敢勸她。花容月邀請余風雲到她的小屋參觀音樂工作室，特別煮了麵請客，賓主相談甚歡。酒後，花容月大罵季私成，說他如何不懂歌詞，垃圾桶裡隨便的字條撿起，也能譜成歌曲，余風雲當儘可能安慰她的不幸。

余風雲尚有幾首歌詞在季私成手中，於是與季私成也有偶然聯絡，花容月都知道。不久，季私成也出了一張音樂專輯，錄有余風雲兩首。

某天晚上的黃金時段，余風雲在家附近書店看書，忽然聽見季私成和一位主持人在電台談專輯。主持人問她「余風雲」，季私成變得十分為難，那語氣有點不屑，又仿若余風雲高攀他不上，他實在不願談論那個結結巴巴的女孩，季私成故意用了一些看輕余風雲的話。

余風雲聽罷，當下大受打擊，跌跌撞撞回到家裡。本來，她給花容月、季私成寫歌詞，心理壓力就很大。他們對她的態度一直不平等，她彷彿壓低著姿態。然而她也漸漸明瞭，因為年輕生澀，不懂社會規矩，自然大家看輕了她，不過，幸好人家沒有因此不用她的作品。

有一次，余風雲在花容月的小屋認識一位女殘障作詞者諾貝爾。根據余風雲的專業記憶，諾貝爾以前在為幾位作品不是很好的作曲者工作。此次見面，經由花容月後來的介紹，才知道她的身體殘缺，隨時都有生命危險。

可是余風雲分析諾貝爾後來的作品，隱約知道，她的作品很重技巧，走的路雖然和余風雲相反，卻是一個可敬的對手，後來由於雄厚的音樂基礎，把作品推向創作顛峰，成為寫的很好的作詞者。尤其以她偏重技巧的創作習氣，能抵達高峰純屬相當不容易。

花容月約余風雲，老是遲到二、三個鐘頭，余風雲有回在冷夜的麥當勞門外等到極限，四下極冷，急催著數通電話。然而，最後余風雲還是原諒了花容月，於是她們共同的新作品又順利誕生了。

花容月作曲非常隨性與任性，寫完的曲子她從不願更改，也從不反省是否更好。她把讓她改歌的人視為幼稚與可笑。當然，面對一個老創作者，這些都是可以了解的習性。然而之於余風雲，如此她的作品少了更精緻的可能，的確有些可惜與遺憾。

余風雲上小屋多次，有時覺得與花容月已經夠熟了，然而由於此次經歷，讓余風雲失落不少。那是來自一通作曲家張望的電話，她告訴花容月她即將來到小屋，請花容月屆時等他。本來余風雲不疑，然花容月突然轉身，慎重地告訴余風雲：「待會兒張望來時，妳一句話也不要說，也千萬別說妳就是余風雲。」

余風雲懂了，花容月是不想介紹余風雲為張望寫詞。當時，余風雲自迎接張望入門，見他與花容月侃侃而談，高聲飲酒，暢然行歌，快樂非凡。而余風雲只能權當一個啞吧，勉強陪著笑，尷尬無比約有兩個多鐘頭。余風雲心想，張望一定相當奇怪她這個人吧！罷了！一切糗死了！

幾經掙扎，余風雲決定毛遂自薦去找其他作曲家，她搜集了一些名單，最後決定尋找目今流行樂壇的才子吳從人。她在電話簿上找到吳從人，電話過去，接的人是吳從人的父親，外省口音有些聽不清話語，余風雲很禮貌的說明來意，吳父也十分客氣。沒想到一切順利，不久吳從人便來電話，他們約在數天後的某某錄音室碰面。

這家錄音室的外觀，髒亂得令人驚嘆，余風雲東閃西躲地走過狼籍一地的樓下大廳。心裡不禁微笑這位才子的平實可親。來到地下室正門，總算像間錄音室了，有人指示她在沙發等一會兒，此刻，吳從人忽然從裏頭跑出來接電話，電話就在沙發旁邊，他與余風雲點個頭，錯身而坐。

余風雲十分緊張，但仍表現得體。她抱著作品，孤立著，生命隨著室內的音樂歌唱、流淌，成為一條歷歷如繪的誠懇的河流。吳從人請她進去，裏面有三個工作人員，吳從人也沒問她從何處來，她馬上把作品遞上。此刻，吳從人胸有成竹地告訴她：「妳必須非常非常盡力的創作我才能用你的作品，妳回去寫吧！」

然後，吳從人又說：「如果我現在跟妳說：『我愛妳。』妳明白我意思嗎？」余風雲一驚，她自然不明白啊？「我是說：『我愛妳！我愛妳！』」余風雲慌亂中狼狽的脫身而出，總之人是終於跑出錄音室了。後來她回想這一切，嘆口氣，可能只是「她是女，他為男」一場解釋罷了。

回去余風雲努力寫詞，然而碰到很大的困難，她仔細比較吳從人過去的作品，顯然她有所不及，而且不及吳從人流行的才華，余風雲此刻看見自己的缺處，是短暫努力難以抵達的音樂底子難題，比較之下她是文學，是「文字」的藝術，不是「聲音」的藝術，她缺乏「聲音」的修養。

余風雲的祖母去世了，她受著極大的打擊，又因為寫不出歌詞，日夜惡夢連連。她夢見她已經交稿了，然而多年後才發覺不然，凡此夢魘，不勝腦力。終於，余風雲還是不敢再見吳從人一面，只是不斷作惡夢。其實，余風雲後來才明白，吳從人自己也寫歌詞，雖然不文學，也寫的有聲有色，是不需要余風雲的。

漸漸的，余風雲對「生命」與「生存」有了比較深刻的解釋。而且很意外的，她講話也開始不再結巴了，很流暢。她放棄作詞，重回文學的路，覺得好充實。由於父親的工作不錯，她暫時沒有生活負擔，於是拾筆寫作，讀書自娛。

某天，余風雲坐在一輛行駛的公車裡，從窗口忽然就看見易醒了，他正騎在窗外別人的機車後座，他的臉上笑得好春天好燦爛啊！

完稿

他們叫她妹妹。倒不是她在公司裡年齡最小，而是這種呼喚外加一點疼惜的味兒，好像彼此都很親暱。尤其一些男業務員，跑完業務回來，就喜歡手持一杯茶，晃到她這兒來閒聊，似乎每天跟她談些話，他們可以獲致一些精神上的休息和平衡，遺忘一部份在外推銷遭人拒絕的怨氣，因為她是那般善解人意，凡事懶與人計較。她就坐在打卡鐘旁，每天上下班時間，她便不厭其煩地和每一位同事打招呼，林經理、李課長、董事長、吳小姐、工友、小妹、美工小陳……所有的人全關照到了，偶爾適時多些私下話，聽者也感激著那種溫暖。她看人時眼底全是笑，好多的真情，似乎隨時要滿溢出來。大家笑稱她為公司的「總管」，怎麼說呢？同事沒有文具，找她借；被主管「刮」一頓，找她抱怨；愛情有苦惱，找她傾訴；沖牛奶沒有湯匙，還是找到她。所有的瑣事到她手上，必然圓滿解決。她每天臉上笑吟吟，像一隻快樂的小鳥。

這是一家中型的建設公司，座落某商業大樓的第三及第四層，主要業務乃銷售房子並承包房屋廣告。因此，公司業務部與企劃部的陣容特別龐大。她在這裡待了半年，職務是「完稿」，屬於企劃部美工組。公司企劃部分兩組，一是企劃組，一是美工組，通常一件房屋廣告作品，經由企劃組撰定文案之後，交到美工組手上設計人員開始安排版面、找圖片或者畫插圖，最後再送到她這邊完稿，貼稿、重打錯字、移移位子，補補綴綴後終於完成一份外觀完整無缺的廣告稿。

企劃部經常開會，一伙人圍著大方型會議桌動腦，或報告工作內容與進度。每次宣佈開會，她便鬆了一口氣，心裏歡喜，因為她終於可以離開那枯燥的製圖桌面，名正言順地站起來走動走動。尤其會議室在四樓，大家會全體起身，備好各式開會文件，像舉辦旅行般，一夥人歡天喜地有說有笑出去等電梯、搭電梯……；一路笑話不斷，有時小朱耍寶，有時吳小姐損人，有時林經理開黃腔，一直鬧到會議室門口。雖只是三樓至四樓的極短路程，但她覺得快樂，像逮著機會喘息和遊玩，相親相愛。不過，只要一進會議室，大家便換了個人似的，臉上全寫著「公事」兩字，頓時四周空氣一片嚴寂；這時，她安安靜靜尋一個不起眼的位子坐著，微笑聆聽每個人慷慨激昂的意見。

幾年的工作經驗告訴她，與人接洽公事時她必須很正經、正式、慎重、一絲不苟的口吻說：「總經理，這份公文請您批示一下。」「報告林經理、杏園大廈的稿子預計明天早上全部完成。」好像舞台唸台詞，認真演出，不可笑場。大家視這些規矩為社會經驗，演壞了就被列管「社會經驗不足」，極可能因此動搖「飯碗」問題。

所以有人說：「人多的公司，做人比做事難！」有時她無緣無故就被欺負、陷害與出賣；她偶而發發脾氣，沒有太多。

最近，業務部人員劇增，辦公桌不夠擺，有幾個新來的業務員暫時坐到企劃部辦公室。她對面來了一位汪小姐，年紀約三十二、三十三的時髦女人。

經過點頭、微笑，以及某次女人之間私下知心話，她和汪小姐很快地熟絡。剛開始，她不厭其煩地告訴汪小姐，那裏是洗手間，那裏有茶水，那裏可以翻查過去的報紙稿資料，小弟幾點出去寄信……等等。中午，她義務帶汪小姐出去吃飯，說這家餐廳乾淨，說那家自助餐最便宜，吃牛肉麵要到「老張牛肉麵館」……。汪小姐直讚美：「妹妹真好！」「妹妹好聰明！」她聽了笑笑，說：「不用謝呢，舉手之勞。」

「服務完畢」，她還是坐在她那製圖桌前低頭認真工作。常常，她覺得汪小姐這人蠻好的，很親切、沒架子、聰明溫柔，她笑起來眼睛瞇成一線，好姐姐那種親愛。

汪小姐每日客戶電話不斷，忙得不得了。她處理每一通電話語氣總是親切而有耐心，甚至一個見第二次面的客戶，她也像熟識半輩子般噓寒問暖，詢問客戶父母的身體，介紹名醫，替客戶小孩找家教，或者傾聽私人苦悶……就這樣，不露痕跡也不添加推銷字眼，將客戶引導至她溫暖的「圈套」中；最重要還讓客戶感覺自己急切需要購屋，這屋子也正完全具備自己所需求的優點，不買一大遺憾，不馬上決定就來不及。汪小姐聲音甜細，卻適時流露著成熟女人的智慧。

無意中，她聽見業務部黃經理對林經理說：「那汪小姐老練得很呢，你別瞧她一副弱女子模樣，人家成交最多！」

時而，她稿子作了一個段落，打個呵欠，抬頭與汪小姐四目接觸，兩人熟稔而會意地綻開一臉完美的笑容，像在欣賞鏡裏的自己。

有一天午休時間，她一人躲在資料室裏邊吃麵包邊看尼采那本「歡悅的智慧」，一直到下午一點半上班開始，方才走出來。這天天氣異常清涼，大樓管理員請清潔工來洗刷窗戶，那工人攤開大抹布拭抹著玻璃窗上的厚厚污垢，台北的空氣污染，讓每片窗上都留下陳年累月的煙塵遺跡，想徹底洗淨並不容易，清潔工正吃力地工作著。天涼，平日緊閉的窗子被打開，冷氣也關了。

她坐下改一張稿子，行中只漏一個字，整段文字就得全部往後移。她心裏氣、又無奈。

汪小姐下午還沒到「芙蓉名仕園」工地去，「芙蓉名仕園」是公司最近新接的案子之一，地點和採光都不大理想，但老板不知如何還是硬接了，負責的業務人員業績不見起色，怨聲四起，汪小姐被分派「芙蓉名仕園」這組的銷售。現在，汪小姐正手握話筒與她姐姐聊電話，起先是一些家常，後來就扯到買房子上頭了。也許是姐妹的關係，汪小姐的措詞還算直接，她說這是我多年賣房子以來遇著最棒的一批房子，全台北市找不到這麼高級便宜的，你如再猶豫，我為妳保留的那最好的一間就讓別人了，我是妳親妹妹，不是最好的怎能叫我姐姐買呀，對對對住那兒空氣新鮮，姐夫早上可以早安晨跑，離市場近得不得了，沒錯，三房兩廳，光線？哦！姐，拜託妳好不好，名建築師設計的房子光線還不好嗎？這你也要操心？姐，放心，所有煩心的手續我都會幫妳辦得妥妥貼貼，妳只管舒服帶著小孩、姐夫住進去就可以了，誰叫我是妳妹妹呢？妳明天來工地，木柵……叫「芙蓉名仕園」妳聽，連大廈的名字都取得如此漂亮高貴。

只聽得汪小姐「姐姐」「姐姐」朝話筒裏喚個不停，嗓門愈來愈大……

她抬頭，吃驚地看著汪小姐——看著她這個「人」。一瞬間，她迷惑了。她曾經以為她們同樣是對生命、對戲劇角色極為認真、誠懇，又有些驕縱天份的人，而且她們對生命角色的詮釋是那般一致與誠實，是的，最起碼的誠實。可是，啊！原來不是如此，原來……通通不是。

如今，汪小姐得意而面不改色地手握話筒瞞騙親姐姐，也如同瞞騙陌生者一般輕鬆如意。她忽然由醒悟的打擊，陷入一種恐懼的戰慄。

汪小姐忘了更換台詞嗎？更換彼此的對待關係？還是，她自己錯認了這個世界？那麼，整個社會到底是什麼樣的群體？隱藏什麼樣的個人？

「而我呢？」她小心翼翼地問，卻嚇出一身冷汗。

室內的空氣忽然在她的眼前模糊起來，也許是因為眼睛長久定點注視的關係，她開始看不清楚汪小姐的五官，只見一個橢圓臉的永恆輪廓，包含一張機械律動而無停止的嘴型——在午後迷亂的心緒以及一種抓不住依恃、痛苦的無力之下，面前嘴型依然一張一合、一合一張……整個輪廓漸漸扯開，碎裂片片像一個殘破的「人」的臉。

「呵呵呵——」汪小姐忽然對著話筒大笑起來，她被震醒；汪小姐清晰逼近的臉立於她的面前，好清楚。她慌忙一退，不是汪小姐，是我自己，我的未來，那就是我努力期待、努力經營的未來面容嗎？

她驚懼站起來，往外走，一邊顫抖，一邊流淚。

第二天，她辭去這家建設公司的工作。

（1985年）

獨唱比賽

從羅東到宜蘭的車程，足夠一個十五歲的女孩天高地遠幻想一回了。這時光，程回回乖乖的搭公車，很優雅。她的眼波流轉，流瀉出彩帶飛揚般的閃閃青春，與迷醉的年輕夢想。程回回抱著女中黑色的書包坐著，準備上學，無視車窗外枯燥的街景，她的心有一大片草原，豐富而美，時光轉著音樂；她心中一大早就不斷反覆著一首歌，不能停止，不能阻擋，橫衝直撞的樂曲，充滿了她身上的每一寸細胞。音樂把她舉起至某個最高處，然後安全的放下，曲子狂舞，曲子停歇……

程回回以為自己是約翰克利斯朵夫的人物，為命運所苦，誠懇的活著，努力掙扎，努力活出一朵燦爛。她閱讀西洋神話，為書中澎湃而巨大的幻想力驚讚無比，驚為天人。什麼時候她也有那般龐大的創造力開拓她的人生？！她的未來正開始，天地在眼前光耀閃亮。一切未知，因而令人興奮不已。

到站了，程回回幻想她一直往前坐，未曾下車。然而當然，她從來沒有如此大的嘗試，最後還是乖乖下車，走進學校。學校裡到處是樹木與如茵的草地，她好喜歡。有時候，她會遇見糾察老師，她害羞的低頭走過。有時候，她遲到了，便排在大門口的隊伍等待唱國歌結束。然而大多時間，她都是班上第一個到校，早自習前跑到學校後方的竹林發呆或背國文，十分快樂。

她們是女子高中，學校除了男老師外，全是女生。偶而，程回回會在上下學遇到一、兩個省中男生，國中同班，彼此交談幾句幻想中的少年語詞，其他的幻夢便全是文學、音樂等等。

程回回從幼稚園到高中都在合唱團、樂隊裡，忘記剛開始是什麼感覺，有點孩子的勉強，然而後來成長一下子蜂擁而上，青春盪漾，生命熱情擁抱，她的生活中處處充滿音樂的影子，不能自己。她常在台前，與眾人一齊演奏樂器，每一次成功的表演，都是經過一次又一次枯躁反覆的練習，她經常經歷著如許努力。果實不是很快產生，結果是一步步過來的。

然而奇妙的是，藝術是多麼甜美的發生，它使人容光煥發、情緒優美，藝術提高了年輕的靈魂，使之不再粗糙與猶豫，使它充滿人生姿態，使它完美；藝術使青春極致，藝術包容了青春的懷疑與不安，使之浪漫與安定。

那一年，程回回很幸運遇到一位疼她的國文女導師李安然，常常在作文課與週記批她文章，程回回對這位老師，有點害羞的怯怯情感，老師誇她好，她就更加臉紅了，不知如何是好。老師在人的一生當中，佔著的地位，程回回從小尊敬老師、害怕老師，不知如何與他們相處，這是她人生的一大心結。

這一節音樂課排在中午過後，音樂老師是個很兇的老女人，大家吃完便當後就開始緊張了，不知道今天會發生什麼芝麻大事情。風很大，樹葉在窗裡窗外撲撲抖動，綠色，延滿了教室前後，油然一片天地，樹海把教室包攏起來，很是涼爽怡人。只是教室裡的學生安靜異常，忽然，老師不知從何處冒出來，已經端坐鋼琴之前，雙手齊下，音樂驟鳴，「快！快！看這邊！」音樂老師的聲音焦慮又急促，把大家嚇成一團，不敢互看，更不敢低頭。音樂老師大喊：「那位同學！站起來！妳翻什麼課本？」噹！音樂又巨響，大家的心來回撞翻過去。

程回回坐在最後一排的邊邊，嘴巴很無奈的跟隨一開一合，搭配著老師的指揮。青春這般美好，只是音樂課就像魔鬼訓練營，音樂老師正一一叫名字起來考樂理，「妳，妳，妳，王八蛋！」心地溫和的同學都快哭出來，幾乎唱不下去。精神緊張，神情緊繃。

程回回好想逃走，逃離荒謬，沒有人有權利這樣害別人。她的同學都嚇壞了，她們是一群活在權威掌控下的可憐蟲，不是很自覺的，他們沒法子啊！求求妳吧！老師！門窗合起來，風不許進入，幻想也沒有降臨，青春沒有幻夢空間，多麼無奈啊！走吧！走吧！去一個祕密所在，那裏只有單純，沒有大人！

一節課好不容易才熬過，第二節課老師鄭重宣佈，要推選一位同學代表班上參加全校獨唱比賽。老師在一一試唱過後，留下四位合唱團的團員，程回回、殷莉、王文音、陳世瑜。王文音唱低音，陳世瑜音質較無特色，於是都被淘汰出局，剩下程回回與殷莉對抗。殷莉歌唱得很「正確」，聲音甜美，一到高音就「顫抖」，屢屢如此，而且殷莉是一個親和力很強的孩子，很會討好老師，老師鼓勵她。而程回回很動感情，她把字字句句都唱入感情，自此感動了全班同學，老師宣佈全班舉手選舉，程回回以多數獲得代表。這時候，音樂老師愣在原地，有些悵然，為殷莉這樣的孩子沒有機會感到可惜。

程回回自從獲選代表，要與別班高二同學同台競唱之後，便覺萬分惶恐。她實在緊張極了，回家買了一張藝術歌曲的唱片練習，不斷仔細反覆聆聽，不敢懈怠。

秋天的時光，程回回騎腳踏車載著妹妹迢迢到遙遠的隄防練唱。車經過處，合抱的大樹樹梢，小鳥們紛紛美妙的提腳躍起，飛散開來，形成一個壯麗的景觀。涼爽的街道，四下無人，靜謐的農村，幾隻雞鵝零立，舒適極了。那生命的情調靜靜流瀉，成為小河，成為樹海，成為一個永恆的駐足。

程回回爬到隄防的最高處大聲唱出，遼亮的歌聲繞著堤防來來回回跑，跳著躍著，瘋狂極了。聲音在風中乘風破浪；程回回昂首挺胸的立著，吼著，一個風中的歌者，沒有倚靠，沒有群眾，只有獨立而高大的自己的身影。那般孤絕，那般勇於表達。歌吧！孩子！讓生命就此充實、響亮！

忽然間，隄防下邊的稻田裏有人鼓掌：「喂！唱得好極了。」程回回一嚇，臉紅了，原來彼端站立一個皮膚黝黑的農夫，程回回和妹妹當下騎上腳踏車趕緊逃走。

沿著田邊小徑兩人慌亂地騎，也不知經過多久，突然發覺迷路了。程回回心更亂，只知道找大馬路，找到大馬路就可以循公車的路線回去。妹妹還小，在身後也手足無措。太陽西沈，好不容易才騎回家。

每班代表參加獨唱比賽者，都與鋼琴伴奏排好練唱時間。程回回怯怯的找了隔壁班一位學琴的同學幫她伴奏，不太熟，練唱那天程回回去了大禮堂，站在角落，伴奏的同學正在前方與音樂老師有說有笑，程回回不敢接近，便又返回教室。沒多久，別班傳出音樂老師在上課時說，這次比賽程回回鐵定最後一名了，而全校又只有這麼一位音樂老師，程回回在傳話給她消息的那位同學的安慰下，流下了眼淚。原來生命的行走，是如此艱難。

程回回的導師李安然對她說：「沒想到妳也會唱歌，那一定有更多天賦，是我未曾發覺的。」

現在全班都為程回回擔心，害怕她果真最後一名，糗大了。評審的老師已經公佈，是音樂老師、歷史老師和隔壁班的國文老師，她們平時都十分喜歡音樂，在學校的晚會上表演。

程回回珍惜每一天，不斷的練習，選她最拿手的歌曲，自己琢磨，客觀的觀察自己，盡情的賦予歌曲生命。她不知道什麼叫做唱得「好」，然而她是那般真誠熱愛，每一段樂章，字字句句，音樂是情感的流連，熱情的傳言。花開花落，青春在攀登極致，一路顫顫兢兢，行走至人生的某個旅站。極致使人豐富美麗，極致的藝術是一段漫長的人海天涯。

比賽當天，終於來臨了。學校大禮堂坐了滿坑滿谷的學生，各班導師也到齊了，場面真是熱鬧。大大的鋼琴擺台上，三位評審委員台下排排坐。程回回從大禮堂窗外經過，不禁嚇了一跳。

後台擠滿臨上台練習的學生代表，有的唸唸有詞，有的神情自若。程回回抽中後面的號碼，便跑至大禮堂旁的竹林裏練習。偌大的樹林好安靜，只有一息生命聲響，好像一場莊嚴儀式的前奏，準備好了，音樂歌吧！程回回一出聲，樹林全都震動起來，好壯觀的景，無限澎湃！

程回回一上台，指定曲唱得有些猶豫，然而很快的，她因為融入音樂而穩定下來。接著自選曲，她選的是自己唱得最好的一首歌，唱著唱著，忽然眼眶溢出一些眼淚，這個曲子太合她的人生，她於是忘記舞台，忘記自己今日的角色。她不是來比賽的，她是來表達她自己，所以，一切變得輕易，變得愉悅，數百雙眼睛安靜的聆聽一個小女生的青春心聲。台下靜極了，她的老師和同學睜大眼睛觀賞她的表演，令人動容的一刻。程回回獲得不少掌聲。

她下台後站在窗外等待成績，幾度，舞台因其他掌聲而沸騰。這種場面，真是一則精彩的人生，這個經驗是平常尋不來的。此刻，校長一一公佈名次，高二第三名程回回，她心中猛烈一撞，碰擊火花。眼淚，差點滴下來，快樂極了。

程回回好像終於了卻一樁心事一般，緩緩行過校園翠綠的草坪，走離場面熱情的大會現場，離開關心她與漠視她的所有人類，她卸下她的負擔走向學校大門，趕搭公車回家。今後，再也不會有人瞧不起她了吧？她感覺她的身心起了一種莫大的轉變，難以言喻。

一次獨唱比賽，是從小樂隊、鼓樂隊、合唱團一路練習來，才有的結果。雖然，她對人生依然有著青春期的模糊，然而可以肯定的是，她不要如此競爭而無情的人生，既是獨唱，何來比賽？人是無需比較的。這時，想著可怕的音樂課，她悄悄立了一個誓約，她不唱了。

從此以後，不論她後來上了大學，進了社團，她就是再也不在眾人掌聲下獻唱。喜歡音樂，可以儘情自我，不一定要外放。而藝術這東西很嚴格，一點點疏忽練習就沒有了。漸漸，程回回成了一個啞了弦曲的女孩。

從此走在人生大路，有了那麼一點點隱隱的約定，她不唱了，在大庭廣眾前。她做了如此決定。

（1999年）

廣告人

（一）

打開會議廳大門，一間半圓座位圍繞的面試考場，霍然十位考官坐在那兒，十分氣派。他們衣裝筆挺，漂亮的與不漂亮的，一個比一個擅於外表的打扮，以及「內心」的經營。

方才的筆試已經令人頭昏，蘇念晴硬著頭皮走進面試會場，只見正中央坐一位很帥的主考官，當下被介紹是總經理，左右則端坐各部門經理與副理。

蘇念晴絕美，她的天真給人一震，正是十八歲的第一個美工工作，總經理高傲地問她話，她簡單答覆，位置不能左右她的氣質，或者忘記她的神態，很難拒絕這個女孩；美術部經理李怡家耐心地與她講話，蘇念晴滔滔不絕，她的聰明在這兒表露無遺。

這群考官裡，蘇念晴對一個三十歲左右的女郎林辰特別注意，蘇念晴起身告辭時，林辰熱絡的與她道再見，是熟捻的客套也是發自內心的溫柔自在。

再來就是又矮又胖的經理李怡家，這個人的內在得長長久久地欣賞，蘇念晴進公司一個月如此感覺。

蘇念晴剛從學校畢業，並不熟社會規矩。早上準時到，下午第一個逃離公司，她是她，公司是公司，逃出公司就完全自己了。

她喜歡在都市裡走來走去，領悟都市之美，發覺自己愛熱鬧的本性，成為自己。

蘇念晴在一座名建築師所設計的建築下駐足不去，這位建築師擅長表達抽象力量的建築物，他的作品在市區十分顯目。蘇念晴愛極了，曾指著大樓向她的同學說：

「希望以後存夠了錢，我能住進去。」

「幹嘛？這麼虛榮？」她的同學說，與她一般年齡的女孩，心裡只有真實。

蘇念晴迷戀都市種種，她可以逛逛書店，看藝術節電影與上大飯店解決掉三餐，她是個獨立的女孩。她說著都市的語言，然而也不討厭聽方言。

不管在台北東區上班，或是住在這兒，東區之美令人抬頭挺胸的活著；如許流行、如許便利、如許你來我往的快樂人潮。廣告人就是如此一族，這個行業抓住藝術的邊邊，生存都市之中，廣告人迷戀著自己的位置與靈魂。

鄉下工作機會少，許多年輕人遠走他鄉到都市裡找工作，這個潮流，讓都市注入更澎湃的狂熱與理想。人潮也是美，超越人潮使人崇高。

（二）

這家廣告公司分為數個部門，有企劃部、美術部、業務部、媒體部、總務部等等，都是來自各方優秀的英雄豪傑。上面設有董事長和總經理各一人，而實際上董事長只管總務，其它由總經理全權負責，總經理是又帥又風光。

企劃部副理林辰今天已經抽了一包香煙，作品於是完成，她微微地綻開優美的笑容。林辰隨心所欲地靈感，是經驗與智慧的累積，這幾年，她的能力在廣告界漸漸出名。林辰把作品交到企劃部經理葉宏面前……

好像廣告影片裡的慢動作，葉宏緩緩地接過這個世間女子遞上來的文案，心中存有溫柔。這是個農產品廣告，企劃部除了葉宏，就是林辰的文筆與創意最好。

由於葉宏手上正在忙一個電器用品的案子，於是便把這個廣告給了林辰，讓她充分發揮自己。

葉宏與林辰的品味很一致，他們經常一個調調說話，他們在廣告界所受到的訓練十分相似。再加上葉宏個性溫和，林辰時髦有禮。林辰曾經試探葉宏對她是否有意，然而葉宏卻表現得不置可否，依然以一個主管的身份關愛林辰。

葉宏面有皺紋，小腹突出，能力強，什麼事都明白透徹，唯獨對自己的愛情始終看不透。

事業當前，葉宏成熟與成功，客戶讚賞他，他照顧底下的人無微不至。資深的員工擁戴他，而新近者更佩服他源源不斷的創造能力，這是他努力了十多年的豐碩結果。

有時候，葉宏覺得他夾在兩個女人之間，林辰與業務部副理吳純純，有時候，又覺得她們都早已放棄他，好害怕。

林辰只要有好案子做，有煙可抽，聽ICRT，什麼都不算挫折或冤枉。林辰在底下的人面前很維護葉經理的面子，她不把吳純純當對手，她們是朋友，她不去發掘吳純純的惡形惡狀，吳純純也待林辰不錯，她們在廣告界已經走了一段不算短的路，彼此尊重著對方的能力。

林辰是葉宏的知己，然而葉宏卻是吳純純的頭號追求者。

（三）

去基隆吳純純家玩當天，公司一行七人，林辰缺席，途中吳純純大方地宣佈：

「其實，大家今天是陪葉經理到我家相親的。」

葉宏當場面紅耳赤，吳純純則拉著葉宏的手作親熱狀。

基隆的天忽晴忽雨，好像某種人類性情；小雨在花間飛飄開來，繪寫每個人的成長情事。

回到台北第二天上班，吳純純當著葉宏與眾人的面，大聲說：

「我家人說，葉宏滿臉皺紋，又老又醜，怎配得上我年輕貌美呢？」

吳純純說到「年輕貌美」，還誇張地轉了個身段。她「年輕」是有，然而「貌美」則見仁見智。

葉宏待企劃部底下的人好，是有目共睹的。壓力大家分擔，最後如有錯失總是葉宏一人扛，他呵護著那些年輕人，知道他們在走他從前的路。

這些年輕人有著與葉宏相似的澎湃創造力，並且各司其職，葉宏觀察著，分配著，關愛著，企劃部一式都是自己選的子弟兵。

某天，吳純純看不慣企劃部新來的一個女孩蕭衣，便拿起一份她昨天刊的報紙稿栽贓：

「妳是白癡啊？電話也登錯！豬！」

葉宏不吭聲，蕭衣十分委屈，沈默不語。只有吳純純，她是葉宏全身善良的唯一缺口，她很輕易把自己的錯推出去。

（四）

廣告人有一種自信，以為天塌下來，還有自己一身耀目的才華。這種向心力高昂的精神，的確讓人羨慕。這家廣告公司，從上到下，幾乎都瀰漫著這種氣氛。

很多人有理想，也許是務實的，也許是空泛的。人說：「廣告是一個很迷人的行業，不要在很美的包裝下迷失了。」何謂廣告人？領導流行的人耶；他們十分看重自己，也十分虛榮。

總經理才高八斗，業務員出身，據說很花，偶有鶯鶯燕燕的電話。而業務部簡直是個花花世界，從小業務員到大業務員，人人打扮光鮮，口若懸河，表像主導著與掩飾著內在。通常是，你不明白我，我也不明白你的生命。

在業務部，每個人的壓力都很大，他們站在第一線，負責公司與客戶的溝通。副理江大物手握重要大客戶，三天兩頭見不著人，然而。他一回公司使大力摔煙灰缸，罵道：「到底要不要把我當個人看待呀？」江大物天不怕地不怕，因為客戶在他手上，連總經理也拿他無可奈何，然而他有很重的心事，埋藏著與爆發著。通常，他每天一大早便趕至客戶處，陪客戶吃早點，七點半送客戶兒女上學，中午趕送便當，他對待客戶無微不至。然而回到公司，便忍無可忍了，江大物到各部門四處發脾氣，像一個永不耐煩的暴君。

業務部經理和一個業務員女孩同居數年，公司人人知道他們沒有婚約。經理離過婚育有一女，女孩不在乎。女孩愛經理抓住青春尾巴的外在美，以及男人自以為是的天真。同居以前，女孩追求男人，男人恐慌不安。女孩上班就雙手拄著頭癡癡看男人的座位，微笑著，經常如此，女孩在自己的愛情理論裡，活得逍遙。

（五）

吳純純吃安眠藥自殺了，躺在總經理辦公室呻吟。

大概吃的不多，你來我往探視的人不少，太煩了，葉宏乾脆把辦公室的門反鎖，葉宏和林辰都在裡面勸說，外面的人搞不清楚當事人為了什麼，成為今天公司上下人人討論的焦點人物。

吳純純與葉宏、林辰一樣，篤信廣告這個行業。吳純純文筆沒有葉宏、林辰好，靠的就是腦中的無限創意與伶俐的一張嘴，成為優秀的業務員。她目前手上產品有汽車、電腦、衛生棉、洗衣粉、雞精……等，十分忙碌。人在廣告公司，她是一位傑出的專業人員，然而走出廣告公司大門，她便什麼也不是了。她個性倔強，為達目的不擇手段，令她的上司們很苦惱。

這是一個陽光斜照的下午時分，天氣並不舒適，身體也折騰了老半天。生命就是這樣快活不起來，因為自殺確實是個十分嚴肅的事件，不知為何如此輕易完成它？

葉宏一直說：「妳要珍重啊！」心中心疼不已。他不瞭解她腦子裡盤算著什麼主意？吳純純的個性苦了自己與別人，使自己成為一個悲劇人物。

之後，吳純純還是不斷欺負別人，以此為樂，以自己的職位而虛榮。她的手段陰險，所以公司裡誠懇的人類多避著她。

吳純純是魔鬼，包圍著葉宏，邪惡與善良並行，葉宏招架不住，全身投降。吳純純是葉宏美麗的嚮往，他們有時在樓下咖啡館大廳談天，葉宏於是愈來愈深陷。

（六）

小業務員王柏才沒事就上美術部串門子，王柏才像希臘羅馬神話裡的美男子，他的美是無可比擬的。由於合作化妝品的關係，認識了蘇念晴，他們是神話裡的才子美人，一內一外，服務客戶。

然而時日久了，王柏才除了年輕之美外，其他特色並不顯著，沒多久，蘇念晴就把對他的心思丟得遠遠的。每回王柏才來，蘇念晴老是低著頭忙完稿，王柏才便在美術部繞一圈，走了，然後，走了又回來。

美術部有一個男孩，叫秦玉人，他非常純真，非常自然，生命非常快樂。他與蘇念晴兩小無猜，在部裡你一句我一句，很小孩子。美術部天天有秦玉人的笑聲，蘇念晴很快的就迷上他了，他對蘇念晴也體貼照顧，是都市孩子們戀愛的那一套。

有時候，秦玉人就自由自在的兩手「大」字，趴在沙發上睡午覺，不管公司人來人往。他活得十分精彩，工作能力也不錯。

工作的時候，王柏才、蘇念晴、秦玉人三人擠在美術部擺一起，也不突兀，因為都年輕，七嘴八舌，形成一張賣力又和諧的陽光構圖，而美在其中柔柔細細地流淌……

他們三人不知未來如何，然而眼前是一片年少輕狂，一齊生命向前！

美術部經理李怡家身材矮胖，待人誠懇，把部門當作一個家。

李怡家稱讚秦玉人：「若不是你這幾天連夜趕圖，我今天的演講也不會那麼成功！謝謝你囉！」把功勞分給底下人，也不忘給獎金獎勵大家。並且，他把自己的美術藏書全搬至美術部，開闢了一處圖書室。

下午茶時分，李怡家出錢買冰淇淋請客。過年過節，又不忘到大樓樓下準備牲品拜拜敬神。

（七）

董事長是老粗，無權，人不尊敬他，全靠總經理的光芒與才華幫他賺錢。董事長罵人看職位高低，專找小企劃或小美工的毛病。

吳純純喜愛鬥爭的日子，愛恨分明，葉宏便愛上她的氣魄，不能自拔；吳純純憑的是三寸不爛之舌與女人的做作。她心情好時，會在大樓廁所裡騙騙曾被她傷害的年輕女孩，說：「我們好久沒坐下來談談知心話了。」吳純純以為她永遠可以重新再來，每一個人都是葉宏。年輕人沈默著。

吳純純離職了，她跳槽到運動鞋大客戶公司擔任廣告經理，葉宏含淚祝福她，並說以後多聯絡等等。

然而，吳純純跳槽不到幾個月，便十分後悔。新公司不像原有的廣告公司那般惜愛創意人才，他們不懂廣告，吳純純每天必須面對一群完全不在乎創造力的職員，他們根本不瞭解吳純純。而新公司老闆見吳純純拿高薪又成天無所事事，對她愈來愈失望，愈來愈不客氣——

（八）

廣告人最喜歡開會，他們滔滔不絕地發表自己。有時候，會突然發現某個小企劃在開會時表現得特別閃亮，令人讚嘆與感慨，後浪推前浪，於是前一輩的人就不禁要讓出個時間給他，讓他更迅速成長！

人說，廣告是小聰明，文學是大聰明。林辰在表象的世界裡浮沈許久了，突然有一段日子，她想提筆當文學作家。只是有點不知從何開始，出版界的熟人也有了，就是文章尚未出來。

林辰到處告訴別人她想寫作，朋友多祝福她。只是她每次靈感一閃，文章還是正宗的廣告詞，真是急不得，因為文學需要每天的經營與努力，才華與真實。

沒想到就在此時，林辰的農產品獲得一家報紙廣告文案獎第一名！一切來得那般突然，林辰真是不敢相信！

葉宏比林辰還高興，四處打電話告訴廣告界的朋友，並且在公司門口大燃鞭炮，一整天都興奮莫名。

馬上，總經理就再撥給林辰兩個大客戶，並且加薪。

林辰原本想辭職專心寫作，這下子她已經把寫作的事忘得一乾二淨，仿若那是最不重要的誓約，她要專心她的廣告事業，那是她的最愛，那是她的世界。這件事可能改變她的一生。

領獎的那天，林辰率一群公司同仁壯大聲勢，他們浩浩蕩蕩前往會場，一時之間，林辰的人緣好的不得了，她好開心呵！

她已經爬上人生的巔峰，臨著風！林辰在台上說了一段不算短的得獎感言，她的嘴巴一張一合，盡情演說著她的人生，大家都羨慕她、祝福她、寵愛她，這個幸運的女郎！

人生是如此多彩多姿，廣告是如此驚喜動人。像許多人一樣，林辰是屬於這個行業的。你看，她的打扮十分現代，當下代表了她的職業與嗜好。她的理想十分當代，很受周遭朋友的歡迎。一切完成了一幅美好的事業前景，這就是人生，這就是廣告！

「天啊！我得獎了！」會場裡，音樂高聲喊道。於是，瞬間掌聲如雷。

（1998年）

嫦娥村的智慧與允諾

人們都說陳姓村和嫦娥村只隔一條中正大路，但觀念卻差二十年。人們又說，陳姓村眾多有錢人，而嫦娥村卻專門出歹子。嫦娥村的人聽聞了，鼻裡不屑地哼著氣，嘴裡很酸，真不是滋味。黃昏下了工或自田裡返家的嫦娥村，人們聚在曬穀場上乘涼，順便朝北方陳姓村方向咒罵：「陳姓村眼睛看高不瞧低。」「還不是靠祖先留下的產業。」但除此之外，對嫦娥村人而言，有錢人家的生活畢竟是無從想像的另一個世界，惱怒幾句話，就找不著其他字眼或緣由埋怨起。於是眾人回轉心思，來議論自己嫦娥村內左鄰右舍的是非，翻開每個人家屋瓦下的細事閒言閒語，或者叮嚀大夥這幾個月要緊縮生活錢，俾使下回廟裡祭神盛會更加炫耀奢華等諸事。如此這般你一句我一句，以求人們明天具有更堅強的生命韌性，去忍受因貧窮所帶來的不幸和哀苦。

這是台灣一處日漸被都市人遺忘、被現代步調所淘汰的僻靜鄉村。坐中興號在筆直寬敞店鋪林立的中正大路下車，走一條巷子左拐，就到了安睡如一隻困倦的小花貓的嫦娥村。是的，也許我們過去都未察覺，貧窮與富裕的所在居然不是想像中的那般相距遙遠，它們居然比臨而居！白天，嫦娥村村民多種田或做工去了。

張春土是嫦娥村的老人，白髮蒼蒼，胃疾纏身。今天一早春土就下到乾枯的清水河底，撿拾一百多塊附近人家拆屋所遺棄的磚塊，耗費一整天的精力，一擔子一擔子漲紅著臉扛上岸來，堆積在自己家門前曬穀場上。明日木樹要來幫他重修大門，數數這些磚塊，可省下幾百塊錢哦。春土好欣慰，像個快樂的孩子。他先以榔頭將磚塊面硬化的泥土一一敲去，然後再興致勃勃去提來一桶自來水，人就坐在曬穀場水泥地上，慢條斯理刷洗這些撿拾來的磚塊；春土撫摸著每塊磚的紋路，他的面容篤實平和而眼神澄澈，很難去除的污漬春土便不厭其煩十遍百遍地來回抹。那些河底垃圾堆裡的舊磚塊，到了春土的手中，現在彷若是貴族人家珍藏的骨董奇玩，被主人以最珍惜的手勢，觸摸與呵護。

很久以前，陳姓村裡的醫生就說，春土不能再出外做粗重的活了，因為春土胃出血，並且約莫十天半月就來一次頭暈目眩，但那時他尚壯年呢。於是，春土家裡的經濟一度陷入困境……。

日頭尚赤炎，小土狗在吠一隻蝴蝶，春土回頭去瞧，四下無人，只瞧見他那毫無粉飾但傢俱俱全的家。恍惚之間，家裡的布鞋、桌椅、水壺、碗筷、鏟子、空罐頭、碾米機、破麻布袋、芋仔冰冰桶、竹竿、雨衣、衣架、破門板、花生油……全部都對春土綻開柔柔的微笑，就像人類那種感恩的與善良的表情。「大家」都在呢，春土心理安慰，頭暈目眩停止。

春土的母親麗娘四十五歲那年，才生下他。原本，麗娘以為自己今生註定無子媳，便於四十三歲那年領養一個男孩，福祿。小時候福祿聰明機靈，時常吆喝一群較小的孩子，到嫦娥村外頭玩這玩那。然而春土腦筋比較鈍，所以多半時候春土跟在哥哥他們隊伍後面埋頭跑，春土速度慢，經常就追不上了。但也不惱的，一人坐在石子路中央，曬一午的赤日，把臉頰烘烤得紅通通，而不知去躲樹蔭。等候傍晚大夥玩鬧結束返家經過，春土再小跑著加入賦歸的隊伍，跟別人一樣玩玩跳跳快快樂樂返家。春土喜歡參與，喜歡大夥都開心。

他的母親麗娘好憂心，苦笑著搖頭，總喚他：「憨孩子。」春土的父親於春土剛出生不久，即因積勞成疾過世。麗娘恐怕春土將來不會選媳婦，所以當春土還唸國校之時，麗娘就為春土挑選一位童養媳阿梅，住養在家裡。麗娘娘家是陳姓村人，出嫁時陪了不少嫁妝過來，因此春土的童年，也有奶媽也有阿梅，還有帶他到處頑皮的哥哥福祿，在嫦娥村內倒也生活得十分快活與幸福。讀國校時，哥哥福祿經常率領鄰居小孩一齊唱：「春土仔，塗塗塗喑！」是「一敗塗地」的涵意。而春土也笑嘻嘻，興致好好地和大家一起唸著尾句：「…塗塗塗喑！」引來一陣爆笑。

麗娘娘家是陳姓的大家族，當初陳家捨不得女兒，說好麗娘是招贅春土的父親入陳家的。但婚後麗娘為了自己丈夫的尊嚴，住也住夫家，孩子的姓也沿用夫姓，反正陳家兄弟姊妹共八人，早已兒孫滿堂，實也不差這一兩個外孫。張陳兩家彼此走動勤快，於是春土、福祿和阿梅便時常跟隨麗娘回去陳家，兩村行路約莫十五分鐘即可抵達。

麗娘在家排行第七，前有六個兄姊，六哥登元是唯一的讀書人，登元的兩個孩子，立忠與立孝，都與福祿、春土一般年紀，所以表兄弟經常就湊在一起玩耍。眾人之中，春土的抓魚技術最差，游泳速度很慢，走路經常跌進田裡，偷摘蕃石榴第一個被抓，玩牌又永遠被別的小孩智取，然而春土脾氣非常好，非常溫順，眾孩子喜歡支使他去做這做那，因此每回呼朋引伴，還是少不了春土。

春土的父親遺留兩塊地和兩間厝，所以春土國校畢業，就專心去種田了。麗娘為了怕鄰居說他苦虐領養來的小孩，因此倒也不刻意要求福祿去田裡幫忙，只自己和親兒子春土兩人，日日拚活照養那兩塊田。

春土對阿梅十分好，阿梅姑娘的音調甜甜黏黏，會穿花裙子在晨風暮日下，飄飛來去，春土便什麼事都依阿梅。因為母親說，阿梅將來要做春土的媳婦的，春土臉頰羞得紅紅了。阿梅說：「春土，還不去撿些柴枝回來燒。」阿梅說：「春土，這堆衣服端去外面曬日頭。」凡阿梅叮嚀吩咐，春土都喜孜孜牢記份外清楚，立即趕著去做呢。

種田人無賺，麗娘將一間厝租與別人，增加收入，生活就在勞動之中一日日過去。福祿二十歲，某日開口向母親麗娘索一筆錢，想去做生意，因為福祿說種田一輩子沒出息。而麗娘想想，腦筋也有些開通了，福祿自小聰智機靈，種田恐怕會埋沒了這個孩子。所以沒多久，福祿便和鄰人合資在夜市擺了一個攤位，專賣什麼壯陽藥、補腎丸、虎鞭之類的東西。

一九五三年左右，清水河的河水以一種青春澎湃、震撼動人的舞姿，滔滔奔流貫穿著嫦娥村。當河水向右奔竄，灌溉出一野翠綠而迎風招展的稻禾，使大地的子民得以溫飽三餐；當河水朝左顧盼，孕育出農村青年們一朵朵難以自禁的男歡女愛，使大地的子民們無分貴賤與貧富，得以續傳子媳，代代綿延，完成生命體自我的再生。進而，以求人類「偶而」能夠忘卻生命肉體必死之預言。

麗娘老去，福祿、春土、阿梅都成長了。某日福祿向麗娘表示想要婚娶，麗娘大喜，不意福祿卻說對象是妹妹阿梅，麗娘轉喜為憂。麗娘私下問阿梅，也說本來愛的就是福祿，不願嫁春土：「春土是個憨小子呢，您怎麼能教我嫁給他！」阿梅這女孩，自小麗娘偎著寵著，現在哪裡肯依古昔的憑約。足足兩個月之久，福祿與阿梅都鎮日在家裡吵著要結婚。麗娘無奈嘆口氣，許了。再完美的人生安排，也難以拘束幻變莫測的人的命運。這人生啊，怎麼才稍不留意，竟全走失了次序！

春土好難過，靠在牆腳孤獨立著，褲腳捲得高高的，卻不與人說話，也不吃飯。

春土沉默地走去河畔，春土沉默地走去水田，春土沉默地站在曬穀場的烈日之下，浴著太陽光線。

春土並無抗議，只是每日十分苦惱，福祿要春土開竅。麗娘沉下臉來，頗憂心。映雪原是聰明厲害的婦人家，遂說小姑別愁啦，全包在我身上。

嫦娥村東南望去，有處更落後的村莊，名喚石頭村，石頭村內只住十幾戶人家，平日需步行一小時經嫦娥村至陳姓村買豬肉或裁布做衣。石頭村的婦人罔市育有四女三男，丈夫積勞亡故，一個婦人家靠一塊田地，半飽半饑育養一大窩孩子，長女翠娥因母親罔市說田地家事乏人照顧，前幾年屢屢推掉幾門好親事，如此一耽擱，翠娥竟已芳齡二十四，鄉下人都說是老姑娘了。

映雪從媒人處獲知罔市的女兒，再將她祖宗幾代以及左鄰右舍的風評，打探個透透澈澈，然後經由媒人介紹是陳姓村的大富太太，映雪就斯文有禮地上罔市家來拜訪了。鄉下婦人罔市，一聽說富家太太來訪，心理本已有些慌亂失措，待見到端莊高雅的婦人映雪，映雪誠誠懇懇詳說春土的年齡、家世、工作、個性如何等等。就那麼一剎那，罔市感到有生以來她這卑賤的家庭第一次被外人如此敬重著。然後映雪找個上廁所的藉口，走進廚房裡，翠娥正一人揮汗在煮全家大小的晚飯，奔過來又奔過去，見有生客闖進羞怯得臉都紅了，當下映雪的念頭更加確定。

某日媒人來說，翠娥傍晚時分會上陳姓村買布，映雪變催春土快快去相人。春土跟隨媒人身後，走啊走的，小路兩旁全是春土夢裡熟捻而深深喜歡的稻禾，夕日情深地鋪展開溫秀美彩的光華，天地之間飄飛著一朵朵微微旋轉的風絮，在春土面頰兩旁打情罵俏似飛過來又過去；媒人身後緊緊跟隨剛理好平頭去看未來新娘的年輕人，身材中等略為瘦削，膚色因與陽光接觸而黝黑油亮，粗厚的臂膀在短袖裡邊隱約鼓著完美而不誇張的肌肉彈性，是典型的東方男子的青春呢。

春土隔著稻禾望去，石子路的盡頭，亦即天地連接之處，遠遠過來三位邊走邊嘻笑的姑娘，應該是要去陳姓村的方向吧，媒人忽然拉拉春土的袖子，悄聲說：「快看，穿青衫那一位。」春土臉一紅，慌忙睜大眼睛欲熟記那女子的影像，不意就被媒人往後拉：「好了，快走，會被伊們發覺呢。」春土打扮得再體面，媒人也對他沒有把握，因而硬是不讓那女子看見。

罔市對翠娥說：「我看很好啦，伊家裡有二塊田二間厝，而且兩個兄弟而已，比我們有錢多了，何況伊是親生。媒人說老母人好兒子有孝，很好的家庭呢。妳也年歲不少，厝邊都說趕快嫁人才是。」守寡婦人難拿主意，耳裡聽的全是別人的道理。

石頭村的姑娘翠娥要出嫁了，頭上去燙頂又捲又蓬的婦人頭，少女原有的柔軟髮絲被硬繃繃膠成一團復一團糾纏著，彷若說明那時代的一種老式而固定不移的品味與觀念。翠娥是聰慧而心思縝密的女孩，但家住破敗村落的深處，未曾見過任何世面。

兩家母親都歡天喜地，舉凡知曉的風俗禮儀無不遵從，一方面是敬神畏天，一方面是愛子心切。尤其張家，每一道門窗或重要器物上都貼有紅紙金字所書之吉祥語與字聯，彷若與上天訂下了盟約。果真，在長輩的執著與努力之下，這個婚禮鄭重嚴肅而喜氣洋洋，雙方遠近親朋均到場觀禮，往後任誰智慧過人也難以推翻。

麗娘對翠娥是好的。春土對翠娥更是好，怕他初到張家人地生疏，到處介紹鄰人與翠娥熟識，春土且偷偷背著麗娘，把自己的家當、房契與生活日用品全般出來予翠娥看……。但翠娥初進張家，一心刻意要表現一個女子傳統的美德，每每努力於表面的做人，經常講著客套而暗示的話。然而這些，春土全不明瞭。

起先翠娥懷疑著自己的判斷，每當福祿與阿梅支使一隻家狗般使喚春土做事，翠娥就覺得，他們是屢屢朝她臉上打一巴掌的那種羞辱。直到某回，翠娥聽見一個鄰人以輕蔑之語嘲弄春土，春土卻只老實地呆笑兩聲，毫無反擊……。翠娥回娘家，終於放聲大哭而崩潰了。

翠娥哭罵著母親罔市的迷糊短視，哭罵著自己命運的乖離，哭罵著春土的蠢笨，哭罵著那媒人——為了幾個媒人錢竟然狠心誤她一生。她原來求的，也不過是個平常而有擔當的男子。婦人罔市著慌了，快快拿一床棉被讓翠娥蒙頭躲在裡面哭，以免叫嚷得厝邊隔壁全知曉。然後，罔市煮了碗熱騰騰的麵線，母女二人一道吃。把眼淚拭淨後，翠娥忽然覺得有些內疚，所以傍晚春土來接她時，也就對春土份外和顏悅色。

春土農閒時候去做小工、幫人搬運西瓜或當清潔工，以賺些小錢。但對方若是親戚朋友，春土就義務幫忙。好習性的人喜歡親近春土，因為春土和氣而不給人製造麻煩；壞習性的人也喜歡親近春土，指揮春土去做這做那，或佔點便宜，或從春土身上騙點東西。

翠娥懷孕了，鄉下女孩身體碩健，竟像沒事般肚內隱隱孕育一個活蹦蹦的新生命。人們跨出步伐，尋求在宇宙間扮演更永恆的角色；而時代則在更迭與迴旋之中。

某天午後，翠娥戴斗笠蹲在菜園裡拔空心菜，忽而就看到遠遠的南方，有人一邊狂奔一邊驚惶大喊：「清水河滿了，大水來了，大水來了。」翠娥的潛意識告訴她，速速進屋收拾東西才是，雖然人尚年少，實也想像不出洪水災難的情狀。

一會兒，洪水進入屋裡。洪水到足踝上；福祿夫婦各扛一箱他們做生意的產品壯陽藥、春土拿著房契和一袋米、翠娥抱著神明公媽和一床棉被、麗娘焦急萬分在找孫兒永泉……。洪水到膝蓋上；落大雨了，且雨勢有漸大的趨勢，嫦娥村人都往陳姓村方向撤退，翠娥不放心老人家，把棉被置於一塊大石頭上復回頭去尋年邁的麗娘。洪水到腰部；翠娥千勸萬勸拉走麗娘，說永泉也許在鄰人處被眾人一起帶往陳姓村了，麗娘一路哭哭啼啼。洪水到胸膛；翠娥返回去取那床棉被，不料棉被已經滲水太多，她抱不動了。然後，洪水迅速吞掉整個嫦娥村和石頭村，每一角落或每一猶豫徘徊的生靈，都不放過。

天地狂怒咆哮了，人類於是重新躲回更原始的卑微以及更藐小的尊嚴裡，去自省與求生。一夜之間，春土的家和田地都被淹沒了。找到了孫兒永泉，一家六口寄住陳姓村麗娘娘家的小閣樓上。

白天，春土去工地扛沙，翠娥則與嫦娥村的一些婦人們到處去打零工。某回婦人們聽說陳姓國校前在發救濟米，翠娥也跟著眾婦人去排隊領米。第二回又去排隊，輪到翠娥面前，竟說今天發完了明天請早，主持的那人不耐地揮揮手，像驅趕一群骯髒惹人厭的蒼蠅。翠娥忽而羞慚滿面，返家的路上淚水盈眶，往後就不再去排隊求米了。

春土的工作做一天算一天，天雨或不開工時，春土就沒錢可賺。加上春土的領悟力不高，做事時工頭得向他解釋多遍，他才能理解。久而久之，工作機會更少了。春土心理焦急，又到處去問人是否需要臨時工或清潔工，直至夜深才歸來。洪水期間，福祿也沒生意做，與阿梅二人坐在陳家閣樓上哀嘆抱怨。麗娘則鎮日焚香問神，或下樓去感謝兄嫂。

洪水退後，大地變成大片的垃圾堆砌場，舉目望去盡是荒原，是為台灣史上有名的「八七水災」。春土家裡房舍全倒、家具盡毀、雞鴨流失，人類又回到文明前的窘迫之狀，沒有物質，要和天地空手搏鬥。春土一一撿著殘破的鍋蓋、斷腿的矮凳、浸過水的小抽屜、破個大洞的斗笠……，春土好生心疼，喃喃道：「可惜啊！好好的東西，被天糟蹋了。」翠娥連忙喝斥：「你在那裡胡說什麼！」罵到天，犯了翠娥的忌諱。春土趁翠娥一個不注意，便將這些殘破的物質捆成一大包麻布袋，偷偷藏到一處只有自己知曉的地方去了，像一個固執而念舊的小孩，把破玩具全藏起來。

春土與福祿合力搭座草寮，一家子搬回來住。房子在風雨中飄飄搖搖，而人則在裡面頭頂斗笠煮飯、洗衣、洗澡、睡覺；人多，倒也生活得熱騰騰。數月，翠娥於破草寮裡的某角落產下一女，名喚玉琴，此女集母親之智慧與父親之敦厚於一身，二十年多年後長成一個中上才華、極度道德的文化人。

次年洪水再度來襲，此回房子沒倒塌，但水患將上回在搶救中倖存的傢俱，沖蝕得更徹底，破壞得更面目全非，像食後知味去了復返回的盜匪強梁，此番再度大肆掠奪搜刮得更徹底，遺留滿街哀哀淒滄的撩亂景況。彷若有那麼一刻，嫦娥村的人們都曾無力地愣在破敗的家園前；那是大自然的變幻啊，伊們無法度的。

初為人父的春土，個性愈發緊張兮兮，積極想賺更多錢養女兒。田地流失了，先去做工罷。好不容易經人介紹去啤酒廠當臨時工，收入微薄。廠裡員工有福利，喝酒免費且不限量，但不允許帶出廠外飲用或販售。春土原是喝點酒就昏醉的人，但他貪著便宜，每日必喝個數瓶爛醉方才返家睡覺，家裡便可省去他的那份晚餐。

春土中午休息時間又趕去工地扛沙，晚上每週三赴陳姓村挨家挨戶蒐集剩菜剩飯，回來給豬隻吃，次日清晨醒來，再行走一段頗長的路程去撿拾木柴或扛水，供家裡當天使用。麗娘與翠娥忙於種蘆筍，早上六點多由翠娥提著到菜市場裡叫賣，婦人家保守羞怯不擅做生意，被別的小販趕得到處躲，賣不夠家裡頭吃一頓飯。

不久，啤酒廠將春土辭退，說他做事緩慢又曾在上班時間打瞌睡。是年阿梅生下一男，喚永在。翠娥亦生下一男，喚玉剛。

現在春土最要緊的，就是他的水田和旱田，他日日賣力耕耘，種田人不賺，春土生活便十分儉省；由於生活儉省，春土遂經常自作主張減少肥料，這樣少花錢呢，所以春土的稻子就更長不美了。隔鄰的阿伯好心教導春土種田，而春土學得好慢好慢，教了好幾年，春土的稻子還是長不好。然而春土，卻真真是嫦娥村每日最早出門最晚返家的農夫，這些辛勞翠娥和麗娘心裡都分明。

日子愈來愈艱苦，春土不知聽了哪個鄰人建議，到陳姓村買個二手貨冰桶，農閒時便提著去街上賣芋仔冰，一邊走一邊叫喊。芋仔，冰，芋仔，冰。嗓音低而短促，把聲音斷斷續續沿街拖曳過去。那叫賣之聲，學不出街頭小販交易心切的高聲尖銳，也學不像生意人那種屈膝悲恭裡所隱藏的世故。卻彷若是個滄桑的中年人，站在晴天白日的街道上喃喃自白，對著天與地照實說，用那人類失傳已久原始祭禮中的幾個音符，不停重複也不悔。

過兩年翠娥再生一男——玉立。福祿開始出入鄰村的賭場，有時二、三天不歸。阿梅起先與他破口大罵，但後來日漸發覺福祿不在也有好處，省去好多飯菜錢，並聽他說在賭場那邊吃得有魚有肉的。有時福祿還叫永泉提包剩菜回家。

大的孩子麗娘帶，翠娥則揹著玉立去旱田。將玉立解下放在樹蔭處，翠娥立即忙碌於她一天做不完的農事。貧窮的小孩沒有玩具，玉立便自個兒試圖搖晃小腦袋，坐在地上以腳尖遊玩頭髮，把身體想像成一個皮球人在泥沙上滾來滾去，用各種鬼臉和表情跟小鳥演默劇，模倣小狗曬太陽的姿勢睡在土堆上，用小屁股拼命想熨平小狗身上的捲捲毛，和蚊子胡亂繞圈賽跑，以各種腳步招式去踢一個破鐵罐子，雙臂變大刀在風中揮荊斬棘狀舞過來舞過去……。這個貧窮的孩子沒有迷人炫目的玩具可把玩，遂儘情而充份地利用自己的肢體玩耍，把肢體儘可能地發揮至極限。轉眼之間孩子也八、九歲了，那奔跑、那跳躍、那歡樂之情狀，彷若天地之間一位翩翩而驕傲的舞者，奠立了玉立將來讀體育科的根基。

麗娘是疼阿梅的，而翠娥卻覺得有些袒護之嫌；同樣是兒媳婦，明理的翠娥求的是公平。其實麗娘心裡也希望公平允正，但阿梅這女孩麗娘從小一湯一匙餵大，阿梅的嬌嗔喜怒每一種表情麗娘都熟稔，阿梅的每一寸小肌膚麗娘都覺得親，老少兩人經常躲在房裡有說有笑，遂孤單了翠娥。

是兩家子的人吃飯，麗娘卻常常不好意思開口要福祿的錢，總覺得不是親生人家沒義務，而福祿彷彿也不很主動，所以無形中加重了春土的負擔。福祿沒去擺攤子時，變扯著男人的粗嗓子在家裡說這說那。命令春土速去提水，說玉琴這女孩子怎這麼沒路用，看見人畏首畏尾的。罵春土木柴劈得有夠亂七八糟，要春土代阿梅向隔壁討幾塊薑。

某天下午，陳姓村的映雪托人送來一大包麵條給麗娘，麗娘便叮囑翠娥晚餐煮大麵予全家人豐盛一餐，孩子們先吃，大人們也各狼吞虎嚥一頓，最後就只在田裡未返家的春土未吃。此時，福祿肚裡撐飽懶懶沒事做，探頭去看鍋裡，便隨口罵道：「麵煮那麼多，難道吃得完嗎？只知道浪費食物！」翠娥聽見，內心十分委屈，便說：「今天天氣熱，所以孩子比較吃不下去，上次煮一大鍋麵他們都搶光光，還說吃不夠呢。」然後福祿說：「這就是翠娥妳的不對，女人家連煮飯都算不準，還能做什麼？」翠娥辯道：「但是春土還沒回來吃呢。」福祿見翠娥與他頂嘴，恨在心裡。一會兒春土返家，福祿忍不住怒氣沖沖對春土吼道：「春土，那鍋麵你要給我吃光光，如果吃不完，你今天就別想給我睡覺去！」春土愣愣不知情發生何事，也沒詢問別人，只聽得福祿這般講了，便坐在大竈旁慢條斯理一碗麵吃過一碗，半晌，把鍋底都吃得精光朝天。福祿氣得鬍子更翹了，翠娥卻暗喜春土吃了一頓飽。

第二天福祿叫春土將屋旁空地清掃一番，翠娥便在房裡細聲說春土：「你是田裡沒工作嗎？正經事不做掃什麼空地，掃空地就會飽嗎？快去田裡啦。」不意，這時福祿適巧探頭進來催春土，聽見翠娥的話大怒：「怎樣？種田很了不起嗎？你丈夫一年賺無幾先錢，妳卻說起話來像少奶奶，真是不知道羞恥，不知自己身份的女人！」話說重了，翠娥跳起來：「大伯，你說話怎麼亂罵人？雖然你是大伯，也不能罵人罵到那麼難聽！春土哪一點對你不起？春土打拼種田也是為了這個家，為了我們大家的三餐！請你以後說話客氣點。」翠娥說：「為了我們大家的三餐」，這話使福祿有點心虛，因而惱羞成怒：「好好，妳這個查某厲害，看妳有多厲害……」春土趕緊將翠娥拉開，麗娘也十分擔心再吵下去福祿是會打翠娥的。

兩家因而分了家，說好麗娘以後兩邊輪流住。分家產那天，春土透早就出門了，翠娥臨時覺得她一個女人家出面與人計較，有點靦腆亦容易遭人非議，何況還有別的親戚在場，於是索性頂著斗笠去旱田。直到傍晚歸來，麗娘、映雪與阿梅早將明細列得一清二楚，田一人一塊，厝一人一間，其他現金與傢俱則等分為二。麗娘老了而映雪是外人，但是翠娥一眼就看出有許多傢俱及物品已不翼而飛，想是早進了阿梅與福祿的房間。翠娥緘默不語，叫春土將東西收拾一番，進房去了。

福祿將分到的田賣掉，蓋了一間磚造屋浩浩蕩蕩搬進去，還很風光地宴請幾桌鄰居。而翠娥則將所分得之現金再購買一塊旱田，要春土去和鄰人學種花生，一家五口仍居破茅屋裡。麗娘白天兩邊照顧孫兒，三餐則回春土處食用，因為麗娘說，春土種田白米飯無需花錢，樸實謙沖的婦人，性情鏤刻到骨子裡去了。

某日登元來春土家中探望麗娘，忽而天落雨，屋裡多處濕淋淋滴起雨水來，翠娥與春土趕緊端來鐵罐與臉盆到處接水，並為登元戴上一頂斗笠，麗娘則連連進房試圖翻找一支多年前從娘家帶出來的破傘。登元凝視這一家子的人，尤其她從小最親愛的玩伴妹妹麗娘，禁不住淚眼模糊。次月登元與春土夫婦商量，決定出資在那破茅屋原址蓋一棟磚屋，以低價賣給麗娘與春土一家人居住，登元言明之所以要春土出錢，乃唯恐如今不買斷將來登元後世子孫會向春土催討索回。事隔一年新厝蓋好，在此一年當中翠娥奮命存錢，加上標了幾個會，終於有了一間溫暖的家。往後每年四季，春土都自告奮勇為登元家上上下下灑掃環境，且幫忙的任何事每傳必到，十數年不間斷。

孩子小學畢業了，理三分頭楞楞去讀國中。玉立一放學，就和同學在曬穀場上拳打腳踢地玩耍，不然就去撿鐵罐鐵絲賣錢，要他端坐下來吃碗飯，他卻把椅子仰起兩隻腳前後搖晃著坐，一會兒又逕自引吭高歌。玉立這孩子彷若一個球，左衝右撞，一刻也停不下來。春土細聲說：「椅子快搖壞了哦。」而老二玉剛恰恰相反，玉剛國二時常與村裡的孩子結黨成群，不意某次被同夥打小報告，讓學校記了兩個大過，不知是被嚇著或是什麼原因，以後竟就不呼朋引伴乖乖待在家裡了。國中畢業後玉剛自告奮勇去鐵工廠工作，晚上讀補校，賺錢悉數交翠娥。玉剛不出去遊蕩以後，每日吃

四、五餐，不消半年吃得身材圓圓滾滾，更不想到外頭走動了，心地卻單純善良得猶如一張白紙。翠娥見玉剛乖巧愚直，從此最為膩愛。玉琴出生於全家物質生活最苦的那段日子，身子因先天不良而極為脆弱，這女孩每天就待在屋裡唸書，半天吐露不出一句話。於是翠娥憂心道：「讀那麼多書有路用嗎？身體壞了怎麼辦？聽隔壁人說小學畢業的人家在當老闆，大學畢業反而要去吃人家的頭路呢。」而玉琴這才站起來道：「我要讀書了，別吵啦。」樣樣事玉琴都已決定，別人全插不了手。高中時玉琴經常站在雞寮旁喃喃唸著西洋思想史，家裡的人走過她身旁，她都彷若視而不見，毫無所覺，魂魄飛到另一個世界去思想什麼似的。除非有客人來，玉琴才怕生羞怯躲進屋裡。

某日春土自田裡賦歸，忽見馬路上圍一群人，春土最喜歡熱鬧與人群了，遂快快走近瞧，主角霍然是阿梅和福祿。春土心想幾個月不見阿梅怎穿得如此邋遢，不由得有些難過。春土喚他們：「福祿、阿梅。」但兩人只顧當街對罵，都不睬春土，阿梅手執一把菜刀，福祿以一支木凳舉起抵抗，春土聽了半天相罵內容還是搞不清楚雙方吵得是什麼。半晌，有兩個混混男子將阿梅手中菜刀奪下，阿梅遂嚎哭著咒罵著返家去，春土一生首度見阿梅如此巨大的委屈，心中憂慮不忍。

春土方進家門，便聽得麗娘與翠娥婆媳在廳中竊竊私語。麗娘說：「說是小孩上學要入戶口啦，阿梅這個憨查某才知曉。沒想到福祿和那個查某生了兩個兒子，阿梅竟然完全不知道，聽說對方是賭場的女老闆，帶著好多打手來，很兇的。其實也是我們福祿自己不對，福祿騙人家說他太太已經死了，人家對方也死丈夫，才跟他在一起的。」一向畏神的翠娥皺皺眉，道：「大伯怎麼這樣？大嫂明明還在，竟這樣說她，還說了那麼多年。」麗娘嘆道：「唉！現在可怎麼辦才好呢？沒想到福祿會做出這種事來，他少年時最可愛最聰明的。」翠娥說：「這樣不是教家裡那些孩子，以後抬不起頭來？」麗娘便說：「妳就不知道，我本來也不想說，福祿多夭壽呢，常叫永泉那個孩子替他拿衣褲到妓女戶給他，現在好啦，永泉自己也會去尋查某了。」翠娥輕輕「啊！」了一聲。婦人麗娘一念之仁，從小放任了福祿，竟因而使福祿走入不正之途。翠娥見春土疲憊歸來，便叮囑他莫再出門，吃完飯睡覺去罷。免得到外頭惹上是非。

次年麗娘經常食慾不佳，某日麗娘的父親忌日，麗娘備了雞鴨回娘家，求祖先長佑全家人安康、後世子孫有米飯吃。禮行過後麗娘急催著翠娥，恐怕登元或映雪待會兒要留她們吃飯了，客套的婦人家總不欲增添他人的麻煩，麗娘這麼一急，跨過大門時竟就絆倒在地。從此一病不起，復又經診斷胃癌病入膏肓，是嫦娥村的女人最易患的一種疾病。去世前幾個月，春土有時揹麗娘出來，坐在河畔大石頭上曬太陽，以慰麗娘病中寂寥。母子兩人促膝望田望天望雲朵，那受歲月塑造而粗糙不堪的人的外在形體，絕響般地停留在嫦娥村古往今來的風景圖裡，像妙筆刷過兩抹輕淡的水墨筆觸，而神韻風格盡入其中。

玉琴高三那年，春土患了胃出血，陳姓村的醫生將翠娥叫了去，說要性命就從此不能再讓春土做粗重活，否則壽命不長。翠娥驚駭，一種成長時期失卻父愛的恐懼夢魘襲上心頭。玉剛賺的錢只夠繳自己的學費，而三個孩子如今適巧都唸高學費的私立學校。春土鎮日憂鬱而緊張兮兮，跑去陳姓村天真地問他表兄立忠，說：「如果，我向你借錢，你會怕我嗎？你會怕我嗎？」立忠一愣，然後笑說：「借你啊！」

別人的錢只能救急，翠娥決心出外謀生。農村或工業區裡的薪資都極低，翠娥於是以其堅強的生命毅力去建築工地當女工，鎮日在危顫顫的大樓鷹架上風吹雨淋，並遭受烈日酷烤，人像一具烤肉鐵架上的活魚乾。翠娥一做就是七、八年，毫無反悔。危險性高的工作收入不錯，加上全家省吃儉用，竟然從此漸漸改善了張家的經濟。

這些年來，翠娥曾從二樓鷹架跌落、被磚塊擊中胸部、腳部嚴重壓傷……給送往醫院，但個把月後，她又精神奕奕穿著同一雙布鞋大步踏入工地，談笑風生。只是如今翠娥也和春土相彷，十天半個月就患一次頭暈目眩。

春土的花生油和稻米，都是他自己向人推銷而賣掉的。春土不懂害羞或不好意思，他只天真地四處去問人，說：「你要買我的花生油麼？」遇著人就拉著問，也不怕被拒絕，也不懂別人因難以拒絕而不悅的表情，一人換過一人窮追不捨地問。電器行老闆來隔壁修電視，春土也問他；扛瓦斯來換桶子的小弟，春土也問他；騎機車送掛號信來的郵差，春土也問他；在附近工地做事的工頭，春土也問他；陳姓村裡賣魚丸的老闆娘，春土也問她；去醫院看病醫生正俯首開藥單，春土也問他。詢問得努力不懈，因而賣出的機率也就提高，又或有被推銷者因見一位情意懇摯的老農苦口婆心的神情，而頓起惻隱之念訂貨的。所以漸漸的，春土花生油和稻米的銷路，竟然比附近的農家都賣得好。

賣完花生油，旱田輪重玉蜀黍，玉蜀黍利潤極薄，勞作四個月始獲利五千元。某年全省生產過剩，全嫦娥村的玉蜀黍竟然沒有包商來訂購，眼見玉蜀黍一天天硬掉，嫦娥村人只好放棄，道：「算了算了，才賺幾千元而已，都不夠我們家小孩的奶粉錢。」春土也擠到村人堆裡聽大夥兒議論，返家後一夜未眠。清晨三點半便自行起身準備工具，翠娥翻身問他：「怎麼了？」春土眉頭深鎖不發一語，四點鐘即急急騎腳踏車去田裡，自己弓著身一株一株割玉蜀黍，然後五點半返家要玉立以機車帶他到陳姓村市場，自己蹲在街角賣。鄰人見春土一日匆匆來回多次，喚他，春土卻全然不理會鄉人那種虛意的客套，辦要緊事時，春土從來都是這般嚴肅。第二天，玉立也加入販賣的行列，爺兒倆在市場羞澀而殷勤地賣著玉蜀黍。一個禮拜後，玉立用筆數數竟淨賺六千多元。

平常，金錢偌大到某一程度的數目，春土就混淆不清了。但春土很節儉，所以會貪一些小便宜。某日春土向菜販買了五元的豆腐，硬要人家附送三根青蔥，次日換翠娥上市場，菜販們便低聲交談道：「瞧，昨日那人就是她先生。」把翠娥羞得一陣臉紅。

想起春土，翠娥就覺得他有時固執得很氣人。只要是春土不喜歡的鄰人或親戚，春土見了人便一語不發，即令翠娥再怎麼樣用盡眼神暗示他，他也不領會。但若換了春土所喜歡的人，即令旁人如何費盡唇舌與心機，欲破壞春土與那人的情誼，春土就是永遠不為所動。其實翠娥知道春土這也不是不對，可是就覺得與她的哲學有那麼一點，不搭。翠娥求的是，無論如何我們要留給厝邊隔壁一個好名聲，好人家的印象，故而最好好人惡人我們都不要得罪才是啊。春土聽罷，說：「好啦。」但下回還是忘光似的我行我素。翠娥坐在客廳看歌仔戲「薛平貴與王寶釧」，廣告時後思緒回到自己的故事，想想為了「圓滿」二字，她竟付出她唯一的婚姻，她恨她自己的好性情。

晚上福祿忽然來訪，說向人借錢要春土為他蓋印保證，兄長的事春土立即允諾，進房去拿私章。翠娥大驚，彷若歌仔戲裡驚惶未定的旦角，因劇情緊張而跳起來厲聲哭喊，春土楞楞不堅持了，翠娥這才保住一家子人辛苦二十多年所餘的微薄家產。

春土有一些感情，那是別人無法了解的。舊的傢俱或器物，春土一件也不情願丟棄；家人隨手扔垃圾筒的，等待會大家去上班上學了，春土便悄悄又撿起來，洗刷得一塵不染堆在屋裡。家裡十多年前的大門已破爛不堪，被翠娥扛去丟棄，春土卻挨家挨戶問鄰居，在乾枯的河底尋獲，又把破門浩浩蕩蕩扛回家。一大堆春土一生中不同時期所使用過的舊物，現在被處理乾淨存放於同一個空間，靜坐似地物物列一起，提供春土美麗的依戀和無比的安全感；所以世界是「永遠」的，母親也在記憶裡啊不曾死亡呢。

春土家裡裝冷氣那天，整條街的村民排一列站出來叉著腰，一邊觀看一邊批評。冷氣是玉立和玉剛合資買給父母的，嫦娥村的孩子當中，只有玉琴和玉立曾出外唸大學，而玉立從體育科畢業後即在陳姓村當老師。村人們是這樣說的：「春土，現在有錢了吧？有錢就馬上曉得浪費囉。」「春土，我們村裡那麼涼爽，何必吹冷氣呢？要繳很多電費哦。」「聽說吹冷氣最傷肺管。」「那是伊們祖先留下來的啦，伊老母麗娘從陳姓村嫁來，當然有錢。」翠娥站在窗下摀著心跳傾聽，然後轉回屋裡對玉立抱怨，叫你們別買就偏要，現在好了，惹得別人都說閒話。玉立嬉皮笑臉的。這一家子的人啊，翠娥全都牽牽掛掛，尤其玉剛和春土，玉剛如今因為太乖巧沒玩伴，單純得簡直是春土的翻版。翠娥也不知為何會變這樣，於是便十分害怕玉剛出外受人拐騙，每日千叮嚀萬叮嚀，燒香拜佛時時憂心著。

今年清明，春土一家五口在麗娘的墳土上遇了稍嫌窮酸的福祿與阿梅夫婦二人。

福祿嗟嘆道：「春土，你是歹竹出好筍哦。」玉琴皺皺眉，數日後的一個黃昏對翠娥說：「阿伯那人怎麼這樣；說爸爸是歹竹。」但翠娥可不在乎，笑嘻嘻道：「好啊，歹竹出好筍是讚美我們家呢。」春土一旁氣定神閒地洗刷磚塊，聽見那母女二人不斷地談及他的名子，領悟到一種幸福的感觸。

數日後，春土接獲一封公函，信函說春土的房子佔據公共設施保留地，即將於九月底前徵收。凡接獲信的村民都跑到街上來叫叫嚷嚷：「啊！以後沒厝可以住了，怎麼辦？」春土也走出去站在眾人之中，憂慮與恐懼佔據他整個心靈。玉琴返家後說，只有曬穀場與空地被徵收，很幸運地房子可以保留下來。翠娥聽罷趕緊去焚香謝祖宗。待會兒春土又要出去與左鄰右舍討論，被翠娥攔住：「別出去跟別人說我們只徵收一點點，隔壁他們就要沒房子住了，還有的人房子要拆掉半間，心情壞說不定找你出氣呢。」翠娥村婦的智慧永遠適時來到。

春土順從地只站立在門口四下觀望，彷若一個乖巧而聽話的孩子。時代是否又要劇烈改變了？還是世界原本就是這樣繞圈輪轉？抬頭看天上飛雲疾走，而偌大的夜空依然永恆而內蘊，就像某一種人類的性情。春土新理髮，兩邊鬢角理高，腦中央一撮白花的髮絲迎著風。玉琴道：「媽你看，爸爸的頭髮怎麼理那麼短？」翠娥哼一聲：「伊喲，想要省錢啦，每次都跟理髮的說理得愈短愈好，才不會常花錢。我看啊，不如去理個大光頭！」母女二人噗哧笑出來。

春土也跟著家人笑，眼神亮亮晶晶的……。原來是上天所賜予人類，最心地純潔的孩子呢。

（2006年）

那女身，從容搖擺

那門，走出來一個女子。

往後瞧瞧，左顧右盼，過去擺弄一個竹子盆栽，然後搖搖擺擺走出門。

她是母親，她是年華，她是某年美國加州，陽光底下向前奔跑的女子。

她手刁著一串車鑰匙，有點浪漫，一身四十幾歲。她拿起手機，大聲向朋友抱怨丈夫賺錢太少，說到激動處，電沒了，遂悠哉地將手機丟入包包。

李秦，秦朝的秦。

她充滿自信，把車開往朋友家。她開車流暢，有時車彷彿隨時會跳起來。她快樂，不快樂。十幾年前如果留在中國，說不定她丈夫現在是銀行最高層了，她總這麼說，抓到機會就講，神氣活現的。

她的丈夫陳國，昨天又回北加州工作了。那天，李秦載一位醫生太太去買廚具。陳國不開車，就坐前座微笑著沈默著，李秦與醫生太太高聲議論，下車兩女人搬廚具進屋，來來回回幾趟，陳國就坐在駕駛座旁，一動也不動，不幫忙，人卻是很和善的。

他博士，你管他，只負責唸書。李秦通常如此介紹她丈夫。李秦開車，上超市回家也都李秦一個人提東西。到北加州，開車開到三更半夜，兩個兒子和陳國後座甜蜜地睡著了，李秦獨自在駕駛座上，數著空前的寂寞。

張望下落之美，在你人生無名的遊行，你提起花朵的裙角，一嘆天空！千朵雲疾駛，飛奔而去，好壯觀！你呆住了！這就是我們？永遠的我們！那波浪，那頃刻，我們！

李秦性情超級熱心，小伍說她，妳就像我們台灣的里長。李秦問，什麼是里長？兩人婆婆媽媽，個性合得不得了，令外人十分羨慕。小伍年紀較輕，兒子認李秦乾媽，居住同一區，小伍就像李秦的影子，一前一後。

李秦裁縫非常好，幫香港或台灣女人改衣服做衣服，縫枕頭套，算錢的。這些女人偶而會送禮給李秦，客客氣氣。李秦幫忙朋友的問題，總是最仔細。她在太太圈，人緣超好。

十幾年前初來美國，英語不會，有朋友問，李秦妳兒子需要補習數學嗎？數學說的是英文，她數學這個英文單字聽不懂。現在她已經對答如流了。而陳國中國博士，美國找不到教職，香港人公司很受器重，但根本不賺錢。

李秦跳出來，換了是我就不一樣，彷若她真能生意人，陳國完全不行。李秦積極熱烈，但生意需要智慧，不只是手段，任何學問的最高點都不普通，不只是與人平常熱絡。陳國坐在客廳一角，看莎士比亞錄影帶入神。他完全自然，完全讀書人。

她是這天地的情人，反覆又跳躍，活生生的女子，在荒野。到處生活，到處留

念，陽光下一個驚異的面容，而花語層層，那女身，從容搖擺，軀體說話。

小伍窮極了，離婚帶一個兒子，在教會幫小朋友洗澡洗衣。兒子成績不好，她說，沒關係，自然就是。她與兒子，經常在李秦家聊通宵，冬天圍成一圈，很歡樂。在台灣，她做超市收銀員，聊的無非就是這些瑣碎，說話特別傳神生動，抽籤抽到美國身份。

小伍信教，她說，那天不知怎地，一截香蕉從我手上掉到地板上，我就明白了，上帝叫我不能吃。小伍和兒子發生車禍，她說，上帝如此安排，是有真的意義的。她固定奉獻教會，教會很照顧他們。小伍每天都在讀聖經。

小伍狠狠地教訓那些對神要信不信的人，總是一番話的。

但李秦不信，她沒有宗教。她說跟她不相干，擺擺手。說激動了，兩人只好都放棄不說罷。

李秦認識一位中國來的工程師，初來孩子英語不好，李秦彷若非常好心地說，天啊！你們得快回去，快回去啊！在這裡不行的！美國是李秦的。

李秦問人，你們家需不需要打掃？我很勤快的。她貼補家用，全為了兩個兒子，給兒子請最貴最出名的家教，她什麼都肯做。雖然兒子們長得都不好看，李秦總是告訴他們，我生你的時候，在醫院育嬰室，你是全醫院最可愛最漂亮的小孩啊！兒子們發出快樂的歡呼叫聲。兒子們的功課很好，遺傳父親，李秦也精明。

大兒子申請到加州大學爾灣分校，學校活動李秦總是興致勃勃，驕傲得很，誇張地說道。她的兒子是白馬王子。大兒子從小到大換了十幾個女朋友，因為疼愛，李秦也把它看做天賦，掛在嘴邊很得意。

別人一通電話改衣服，她就跳起來幹活。

你是否聽說過一種種族，他們披衣進入前人神話的衝突，進入大自然的情與欲，進行一次次天地之間的完美相憶。他們愛這個宇宙，他們又美又醜陋，又陽光又陰沈，永恆反覆。

李秦很愛幫忙人家，幫完頻頻回頭看人家是否送她東西，急急掏開送的塑膠袋察看價值。李秦家裡大冰箱總是塞得滿滿，陳國說，能不能，吃完再買？她又採購了一堆打折食品，大手筆。

李秦談論兒子學校功課，天花亂墜。只要那朋友孩子功課好，她全當好人，她就這些得意事，她心裡假設的上流社會。她會去欺負那些孩子成績不理想的朋友，用她自以為是的聰明騙騙他們，嚇唬他們，彷若別人真的愚蠢，這是她的世界的平衡。她，口沫橫飛。

李秦會在三更半夜，一通電話，跑到朋友家裡夫妻勸架，完全自己的大小事。有個台灣來的博士生夫婦，台灣家裡發生事情，掛心非常地把女兒留李秦家，李秦三餐賣力準備，送女孩上下學，洗澡洗衣，無微不至。可是李秦絕不教女孩功課，甚至已經期末考了，說好另外給錢，也馬虎混過，不收錢可以吧？博士生夫婦回來依然萬分感激，女兒沒事。給了很多錢。李秦說，不必那麼多啊！

陳國與李秦，青梅竹馬，上海出來，一生只有一則愛情。先到香港，後往美國。住在加州，李秦把每一分家用都算得仔細。她針對陳國，說，我像有三個孩子。朋友都微笑，說著祝福的話，李秦也釋懷了。

李秦幫小兒子的學校戲劇社團，做道具與衣服，一人縫到三更半夜，足足兩個禮拜。她帶著大束大束的鮮花去看兒子演出，瘋狂地拍紅手，她在舞台後不斷叫鬧著兒子攝影留念，與校長、導演、女主角。她擠到前方，和導演討論今晚的演出。戲終人散了，回家把兒子的戲服又燙得整整齊齊，折疊方方正正，她的寶貝一樣收藏衣櫃。後來的人生拿出來回憶，心情好極了。家中放大掛著兒子的大劇照，一點也不吝嗇。

她就是要這般人生，無論如何，她是勇於陳述勇於表演的。生命從窗外列隊經過，她抬頭，銀色髮絲忽然飛掠，一遍遍飄散啊。失敗的理想，高昂的女身，有種情愛從來不清醒，她是掉落最深的一個人。她，如雲流暢，如影任形。

麥克是個心地美好的美國大男人，他告訴李秦，我們公寓彎角處，青少年來往飛車，你經過多小心啊！李秦的丈夫不在，他說，我隨時幫忙，我們是鄰居嘛。感恩節，麥克送火雞過來，李秦送蛋糕過去。麥克送月餅，李秦再送普洱茶。麥克女兒李秦兒子一同學鋼琴，兩人輪流接送。麥克不上班，成天開大型車跑來跑去，就在停車場相遇，李秦感到奇怪。

某天，鋼琴課時間到了，麥克還沒返家，李秦正寫字在麥克門上留字條。麥克突然出現李秦身後，麥克大發脾氣，失去控制，我告訴妳我會回來的！李秦一嚇，麥克好像生病了。

麥克畫畫，他的畫被選入保育團體的博物館，麥克太太、李秦和小伍都盛裝參加開幕。麥克，多得意的男人啊！麥克不太應酬話地，站立一旁。

麥克在山上蓋了間數百萬美金的房子，費時五年。麥克夫婦女兒，帶著一個廚師搬進去，麥克上上下下清洗，整個人跳來跳去。

那個週末，三個家庭聚餐。小伍宣佈神的旨意，要送小伍獨生兒子去軍中當牧師，因為賺錢多。小伍問李秦意見，其實心中早已決心。李秦說，是啊！是啊！可以改善你們的經濟狀況。好吧！就這樣，乾媽祝福你去軍中，好好聽長官的話，做個優秀的美國軍人，賺錢回來！

麥克與麥克太太力勸小伍不可，馬上會分發伊拉克前線，千萬不可！會丟性命成殘廢，他是你的獨生子！

小伍用一種信心滿滿，不欲他人干擾左右的語調說，這是神的意旨，神會保守他完全，還有其他零碎保證的話。這時麥克腦中一片空白，完全聽不進去，完全不認得眼前這個女人是誰。

李秦加入話題，說，沒關係的，沒辦法啊！李秦其實知道，如果是她自己，要她的命都不會送自己兒子去戰場。

麥克勸了許久，突然跳起來，指著小伍李秦大罵：

妳們是瘋子！瘋子！

散會後，麥克太太回到家，心亂如麻。她打開家中的大冰箱，把食物全搬出來，又瘋狂地到處找東西，打包三大包，好像把能給的都拿出。打電話給小伍，小伍，我有幾本書和食物要送妳兒子，我送過去。見了面，小伍懶懶地，看著遠方說，妳真是，不要送東西啊！那是她的自尊與執迷。

一本書冊，她小心翼翼捧著橫過路口。厚厚寫著「人」，一個個一字字名姓，她撫摸著。那些人的擺動，那些靈魂的姿態，就在目前，就在人來人往的表情，走入人的歷史，人的土地。幸福，不幸，呼嘯在書的邊緣。

李秦栽培小孩，像所有最好的父母，是極度瘋狂的。所以她的小孩都極愛母親，母親肯為他們做最低下的工作，他們看在眼底。

陳國的父母在中國買房子，要陳國寄錢。李秦大叫，我們自己都沒有房子，你要孝順父母，怎不知要孝順我啊？李秦和婆婆冷戰，兩個孩子都不接奶奶和陳國的電話。

某個星期天下午，李秦和陳國正要出門，租屋辦公室來電話，陳太太，請到活動中心，有事商量。兩人悠閒地走去。進活動中心，忽然大門開，大批彩色氣球頭頂轟然落下，歡呼聲起。李秦笑開了，原來，許多附近的朋友都來了，都是熟面孔。兩個兒子蹦蹦跳跳，一人彈鋼琴，一人唱歌。

這是李秦的五十大壽。兒子導演的，兩個兒子打電話給李秦的眾位朋友，有遠從聖地牙哥來，並盛大放映寄自中國的親友祝賀影片。兒子們把李秦過去的錄影帶和照片都剪輯帶來了，兩人作詞譜曲多首歡樂的生日歌曲。

李秦驕傲地想，你看，他們多有天賦！李秦的幸福，抵達極點，她的眼淚！

陳國原也不知情，笑著站立一旁。

幸福的李秦，長得並不美的李秦，原來有如此驚人如此美的幸福！

在生命的歡呼聲中，李秦一直謝謝謝謝。

宴會進行中，忽然，李秦偷覷了一眼陳國，陳國有些孤單地站一旁，不時擺弄手上的咖啡。

李秦於是輕微一個冷笑。

一絲絲，很輕微。

在天地之間。

你嚮往過怎樣的人？怎樣的理想？風雨中，搖搖擺擺的形體。幸運中，清清白白的人形。願昆蟲，帶著它驕傲的本性。花朵，擁護它純粹的思考。願大自然，願人性底層。豐豐富富。

麥克說，小伍，妳願意來我們家當保姆嗎？小伍說了一堆冠冕堂皇的話，答應了。

這時候，小伍的兒子已經前往伊拉克。

某天，暗暗的天色，小伍在工作房洗衣，客廳中李秦拿著電話大叫。小伍，小伍快來！有妳寶貝兒子的消息了！

小伍跌跌撞撞，哽咽聲，奔過去。

那走步，那女子的呼息斷斷，慌慌閃動的眉顏。

小伍，快點嘛！

小伍一回神，那深沈，直直向世界奔了過去。

（約2012年）

第二章：散文（1985——2024年）

神話

我愛神話裡的自由，那裡有全世界最美的人類，也有最醜的人物表像。生靈在兩極間行走，也幸福、也墮落、也故事完美、也殘缺單薄。人仰望神話，正如仰望兩極，不禁兩行泣淚。人要往那裡去，方能永遠不畏懼擺盪，而且在永恆裡獲致釋放與快樂呢？

我愛神話，眾神美若精雕細琢，我們在驚讚之餘完成我們的靠近與膜拜，它或許告訴我們一個殘缺的道理，然而後世的文學家傾力完成它，使我們在故事裡或哲學裡有所想望，那是多少人少年時期的一個夢！神話與夢世界結合，於是雋永的文章一一被創作出來。

這些文章理真氣壯地說：「到那裡去找比神話更美麗的地方？」人說：「我但願停歇在這些甜蜜與原始裡。」於是字裡行間有了幸福與人生跡痕，有人在神話面前列隊唱著原始的歌，那些生澀或熟練的人類都飲了神話之水，在這個可愛的世界裡躍躍欲試！年輕人或老年人從角落裡走出來，他們被鼓勵得唯美起來，認真起來，去從事自己的人生；曾經單單只是傾聽一則故事，長吁短歎，然而面臨神話，何等生動！

談及原始，舉凡原始無不超越歷史的源頭，人神的奮鬥裡。「原始」兩字令人驚顫，人，踮起腳尖捧著它走，它代表了生澀、不熟練、最初粗糙之美、蠻荒、勇氣等等。在神話裡，原始無所不在，這就是神話被傾訴與鼓掌的原因之一。有了原始，神話於是太美了；原始之美，其巨大之力是難以想像的。藝術家渴望獲致原始之美，鏡頭無日不鎖定特有對象，為了原始之美而瘋狂而沈醉而死亡。瞧，那狂野沸騰的力量，就是神話裡的原始！整本神話被「原始」所籠罩，作者也因此興奮莫名地活過許多世紀。

神話裡述及英雄，英雄也活在不限定中。他極力去掌握無法控制的外在大環境，像一個悲劇英雄也無妨，因為他已經是這樣一個人了，他無論如何要扛起一個地球。扛起地球？談何容易！但他真正如此去做，就像一個神話人物了。沒有英雄的時代，盡忠職守的史官叫苦連天，寫不完冗贅的張三李四王五陳七，大夥爭先恐後在歷史上簽名留念。美、文學、音樂、政治都在世俗化嗎？

不朽的英雄站在神話裡，光芒四射，他們說明了個人也說明了族群，他們的故事說明了一切；神話裡的英雄有時超現實，給予我們一個大驚駭或大美，難以比擬，然而聰明告訴我們，我們卻極愛這個英雄神話，後世的小說家並且為這些故事舖陳了新意。英雄的故事十分有趣，每個讀者都跑出來參與，那古典的美讓人迷醉，那英勇的事跡興奮了你我，那美人與勇士的故事，談論得永無休止，一遍復一遍，永無休止。

故鄉

有一條路，一走過去就模糊，暈了顏色。連人也淡去，在空氣中記憶。

有人不死心，一回回執意走，生命回頭復回頭——走進傳統的、古典的老舊相框中，僵持著。

那個時空——臨近幼年童話的吟誦聲，也臨近成長中某些碎裂與可怖的顏色；聽說，宇宙與生命個體千年難斷的糾纏，盤旋在那兒。有一個人站立在極限的端線上，迎著風。

是的，我的故鄉是某個小鎮，但它當然不是只是一個名字。也許人們不該從地圖中，尋找它。

那裡容易覺醒，也容易迷失。那裡銘刻著永世的錯愕，善與惡、喜與悲的交集。它忽而逼近，忽而遙遠；忽而淡漠，忽而明朗。也許，我曾嘗試從陸塊的一方，凝望海洋遠處特定而永遠的方位，久久不能自抑。異鄉沒有夢。

有一條小河，排隊放學我們會經過，排長說，每個小朋友都要對齊走。當我唸中學，有一個暗戀的男孩，住在橋的那一邊。後來認識一個老人，每回我清晨走過他家，彼此樂觀的高聲問好。在某個遺忘的黎明前夕，他卻堅決而沈默的縱身沈入河底。

故鄉有許多傳說和流言。善事的、惡行的、純美的、悲哀的、陽光的、陰暗的、豐收的、誤解的、可以原諒的、不可原諒的……。時間以色筆將它們細細描繪，然後再惡作劇的，全數拭去。

走過去吧，他們說。我不能，我說。於是時代淹沒卑微的我。

是不是有一個地方？那兒可以親親小孩的面頰，可以撕下惡人的假面，年輕也會被尊重，真理也會被人重新提起？焦急的少年曾經背著包袱，到處問人——問人是否識得這樣的「故鄉」。故鄉是宇宙深處至美的回聲，故鄉是人居住的那個星球，故鄉是大地樸樸的泥香，故鄉是母親夜裡的輕喟，故鄉是陳年的與未來的交織夢境。

故鄉，原來在我心裡。

永遠

關於「永遠」那種事，我們可還癡癡藏著，不曾背棄？親愛的人類們。勞苦功高的哲學家們，正在討論「永遠」究竟是一個時間單位，還是空間的凝想。

這時候，深居簡出的文學家已經完成一部作品，述說從前有個小孩從小就擁有一支名叫「永遠」的尺，他每回遇到一個人，就把尺從口袋裡掏出來，朝那人量一量，才決定交不交朋友……，跋涉千山的美學者，抵達納西薩斯曾以生命代價灌溉的神話湖，決定用人類的身體，站在完整與崩裂的臨界，等候創造屬於他們這世紀各民族肢體與靈魂的不朽。

然而在人間，男女老少湧到廟裡去向神祈求完美。神聽完，覺得很苦惱，把所有的請求縫成一個包袱背著走。

在身體的深處，死亡和生命正在吵架。死亡說：「呵呵呵！你總有一天要被我擊敗的。」生命說：「可是你如何能擊敗我呢？你根本不了解我，我的快樂、我的悲哀、以及它們豐盛的人間意義。你將獲致一具廢棄的軀殼，那麼，我何必懼怕這種表面的失敗？」

在一所鄉間高中的操場上，一個精力充沛的青年正自己玩著球，忽然間轉身投籃。美的女神路過，揮棒將那一剎永恆凝住，收為她的驚呼。

遠遠眺望世界各地的名勝觀光地區，許多遊客都忘記遊玩了，他們疲於奔跑地東照一張相西照一張相留作紀念。為了要把「永遠」珍藏起來，成為生命之中最大的安慰。

也許是的，對於必然面對死亡的人類來說，「永遠」最後可能僅僅成為那麼一張難忘的照片，歷歷映出我們的勇氣與迷失、可愛與挫敗。但宇宙的歷史辭典會記載，「永遠的情懷」曾一度讓人類變得心靈崇高、神情顧盼絕美！

祖母之死

——寫給名喚母親的女子

一

我夢見我們一起去搭火車，是那種面對面促膝而坐的舊式火車，兩人歡天喜地像姊妹，時代背景想是十幾年前那種淡彩的並不富足的台灣。嬉鬧著下車，才記起東西忘了，兩人復匆匆上車，共同搶救一個包袱。

2.

我的形體努力站起但是我的靈魂拒絕究竟一個遺失母體的生命他要如何穿衣戴帽穿梭過空洞的人群甚至頷首微笑彷若一位自信滿滿的人類他要如何持續忠貞他的傳統而命定今生今世永恆失落母親的寬容與撫慰那麼信心是偉大的傳統是偉大的而我恐懼我的靈魂它即將浪跡天涯以風的笑痕為導航唱著瘦弱而沒有養份的牧歌睏睡在自然的重重冷漠之中每當同樣一個夢連續三年夢中我的形體努力站起。

三

今年春天，我提著內有妳的照片的行李搬往中部，家裡的人都對我十分和氣，我經常坐在白天偌大無人的客廳寫字看書。很久不見妳了，妳還經常微笑地細語輕聲嗎？鄉下家庭廳堂之中供奉一幅神的繪像，豐腴白皙溫和含笑莊嚴端雅，完全是絕善極美女子形體。我每每眼睛累，抬頭便見這幅神的繪像，我有驚喜，那神情態度頗像妳，不就是傳統中國那些勇於面對命運疾苦、而人格善良完美女子的寫實嗎？其實也可以說，那真真是幅人間女子的繪像，可能是最早畫家倣傚心目中人間女子所繪成的，因為我曾看見那種內蘊和外表的女子。或許由於這樣，使我如今對宗教的涵義與信仰裡的某種潛意識，比以前更加尊重。

4.

妳一定可以想像我的失敗於是護衛我走過許多色調柔和的早晨送我一盒甜蜜的巧克力生日蛋糕我說我願意是妳生命的延續妳卻不想成為我誓將日夜懷想的前世是否由於肉體的奮鬥永遠悲劇而我的浪漫不過隱約吐露年輕的荒謬無知那麼生命的真實是什麼當肉體死亡後精神是否依然存在所以我返回幼年今生今世沿途問過來而妳焦急忙碌翻找永恆的那些答案給我甚至用妳的死亡來完成我的成長。

五

我出生時黑黑醜醜，大家庭多如此嘆息。女孩子不美總是遺憾，尤其事事講求精緻比較的家庭。也許這樣，就取了個既有花朵又有顏色的名字，希望有所彌補。

6.

兩道平行線的航程中妳肉體的衰頹與我無眠的挫敗一齊無休止地指向遙遙天際但是死亡在眉睫在髮梢在唇角從此落葉生根整個秋天我屢屢穿戴憂懼顏色的衣帽那時的我自以為什麼都懂其實只是曾經經過生病與苦痛卻完全不了解死亡的真正面貌。

七

我小時候考試或參加比賽常常得第二名，而妳說第二名也是好的，因為上頭還有一位第一名，小孩子容易懂得謙虛的道理。第二名是好的，如果妳心裡實在不服輸，那也容易了解比賽的涵義原是短暫的，那只是一種形式，即使換妳爭了第一名也是剎那的。每一人活著都有他獨立存在的意義，無需「比較」即可認定的。

8.

我無法在這個情節或故事我無法獨立處理一個死亡事件我想我是軟弱的而我的智慧也是現在把筆墨把歷練故作光榮地舉起來用極限繪一個圈圈把自己團團圍住我的名字叫做人類我的智慧無法挽救妳。

九

我的個性和老人較合得來，所以妳許多朋友我都相識。那時候妳身體健康，妳與妳的老朋友們經常在我們家練習土風舞或嗑瓜子聊天。其實我並不是事事乖順的那種孩子，但對於妳們口中嘮嘮叨叨日日反覆的人生故事卻異常著迷、百聽不厭，同樣的故事隔天重覆敘述；而我也理解無論精彩或貧乏，那都是妳們今生最在乎的故事，於是妳們以為我十分乖巧，倍加疼愛。

老年往往是人的智慧發揮最極致也最圓融的時期。因為透徹天理世事所以值得敬仰；因為衰老而內蘊，所以容易被忽略。

10.

每個夜晚乍然驚醒我伸手探觸母親的鼻息還是溫熱的脈動的方才抱著微笑安心睡熟母親居住的這個房裡經常飄飛古典的胭脂清香整櫃衣飾獨具風格地垂掛窗下站立一株紫色花瓣的蘭草每樣家具都潔淨寫著一個女人的性情所以大鏡之前人物必然依舊健朗樂觀敬愛的魔鬼這裡沒有你的品味請速遠離。

十一

我出生時妳已五十歲，比較妳與我，或可研究一個人少年時期至老年時期行為的蛻變，通常欣賞音樂，舉凡我喜愛的樂曲，我便一遍復一遍痴狂地聽，及至心力交瘁也不悔。而妳不同，妳對樂曲有著強烈的敏銳，常常房裡哼妳那時代的旋律，但一次就罷，然後臉上流露一種似笑還羞的滿足，這大概就是「成人」的方式吧。

然而每當妳提及妳日益衰頹的身體，我便想著我不能失去妳，難道仁慈的上蒼竟不明白？因為這是一個怎樣的世界，我尚不了解；還有一個人生該怎麼辦活，我的想法也很天真。換句話說，年輕的我對妳內蘊的思想十分好奇，是那種一個少年對任何經歷大人生而智慧飽滿的前人，感到尊崇而敬畏的情懷。

12.

我決定素衣赤足前往熱帶海那兒我母親睡眠的地方根據預言老者所示全程需要涉溪越嶺一萬八千九百八十個日出日落從此放棄姓名放棄言語放棄欲求也放棄榮耀與驕傲風雨行將滅絕我的青春以獻祭天地的脾性也許得以撫慰我的母親日日輾轉難眠的恐懼與憂愁而我行將沿著地獄與人間的臨界日夜徒步為了用人類的身軀告示魔鬼勝利只是你的幻覺於是在將近競賽的終點你會看見有人一生配戴紅色的康乃馨。

十三

祖父在蘇澳上班，有一回妳帶我從羅東搭公車前往。我跟著大人在站牌面前等車、上車，那時的我病痛初癒，對生命本身有著滿腦子的疑惑。

車行甚速，妳在車掌處購票，揮手要我往車裡走，找座位坐下，我於是愣愣地在走道上行走。車子大轉彎，忽然聽見妳在前頭大喊我的名字，說抓住椅背啊……

當微熱的小手猛然握緊冰冷的椅背的剎那，我感到一種流動而溫暖的血液自指間貫穿全身，有點激動與興奮，是意識「存在」的那種感動，難道這就是生命的感覺嗎？這也是有生以來，我第一次感到握住了自己。真的謝謝妳教導我。

14.

聽說妳搬家了我們驅車天涯海角尋找敬請每一朵玫瑰和薔薇都翻過花瓣細問她們可曾呼吸妳的裙擺飄蕩來去的氣息我站在兩棵木瓜樹下拭汗飲水而感觸一種全世界最中道而溫和的植物向我表達綠顏色的關懷根據築墓工人談說這裏有幾棟新屋倚山傍水風水甚佳等等但像妳如斯戀家的人哪裡情願離家背井無論如何現在是委屈了妳當我面對飄忽的群山翠田當我實在忍不住向大自然尋求一種非寫實的哲學便看見遠方的妳在笑永遠倚著門於是我就相信妳並非棄我而去如今妳只是搬了家。

十五

有人用「過去式」在談妳，非惡意的。我停住腳屏氣聆聽，有點不能接受一個人的死亡立即、從此被人堆入「過去的時空」這種約定俗成的人類習慣。我天真地想，如果沒有「時間」，我們就不會說「過去愛你，現在已經不愛你」如斯傷心欲絕的話，我們會說「我因為什麼原因而愛，我因為什麼原因而不愛你」，這樣責任在自己，不會推給「時間」，也不會覺得凡事「已經過去」不必再珍惜了。當一個人走到你的生命盡頭，你會清楚知道那些是他一生最惜愛的事件；這時候，每一個事件就都展現在同一平面上，並不是因為「時間」的先後而偉大又渺小。所以我天真地想，時間只是我生活之中的一種「參考單位」，如果把人的內在外在活動全推進時間，因而不珍惜或徒勞傷逝，人或許就會在時間的大洪流中漸漸遺失某種判斷的能力，以致無法了解某些原始的真實吧！

16.

鄰人都說我是妳的複製品你們看連微笑的弧度都相仿呢所以他們對我的看法多半是因為妳的過往而我不過是哲學未成熟的毛頭孩子帶著妳美麗的影子四處走當我偶而停住腳步與人們頷首為禮或獨自追憶這個街道發生過的許多恩怨情仇我嘗試賜予它們一個寬廣的涵義與詮釋我嘗試追想少年時代曾經默默堅持的種種價值而童年裡的人物就都真的走進歷史裡來如今奢望攜帶的還是那顆敏感但純淨的心午夜思忖著小鎮歲月裡我的命運依然無法忘懷妳堅持要我遠走的意義。

十七

晚上電視六點半到七點半播台語，那是我每日相當快樂的一段時間。倒不是多愛台語劇，而是因為台語劇是妳與祖父唯一可以完全聽懂的戲劇，你們經常看得入迷呵呵大笑，我便分享歡樂。而現在，我有空也一個人獨自觀看。所以我深深感覺，語言與生活、語言與思想之間的緊密關係。一個人若能一輩子使用自己的母語，不因戰亂或時代變更而被要求改換，那是十分幸運的。除了社會的好處之外，這個人也必然比較容易與宇宙萬物「進行溝通」——可經由了解前人的俚語、習慣用語或格言之過程，獲致傳承的經驗，以體認人與自然、人與物之間更微妙的關係。

18.

靜坐的時候空氣裡有一種纖細而薄的喊音母親妳幻化為故鄉的意象在我連綿不絕的人生行路裡永遠呼喚有人記得一個古典敦厚的理念曾經垂落東北方位的平原開花結果然後滅亡或客死他鄉然而母親我想在單獨的戲劇裡我們不要太傷悲當我長大我必須學會把地球懷抱起來成為永恆而溫柔的故鄉。

十九

妳過世後，我結束廣告企劃的工作，開始回頭再唸一些思想的東西。

我剛上小學時，妳十分緊張，常往書店選購參考書自行閱讀，妳讀通之後再教我，比學校進度快一些。妳知我個性直接，遂不要求小孩事事與外人虛意客套，妳說有禮即可，所以親戚朋友所熟稔的我的形象，總以妳日常的描述為標準。中學以後，我經常在妳的梳妝台上寫稿，是練習小說，我便不愛看著鏡中的自己，於是妳想了個法子，用大張報紙把鏡子全部遮蓋。這些細事，使我想到兩人相依為命的可貴，也因為曾經擁有妳的愛，而感到幸運。

離開學校，走入眩目複雜的社會，我迫切渴望辨別許多現象背後的真實，以及種種社會人的面貌與態度。數年後的現在，冷靜地重回自己，仔細思忖妳原有的教育之中對我人格與未來所隱藏的期盼，感到哲學與美學的臨界或可走出一條人生。

20.

是否妳曾經崇拜一種角色也希冀擁有那與太陽爭奪光芒與月亮競較柔情的演出於是妳在片片星光綴成墨汁的字裡行間裡埋首閱讀著期待永恆的劇本於是妳以細緻的人類感觸企圖創作固執但是唯美的舞台情緒那麼一個女人如果希冀成為另一個生命心目中最重要的人物妳一定不要忘記選擇「母親」的演出。

（1988年）

時間盡頭

——記祖父、祖母這兩人
死亡你算什麼

女子說

你走了嗎？我站在命運的窗口梳髮，長髮纏繞的軀體是生死難熬的水。

少年時候傳說有一個「人」，平凡的長相、平均的脾氣走在塵俗，為了逃避眾神對天才的嫉忌。

顯然競技的文明，我是失敗的洪荒女子，所謂最有價值的男人我懶於翻譯。

總說有錯。那一定是風不該戀眷吹拂，白日不該存有沐浴青春、流連陽光的懷想？

沒落世家的二小姐，幼年與貧窮的影子跳房子，雙辮及肩，蹦蹦跳跳在大地灰樸樸的宮殿嬉戲，身強體健，漸漸完成一個女子飽滿的身軀。

一頂大紅花轎，把我從中正街頭抬到中正街尾。我們在媒妁之言的時光隧道，驀然相遇；我熱愛我的時代，我想我若有浪漫，也要屬於今生今世，不是前朝也非關後世。

黑白的結婚照、木訥的愛情、坐三輪車帶兒子去看病……。我們攜手經歷了美軍轟炸與台灣的歷史事變；在驚恐與屈辱之中，求生。

我是一個不多言語的女人，我總是那樣放心你，微笑地任你天涯海角。（我反省我為何做不好一個妒怨的小女子？）當然，可能無關乎「美德」，可能只是因為我實在太自信、太頑固了。

你的事業蒸蒸日上。然而白日的風雲叱咤，晚間你極少提及，也許你覺得沒有什麼！匾額與獎牌無情地堆在二樓儲藏室，外面說你是一個「成功的人」。於是我只能在朋友讚美你時，轉過身去，偷偷收藏一些靦腆又癡拙的虛榮。

曾經，我們的生命多麼雄壯啊！然而現在老了，尤其是你，一切怎會如此不堪一擊呢？你說，你死後已對我有所安置，我憤怒地推開命運的婉言相勸……。

一生盛裝參加無數的葬禮，原來所有的形式都是虛構的。所以任我終日哭號吧，我也擁有原始而狂曠的感情，眾神那裡了解做為一個脆弱的生物的悲涼？

我這一生，曾經希望智慧是針，美德是線，針針密線日日縫。然而原諒我身只是人，手工拙劣，永遠縫補不好這個人類命運，最大的黑洞……。

男子說

終夜思索，我獨自面對一生最深邃且最痛苦的意義，是的，生命不能永遠。不過我無法忘懷妳這個女子。

青春早就離開妳的臉；曾經妳用美麗與柔情圍困我，現在妳是七十二的老婦，臃腫粗糙與真實。

不，生死不要相從，妳不要追隨。我現世的悲哀小心包裹起來，身後之事預先打理，全因為怕傷了妳的「美」，我的妻。

妳靜一靜，把板凳搬過來，讓我告訴妳，「生命的躍動多麼美好呵！」然後我們坐在門口，讓別人正值燦爛的青春，從我們讚賞與推崇的目光之前快樂走過去……。妳再看看，我們所深愛的小鎮。從街道角落望過去，那邊的市集人潮洶湧，文明正在提昇，我們的後代可能擁有更雍容華貴的夢國。

所以妳要活下去，延續妳的生命意義，並且繼續享用妳的智慧。是不是？把我們的悲傷塵封起來，把我們的勇敢告訴天地，把我們的足跡再度省思，把我們的家族重新恢復，把我們的血液傳承下去。

是的，理性所建構的龐大世界，正在持續下去。成功當然只是人間假相，然而我才情有限，只能以誠懇與笨拙的表達形式追求我們的幸福。但願我的表現，妳一切滿意。

去去去去，我承擔死亡的肉體所遺棄下來的靈魂，宇宙無邊無際，果真找不著一個彼此不易追尋的地方嗎？來生無約？來生有約。但不要時辰錯失、不要門戶不當、不要……。相送的路上叮嚀質疑，驚驚顫顫。

兩人

他是地球，她是水。水一世的忙碌為了雕塑地球的軀體，一世的奔流為了完成地球的描繪。他是她的作品，她是他的思想。

現在，他們都已通過時間盡頭，從這個世界上完全消失了。

藝術

年少時代，我從一位老作家的書上讀到一篇言語，好生動，那是活在藝術花開而依戀風雨的小城鎮上，生命的苦澀與甜美活絡於年輕人們的內在城邦。不知何時，我已漸漸戀愛一種美的形式，而不能阻止，而不能完成一件只是柔順的外在裳衣。痛苦使人依靠藝術內裡的自在，我在敘述生命的內部真實之處，我在傳遞複雜而美的理想人生。

來吧！人生！我需要一種極致的姿態，向自己宣告我的一生。

◎舞蹈

肢體想聆聽什麼？肢體體驗什麼曲折？肢體有著什麼想望人生？告訴我吧！美麗又醜陋的你。躍起來又舞低姿勢的肉體，何時穿越舞台，直抵時間盡頭？

何時肉身需要承諾？向人海的更遠方遊蕩，向旅行的深層靈魂模擬遙遠的姿態。行走的人啊！你的形體飄落眼底，你的律動編織花雨的顫抖，你是神！

我曾努力承受一則凡俗誓約，以為聖賢如你，必能體驗烈火掙扎，成就生存與死亡的極致傳說，獲致舞韻的最高境界。而風在雲海下話喃，水轟然如夢現，我們捨不下青春，就抵達年歲之最，搖擺一場禮的過程、美的傳承。

我們排隊入場，觀賞今晚最感性也最理智的表演。我們是否化裝成行，直抵最美的視覺故鄉，想像軀幹成床、肢體塗畫，思潮在眼睫閃爍，舞樂在喉間奔湧如水？對了！舞神之子！你就是天地之間用身體創造一切的可人兒，你也是我們身邊愛好舞蹈藝術的孩子們。你們隨時行走，隨時擺動，隨時成為豐富的自身，而不失去自我的意義。

遙遠而古代的祭典，未曾停止於傳承當代之舞，模擬復模擬，創新復創新，成就亙古的軀體神話。我們俯首傾聽泥土中千古的舞樂，仰天長嘆生命舞步之不可捉摸，或者成為自己，或者完成了他人。

◎音樂

歲月裡，心靈流動多少次？成為小鳥的譜記、溪河的樂音、大自然的歌浪……。人海走著，從一個單音到一齣交響樂；人往哪去，音樂便往何處湧進。一個小孩坐在鋼琴前，訴唱童年的快樂。一個年輕人背著一把吉他賣力向前行！一位老者提一把胡琴，咿呀向天涯！

合唱團。他們努力的張大嘴巴，自孩童唱至暮年團體。翻遍了音符，穿越了譜架，成為一則如詩的照片畫面凝止。在人間的禮堂停下腹音記憶，用上天賜予的美嗓說著癡人的夢語。他們一齊攀援向天使要著群體的想望，一齊唱遊茫茫生涯，一齊歌詠如海。天知道人間最普遍的神話，所以一一吐露隻字片語，譜以漫漫音符。

獨唱比賽。台下數百張殷切期盼的臉，台上幾幾欲哭的焦點表情，歌吧！美聲之子！從來沒有那般自由的獨自遊走於樂譜，不傾聽別人，不等待合音，那是單獨癡迷的頂點藝術，專注引吭的生命恆止。生命在高原處反覆，天啊！讓我成為孤獨之子！

鼓樂隊表演。頂著炎炎太陽，前進音樂的臉，每一道年輕穿梭著流光，行走於雀躍的生命當頭。以步履高歌，聽哨音飛躍；人間有樂，無盡高昂。那鼓聲來自生命的源頭，那舞蹈走向人海的步驟。咚！咚！咚！齊聲向左，齊聲向右，一直邁向人生的寬廣。變幻的鼓樂，迎接變幻的隊形，忽而在前，忽兒在後，你聽如雷的腳步聲「向前看齊」——

◎美術

一張臉能塗抹幾十種神話？對的，我曾努力記憶靈魂的色彩，以繪寫心靈山河的移動，情感的澎湃，與歲月人生的大風雨。如今畫布成淚，畫筆行詩，人人都來鑑賞這幅「生命之最」，我的美學將我一一抽象的說明，成為永恆的身的影子。

我想好好繪畫一張「全身的人」，那是我的夢想，成為一個有著某種性情的人類，然後活著、愛、死亡。把人的軀體全部繪寫出來，成就一幅永恆的世界，永遠的美感。我驕傲的成為一個「人」，被繪者與繪者，驚嘆不已。

有一次，我去法國羅浮宮觀賞雕塑，被那些生動的「人」深深迷住了，一次又一次的停下腳步，我仰望那些神和人，我流著淚撫摸著書冊上介紹的雕塑作品，我感受到藝術創作的偉大，好像那些神、人都走出來，說著話，歷歷種種，和我一樣瑣碎與永遠。

美是一種信仰。學習美學的過程像一頁頁成長的歷程，值得驚奇，任由期待。有瞬間之美、有繁複之富、有堅毅之長、有孤獨之最、有信義之俠、有單純之摯、有肖像之誠、有美貌之真、有誠懇之身、有原始之力……

作品美得天長地久，美像一頁頁詩篇飄逸，直接與間接交互舞蹈，寫實與抽象一再反覆。一幅山水畫靜住了——守候一季秋聲浪漫、歲月無驚。美的儀杖點醒夢境，飛奔原野叢林，走步都市人潮，到處拾撿充沛如水的美之印象！

◎戲劇

戲劇裡看見一則人生，那般複雜而甜澀，那般簡單而透明。誰能告訴我，我們活在故事或非故事裡？佈景已經就序，等待角色……；人生已經撰寫，等候時間……。舞台曾經空空冷冷，舞台已經光熱沸騰，全然為了一齣「戲劇」的誕生。

有時候，戲劇很容易的，它就是你的情緒；有時候，戲劇很艱苦的，它有難以理解的複雜性與困難度，它是一個謎。戲劇是眾人的人生，也是嚴肅的藝術；戲劇帶來絕對的快感與極致的理想，或者前後的猶豫與左右的搖擺。戲劇很具動作之美，所以成為流行或成為孤絕。

曾經，演出者為了模擬一個角色而幾近瘋狂。因為想像，為著酷似，天地回到初始，人類陷入原型。我們急欲還原一個人的面目，一種性情，一次人格約定，為了活生生的再現一個人！不惜走進傳統，活出現代。

舞台劇是令人驚讚的事業，想像張力大，表演技巧廣，呈現出宇宙生命的劇場狀態。那理念廣設人類的趣味，那移動牽引事物的情緒。多麼好的戲劇所在，多麼美的幻想生命力！

有時候，電視連續劇通俗得令人無奈，它想像著芸芸眾生，描繪世俗的面貌，它把戲劇寄寓人的平庸之處，成為傳奇。多少人為它癡迷，每日守候電視前靜候曲折轉承，成為流行。流行使人牽引，流行流於規矩。

電影的進步是這個世紀有目共睹的。

◎文學（後記）

第一天上大學，我走進嚮往多年的文學館，我幾乎顫抖的仰望著它。從那天開始，文學課的老師的字字句句，是那般吸引著我，我簡直著迷極了。我鎮日借閱文學院圖書館裡的藏書，從學校搬到宿舍，又從宿舍搬回學校。我喜歡古典，也借閱當代許多作家的作品。而我的學校相當自由，不點名，我享受著一切。

我繼續高中的文學創作，也積極參與學校的比賽，很幸運獲得滿意的成績。學校派我參加校外的文藝營，與來自全國各校喜愛文學的朋友生活在一起，我也在文學獎中獲得名次，留下了懷念的一刻。

後來，經過十多年的堅持，我終於決定終生走上文學創作這條路。

你看，歷經多少朝代的呼喚，沈醉多少文人的典範，文學它轟然站立那兒——成就整個人類世世代代的詩情。讓我緩緩的訴說文學藝術，用一隻筆體驗世間種種，用一張紙從空白到富有。往前吧！我的文學一生，我的藝術人生！

自由

（一）

沒有姓沒有名的，是真自由。

然而我那是？一輩子都掛著名牌，做著張紫蘭。

背負張紫蘭的記憶，背負張紫蘭的形像，也背負著張紫蘭的命運。

（二）

沒有青春、與它的局限，是真自由。

如此不必總是惦念著青春的隕逝；害怕著、躲藏著，顫顫然仰視上天無以倫比的權威，竟至用自己的身軀去繪畫一個「怨」字的影子之存在。

（三）

沒有性別，是自由了。

讓營營的愛情停止一剎，一剎也好，為著要好好思想屬於中性世界裡的理想與夢。

有關「人」的事情，被習慣兩性生活的人類所遺忘良久的。拒絕被賦予誇大了威武或柔美的那種任務，因為拒絕只做為形式的美麗大使。

於是沒有做男人或做女人的虛榮與事實，也沒有做男人或做女人的危殆與悲劇。現在這個世界的美，將一如大自然的原始狀態，未做任何定義的。我不說你是「男」，你也不言我為「女」。

有時候，真的應該如此。（有時候，在男與女的世界裡，是多麼不自由呵！）

（四）

沒有軀體，是自由了。

因為沒有了肉體背叛靈魂的難堪。沒有了生老病死的愁苦，更沒有了一世疑懼即將失去軀體（亦即面臨死亡），那種難以名狀的心底翻騰。

（五）其他

關於其他，有人出售別的個體之自由，完成並教育一種群眾性格的放蕩，尚信誓旦旦為了群眾的真自由。有人……

圍城

這條路走不出去了。
先前來時，曾經堅持什麼？
我只好盤坐原地思想。風翻滾萬里，咫尺之外人聲沸騰。
我為著一個極致的藝術堅決，背叛了我的庸祿。
遭遇了人間的責罰。

◎

滿山滿野⋯⋯
包圍一個人類的靈魂。

◎

呼嘯的捲風中。
我俯身拾撿前行之人殘餘的夢與天真，還有我的。
一地散去，唉。

◎

這條路走不出去了，自從我背叛了我的庸碌。

生命素描

普普，你看見生命嗎？

生命正以無窮無盡的可能，向世界呈現眾多的面貌與哲學。啊，那般壯觀，那般深邃……

我站起來，以一種驚訝而崇仰的口吻；生命千變萬化存在的姿勢，猶如一種舞蹈，忽而是典型文化裡的群體搖擺，忽而是獨特而驕矜的個人蠕動。

好漂亮，好神妙！

是啊，生命千變萬化存在的姿勢，盤踞人間。古今中外，我們聽過許多生動或貧乏的人類故事，現在目睹。每個人的自身，就是一則傳奇，幸與不幸，我們傾力演出。

●因為愛、相信，我們困窘

你看，天空之下，花朵因戀愛昆蟲而彎疼了腰；詩人因嚮往自由，被貧窮所困；老農愛聽大地的神話，日日讓陽光把臉塗成泥土色澤，把信仰刻在臉上；商人追求一家大小幸福，在靈魂的出售與存有之間猶豫掙扎。

因為愛，我們困窘。在天地之間沈思、徘徊、落淚。然而我們不後悔成為一個人，即使世界殘酷、無聊、單調得老令人想打呵欠……然而那與我們的靈魂又有何相干？

●嘆為觀止一個人

嘆為觀止一個人！勤苦的人，悠遊的人；內斂羞澀的人，意氣飛揚的人；哭泣的人，狂笑的人；沈思低吟的人，張望四周的人；偽善文飾的人，笑裡藏刀的人；委屈求存的上班族，焦頭爛耳的小公司老闆；謹慎言行的人，愛慕美的人；孤絕的人，愛朋友的人；隱名避嫉的人，志在四方的人；熱血犧牲的人，一髮動乾坤的人；任重道遠的人們，天真幸福的民族……

●一路

一路走著，二十世紀的風在耳畔呼嘯穿梭。我高興自己是這個時代的人呢。

中性人

男與女的世界，太多糾纏，太多牽絆，太多困擾。男與女，活盡人類的歷史。而不知自制，不知自律，盡力塗抹，而引吭高歌。

男與女固然是千古的主題，也是無聊的負擔，因為走過太多相似的愛情路。如果我們偶而是中性的人，那麼我們自由了。

我們不必老是挺直背脊、撐著陽傘，想成為一位高尚的貴婦，也不用處心積慮、攀爬天梯，接近男人的名利世界。男與女沒有分別，沒有衝突。

沒有情緒化，我們理智的活著。從事藝術、從事科學幻想、或者從事商業。無關浪漫；中性人亦充滿「浪漫」的情緒，譬如凝視一朵花的肢體律動，走訪千古歲月的人性空間，轉化物質之美彩極限，流動精神的無垠想像。

化成一隻蝴蝶的美與其自然，了悟性別不再是那般困難的道路。成全宇宙的最初之舞，不言男女，不名是非，不再在乎掌控與落失。服從大自然的羽翼，高飛如鵬，喃語似水，長成一隻蝶的身段，飛舞如絮。

成為大自然的一「物」，以為人「身」，以為肉體。愛這個身體，不一定為了男女，卻是存在的緣由。天地因重獲我而可愛，人類因尊重他人而知禮彬彬。成為一個人，其實不需要男女的理由，只消誠懇面對自我。

有男有女太陳腔，有慾有求太濫調，也許可以談些別的，挽救耐性。

活在天地之間，成為一個中性人也不錯！

流水的聲音

有一段日子迷戀一種形體之美，幾幾自毀。

一天中午，獨自在自助餐廳吃飯。那家餐廳位於都市的辦公鬧區，進出客人不少，我與平常一樣點菜、進食。

忽然抬頭，感覺一種奇妙的聲音。四週張望，原來那聲音來自店中播放的一首音樂，仔細聆聽，其實那並不是一首極為寧靜的音樂，可是不知為何我的心中卻因此走入一片安靜。那聲音，像流水，夾著如一的節奏，一聲一聲滴落，似乎永遠不會停止的落、落、落、落……剎那間，我的心「靜」住了，感覺那聲音逐次漫佈四週的空間，包圍我。我從一個喧鬧的世界跳進一片寧靜之土——一片無人的自然森林。

於是我知道，那聲音不是其他，那聲音是「時間」，是包容宇宙萬物的「大自然」，它找到了我，對我微笑，包容我的世俗之情；而所有的形體之美與它碰觸，馬上幻化成它的一部份，不再是那麼驕傲。

在這世間，我們曾經努力追求的，最後重要的也許不是一個完美的結果或一個美麗的對象，因為結果和對象終會在時間的巨流裡腐化、消失、遺忘。那麼，我們是在努力於豐富一種愛的能力與境界，追求互愛的可能，行走一段成為「人」之艱困的精神歷程吧！

戶口名簿校正

（一）

我的祖父張清華，我的祖母藍阿琴，他們的名字已經在這個世界上完全消失了；可是我，我是他們兩人的作品之一，我還在這求生存，力爭上游。櫃台先生。

（二）

你在戶口名簿上畫下「歲月」和「死亡」吧，先生，我那裡是想對一本小冊子論辯生命的大道理？在你的鋼筆輕率刪掉一個名字的那一剎，我只是努力勸告震驚不已的自己：活著需要學會「容忍死亡」……

容忍死亡的偏執，容忍死亡的誤失。容忍死亡的驕傲，容忍死亡的至高無上！

（三）

假若戶口名簿裡也有歷史傳承，那麼我願意現在就在僅容的這幾行，寫下我頑強的身世。

數十年後，再請你的鋼筆輕輕一劃，抹去我的生命，不帶走一絲跡痕。

巴黎追逐

我住在巴黎市區羅浮宮旁的旅館裡，在台灣不想歐洲，在歐洲不想台灣，我是個「現在存在」的人。從靈魂的艱困走來，為了一探人間的歡愉，塗繪我生命的朵朵花裙。我是一個憂懼重重的人，我有強烈的悲劇意識，無可阻擋的；然而我的生活又是那般幸福，矛盾又無限。

偏愛雕像，一早就背上背包到羅浮宮流連不去。我不懂美術，所以只能用我的文學直覺去感覺，去求真誠的領悟。因為知道，那樣依然可以快樂與真實。

雕刻的工程感覺是龐大的；龐大的信仰、龐大的感動、龐大的理直氣壯地把石頭的腳伸出去。雕刻的真理令人動心，美好的藝術最後都留下龐大的意義。因此雕刻一個人，誠然多麼快樂！

假設我問作者：你為什麼雕刻？也許他們說：為了追求「人」的形像，為了追求內在真理，為了空氣中一聲浩大的吶喊，為了鼓舞自我的真實，為了來自內心的純真感情。好像告訴我，在我們的一生中，如果你沒有選擇一種藝術，那真是太可惜了。

一塊石頭能表達真理，太神奇了。

我在那些雕刻之下照了許多相，希望我也是一個追求永恆的人，曾在這兒停下腳步，留了想望。

次日，快把腳走斷了，終於抵達著名的「雙叟咖啡館」。果然不虛此行，它的門口坐滿了人潮，裡面也溫暖，尋個位置坐下，叫了杯咖啡，侍者奉上可口的派餅讓人挑選，我選中一塊鋪滿新鮮草莓的派，慢慢吃。人群裡你看我，我看你。

巴黎到處是歷史，處處是藝術，想想我學生時代迷戀的存在主義，可以在此憑弔，的確興奮莫名。我所搜集的資料上寫著：「雙叟咖啡館，二十、三十年代初期，一群超現實派藝術家和青年作家，如海明威，經常出現於此，五十年代則是存在主義的哲學家在此出入。」歷史在這裡走了過去，於是無論在哪行走，只要安靜下來，我們便可聽到歷史的迫迫呼聲，無盡的吹拂。

我想起年輕時候，在宿舍中挑燈熟讀卡繆與尼采的作品，愛不釋手。沒想到近來重閱大師之作，還是篇篇放射光茫。

早年讀過羅丹藝術論，因此，這次參觀羅丹美術館，以一種熟悉的心情，無限雀躍。我回憶羅丹論藝術時的那種誠實透澈的精神，不禁想起自己創作時，是否也有勇氣與毅力，排除世俗的吼叫，維持作品的真誠？如果有，那是多麼孤寂的人影與長久的歷程啊！如果沒有，就真的無路可行了。

我二十歲左右離棄吟唱悲劇的故鄉，前往都市，自自然然，因為都市有我的文學世界。今夏旅居巴黎，追逐於異鄉，其實是一種生活的放鬆，什麼樣的人永遠在什麼樣的土地上！這是我的想法，巴黎鄰近它。

散文

散文，是與生命幾乎對等的東西！

它穿梭了人生，在我的人生中流浪數十年，相伴相隨；我攜帶著它，激動了，領悟了，發呆著，沈默著，不停前行，文字不停走出來，每日期待更深刻的文學出現。

散文是自然的，然而它也雕琢。純粹的美擁抱過它，複雜的愛也因此深深吸引。人類用筆漸漸形成最戀，眾神以最善逐次建構人間。生命停止了，生命再次湧起，用最美的姿態掌握。這些一一包圍了散文，啟示散文篇篇。

因為我要走出去，所以我寫散文。我的能力是長年的，我已經中年了。人總是頓悟在前人的血淚中，我也傳承了命運，用散文寫作數十年，不求聞達，只求一一過來，有意義的哲學人生，有意義的今生今世。

散文表現思想，向思考的深處行去；散文讓我自由，讓我從容不迫。從花的內心開始，人也許只求了解與明白，而歲月轟然而下，才知道此行已經形成一圈一圈完美的真誠想像，想像真理的某天，決然的勇敢，沒有解釋。

文學類似信仰，文學一直也孤絕，作者攀爬至世界的頂峰擁抱文學，作者在最低處的庸俗市集體認卑微的人性。人人成文學，處處有文學。人的文學，在最高處最尖端凝止。

我用文學解釋我的人生，用文學解決生命的苦惱，不快樂就尋求文學。所以大半時間來說，文學是我的信仰，我從小學二年級就開始投稿。那般緊密關聯著我與文學，時時反省，日夜舉著身軀，逐漸明亮與逐漸消逝……

（二〇〇六年五月十四日洛杉磯）

時間

給你一生的時間，
讓你成為一個「人」。
你喜歡這樣的安排嗎？
你可以冬天想想，
春天進而討論。

深夜，他不願就此睡去，每個日子都該無比燦爛才是；擁有「日子」的人多麼美好，那是珍貴的生命啊！而日子又多像一道閃電，快速輝煌而去，遺留種種表現，好與壞均被吟著歌。

人是可以自內心反省的，有些藝術家就如此。內省痛苦也快樂，時時處處追趕自己。而時間在人海裡洶湧地躍動，它是神，主宰一切高貴與破碎，神態似王。因為追趕時間的人是聰明人，自視甚高，自省甚深；掌握時間的人則是天才，他必有一部份人生值得稱呼完美。有人試著在時間裡創造偉大性，於是時間抵抗一切，時間也包容一切。

他讚賞時間之美，時間給他累進的智慧，讓他自許於一條正途。他三十六歲了，他的人生已經過去快一半了，他沒有時間一而再，再而三諒解他那些會使小壞或想一步登天成名的朋友，他不能因為心軟而一再犧牲什麼大小事情。時間澎湃現身而至，他必須很神聖地從事寫作和養育孩子，再沒有比現在的理想更清楚明白的。

當他很小，他就對時間感覺興趣，他試圖控制它。他身躺著想它，端坐著研究它，奔跑時也興奮地準備分析它個徹底。他每日很早就起床，與送報生道過早安，想握住這偉大的一天，做一個自許的理想人。

現在，他已經從年少的歲月走來，為了掌握日子，他與自己討論得面目全非。那麼，也許你以為他應該很懂得惜時吧？不！他仍然執迷不悟地愣在生命價值論戰中多年，只值幾個勉強的掌聲，罷了。

他說：我以為我們會牽著手忽兒跌進時間的大洪流裡，抓不住對方，迷失一切；是的，這是我，站在恐慌的源頭，沒有名姓，大力呼吸，我是人，這個「人」完成我，沒有原由地到處走。

「時間」那般匆促，我們來不及成為「自己」了嗎？我們只是半調子，在雜亂無序的人間世摸索走動，這個人拉我一把，那個人推我一下，始終無法抵達永恆的那一條線，那可憐無助的我啊，人啊！

他又說，你不要驚訝我為什麼老是如此，人要活得有意義，有意思；我是一個不甘心的人，時時想念永恆。

看盡別人的晚年，我有許多老年的朋友，所以我的計劃也很老氣橫秋，就是「人生計劃書」那種，我偏著頭考慮多年，如此這般最接近幸福與八股了。而且，我現在臉上微笑的弧度，也是人群裡中庸得不得了那類人；這幾年，我幾乎不必看鏡子一眼。

我總是追趕著日起日落，心情跌到了谷底，每天追著日子跑。每日工作，陪孩子，我有無盡的憂愁，我在撐著走。然而孩子可愛，我必要站立起來，成為他目前的信仰。我是家庭的支柱，我不能倒下。那麼跑吧。也追求小小的一點什麼吧！譬如寫作。我的眼睛不禁閃亮，只有寫作能讓我擁有天堂，尤其人近中年，愈發迷戀興趣種種。

他說，生命曾經給予我們什麼道理呢？凡夫俗子試圖去詮釋它的完全。我們的一生有著極喜與極悲，它們是那麼有力地左右人生，使人仰望著，仰望著，直至光芒四射，眼睛再也睜不開，於是雙目涎下了孤獨頑強的眼淚。到最後，我們才說：生命給予我們豐盛的領悟。

也許，沒有人知道我，沒有人了解我，更沒有人在乎我。我極少與別人連絡，在這荒涼得無藥可救的現世裡。他雖懷念過去的友誼，但一個人竟也走得正正當當，坦坦蕩蕩。他搬到一所中學旁邊居住下來，面對對街教室，一個個捧著書來來往往的學生，窗戶開開合合，陽台上低垂花草，上課鐘的古典音樂很悅耳，早晨他便出外繞學校跑兩圈。四周是綠蔭，他的住處樓下一排餐廳。學校一片綠，有時他停下來聽樹海的聲音，好像一種很細薄的，在他的人生裡從未出現的一種樂響，他更仔細，彷若在安慰他，撫觸他的心靈，走過大風浪，得到憩息。既然在空間裡抉擇，何不在時間中盡情浪漫；於是他晨起讀詩，把文字更詩意。

其實我是很愛生活的人，離開人間世的瑣碎，在時間中飛揚的奔跑，像很多電視廣告片的臨時幻像那樣，生命得以在飛飄的時間裡得到證明或崇高。如果你能美麗，那麼就美麗吧。人生可以直接而不勉強，而崇高可以超越時間。

我愛我的生命，時間進行中。少年，啜飲時間的河流，讓我好快樂；漸漸長大，我即將在時間中慢慢銳變成一個「人」。青春的過程宛若歌，十歲、十五歲、二十歲的我一直埋首微笑地低聲吟著歌，一首接一首，也不顧外面世界，因為我的內心快樂。時間進行著我的生命，走著，跑著，都存在呢，存在於每一寸呼吸裡，存在於天空之下，存在於大地之上，多令人驚歎！你看，生命它做到了一一存在。存在主義說明了許多真理，每一個世紀都有存在的問題，每一朵生命都必然面對存在的掙扎。

「還好，我還活著。」每次進出醫院，我都對自己這麼說，因為我相信活著的好，屬於我的時間還在進行。走在路上，春風胡亂襲來，伸手去撥弄額上的短髮，我溫和地笑了，這些都是真真屬於我的日子，我要跳高起來去努力，像玩一場籃球，讓它全部成為一個永恆的美的絕對姿勢。

從十二歲，他開始用日記來記錄時間。他沒有幻想要成為什麼，然而他一直都在寫，以及積極讀大師們的作品。離家讀書那幾年，每年假期，他都提一大包行李的書冊回家閱讀，祖父見了，高高興興的幫他拿行李，祖父起先對寫作猶豫著，然而經過他一番解說，祖父被說服了，祖父指著報紙副刊說：「把文章登在上面哦，加油哦！」可惜祖父在他讀完大學不久，便去世了。此時，他非常想念當年思想開通的祖父。

是的，時間對老年人來說，就是深沈的學問了。他說，以前祖父母常常述及他們的時間，他們不是想超越人，卻是面對現實的誠懇人類。祖母曾經憂慮地說：「我若能活到你結婚就好了。」結果，祖母沒有實現她的願望，便跟隨祖父去世了。祖父說：「我希望能和你祖母同時死亡，例如一起車禍等等。」祖父的海誓山盟也很困難，兩人死亡相差一年半。那些年，我經常左右各緊握他們的手，與他們深陷客廳長長的沙發中，討他們的歡心，與死亡對抗，然而錄影機的鏡頭漸漸模糊，慢慢淡去，最後的畫面只剩我一個人，以及夜裡不停醒來坐起的夢魘，時間與死亡打敗了我。過了幾年，惡夢才逐漸消失。

他已經工作八年了，他把八年的光陰全部獻給他人，十分不可思議。當然，他領的略為高薪，這一點夠他隱世下一個八年，尤其他節儉，很容易過日子的。因為沒有計劃，八年的上班生活過得渾渾噩噩；因為有計劃，隱於市的八年充實飽滿。

你為什麼停止思考？你為什麼停止想像？他一直問自己，鞭策始終。時間直似潑墨一般，揮灑自由來去。只有一個傻子，追求真實一切，到底永樂。追求的過程動人，讀書吧，寫作吧，就要成為一個「美麗」的人囉！他害羞地舉起手，想像征服。

一天隆重結束了，他不甘心地掙扎著，所以書愈看愈晚，咖啡一杯杯，愈泡愈濃，生命的想望愈繫愈長。也許「明天」真的不可信靠，只有真實的「現在」存在！君不見許多行業的人們都挑燈夜戰，因為生命有限，時間短促，舉凡人是逃脫不了這個大局限了。所以他一直想，我無論如何都應該敦厚、真誠地活著，成為一個面目可人的人才是。雖然，我掌握不住「時間」，然而經由寫作，洗去內外塵埃，希望在時間中蛻變成一個誠懇的人類。

台北流浪記

我究竟是個失敗者或成功者，現在還沒有定論。阿公淡淡喃道：「你為什麼要在台北找工作？你為什麼不回來？」

那生命的河流滔滔流蕩，我是無聲無息的流浪者，參與了時代的青春，都市喊住我，我回答：「我存在，台北也駐足。」於是阿公也搬來台北了。風滾落，雨飄蕩，人類游走於歷史的足跡。一個小鎮的孩子，最後深居台北繁華的一個角落，自省的活著。

十幾歲的時候，我經常寫妥台北的收信地址，把文稿寄向遙遠的彼端，於是不久之後，便有退稿或陌生字跡的信件訊息。少年時，台北對我來說便是如此這般吸引人的都市，那是文學鼎盛的國度。

也曾收到來自台北的編輯寫的信函鼓勵，說：「等你再長大一點，等你再長大一點……」

等我再長大一點，我已提著行李，前往台北求學、工作。

台北有許多作家，我不寂寞，我們同在一個都市裡創作，做少數人做的事，寫吧，默默無聞的人！

多年後，我獲得一家報社的文學獎佳作，也有幾個出版社跟我提起出書之事，然而我尚未預備好。後來再回頭，人事已非，出書不知如何變得十分困難。

每個早上醒來，我便在台北市四處遊走，鍛鍊身體，我愛它的繁榮。只有到都市去，那有其藝術精髓。

台北到處是中文，我是一個中文作者，看到中文就有一股喜悅湧上心頭。以前有段日子旅居鄉下，常常連一本文學雜誌都買不到。現在我來台北二十年了，住在城市裡，大家都忙碌，很快的令人心想發憤圖強，想完成一個「人」的責任和尊貴。

鄉下時光步調慢，人躺在曬穀場上日復一日，早已平凡得心滿意足。

有個同學打電話給我：「完了完了，我銀行快沒錢了，小鎮又沒有適合我的工作，可否借我五仟塊錢配眼鏡？」

我在台北賺錢也辛苦，經常為了幾仟塊錢的尊嚴而丟工作，然而，沒想到居然還有人比我更無奈的。

離開了學校，母親問我：「你已經畢業了，為什麼還要讀書呢？你的書把家裡堆得好擁擠，得趕快全部丟掉才行。」讀書是我從小的興趣，我準備一輩子與書為伴呢。父親反對寫作，每回見到父親，便又重重受挫一次，他說：「寫作是最無用的東西！」父親不了解我，他的政治才是一切，而追根究底我也不了解政治。母親問我：

「寫作能賺多少錢？」於是我的決心就在如此一沈一浮中艱難的生存。父親在我三十多歲時去世，因此他並沒有管束我多少年。現在我嫁給先生，先生全力鼓勵我深入藝術，深入自己的理想。

我通常手上一本筆記本或書冊，行走於日子之間，時而在書房，時而在市區咖啡廳，無時無刻不在思考、書寫與讀書。人生很快就過去，我一定得更加努力撰寫才是。而且在成為一個作家之時，同時成為一個真摯真情的人吧！常常，我可以孤獨一日而很快樂，聽音樂或寫作自娛。你看，一個滄桑的人站在那兒，獨立凝視燦爛的遠方。

經過統計，我大約每兩個月在報上或文學雜誌發表一篇小說或散文。少年時候十分天真，既大膽又真誠的寫了一些篇章；中年了，顧慮多了，許多題材不敢寫。然而希望這只是一個階段，我需要的是智慧與經驗。

我的思想是獨立的、創造的、自由飛翔的，抱歉不得妥協！

聽說，紐約有人為了無法出第一本書而於汽車內自殺，真是令人感慨萬分。

住在台北，找書非常方便，我經常拜訪誠品、金石堂、文學書屋、重慶南路書店街，以及市內各區圖書館。大多數的作家都到台北來出書，非常熱鬧、精彩，一定不要忘記這種都市的鼎盛光華！

台北是我們的城市，或許美麗或許迷失，眾說紛云，然而它的過程存在一個默默住在這兒的台北作家心中，是真實而永遠，繁華而豐富的。

有人說：「醉死也要死在台北城。」或許，我就是這般戀戀心情吧！

小公主

有人踮著腳尖，站立「夢」的邊緣淡淡輕笑，像堅持一種芭蕾舞的立姿……，少年過去，我的朋友們沿路拋擲年輕的夢——準備成熟。

往昔，每晚給自己編一個絕美的傳奇，與漂亮的娃娃入夢；鎮日低頭專注一種音樂語言。母親說，她從小就痛苦，歲月的音符一頁頁填滿，也不改變她痛楚的大美。太陽冉升，整個世界走出一群生動的人類，她站在古典的衣飾中，用視覺對待窗外人間。

她的女朋友在曠野完成婚禮，一股對婚姻強烈的迷愛。舞劇裡，碎步滑出一行小公主，活潑可愛，牽著滿天裝飾一線舞，童話般的曲折。

外語的人海，紐約的破敗，伍迪艾倫的神經質，我們擋著一把花傘遊戲名貴。我們化妝參加她的音樂演奏會，少年的音樂，少年的學校酒會；少年公主，請求一回華艷的餐會，一次美麗的情約，一廊善良的友誼。眉邊再繪一朵雲，唇緣再笑一緣彩華。

我有一個崇高的夢，在小鎮成長。哪裡都可能華貴，無需鎮日奔跑或成年流浪，只是大人不了解。我有一個永遠的藝術包袱，只求最敏感的人解讀與呵護。

每天在日記裡，無非是告訴自己要珍惜時光的起落。最美的光陰在青年，他們擁有光澤飽滿的肌膚；最智慧的光陰在中年，他們的生命一一安頓。

因此不再奔跑了，有人準備繪寫一整條長河，在藝術成熟的那一刻。也許四十歲，也許五十歲，也許七十歲。捕捉「隨時」，剎那的美，剎那的靈感，於是隨身攜帶著沈思的雙手；然後還要整年整月的努力，疊積創造力。風滾遠了，留下追求智慧而輕笑柔軟的人人。

親愛的公主，我們都已長成，猶記得照片裡的童年，排排跳舞，逗得大人呵呵笑開。少年時光她去了紐約，流浪的心很美，只可惜徹底淹沒了妳我。

人的一生年少最真，然而多情的我們要走今生長長的路，險途不少。於是搞文章的人啊……也領悟了滄桑。為什麼我在原地尋求，因為我深愛我的家，為了找尋它的「深刻」，所以我留下來，當然，那也是我另一部份的淺顯。祝福妳們，小公主！

美神

美神走了，我的生命進入中年，始料未及，美麗老去。失去美麗，風兒笑人，害羞的女孩你嚮往什麼，為何失去才回頭，我從不知道人必須為美麗努力。

最後一瓶化妝品又過期了，唱著「美神走失」的歌取笑自己，先生也笑了。以為美麗是自然而然的，甚至是必然的，人自大、粗心又驕傲，難怪美神再也不願停駐。

曾經計劃寫一篇名為「美神」的小說，敘述幾個人物的驚天動地，然而當時的哲學難容美學，又寫到一半忽然珍惜現實，於是人物散去，各自跳回原點，不再纏繞糾葛；這時，不在文學作品裡反省的人人，俗套地自由自在。

帶孩子不愛美，我想可能，便私下模糊回應了。在乎生命的種種，已經伸延擴大，責任是一切，「盡力」仍說不詳全，神經質倒有不少，笑吧。（我就是不要燙捲頭髮啊）

謝謝人類溫暖的小圈圈，謝謝創造力的偶而回來，謝謝媽媽經常的勸告，謝謝說我穿著平凡的那個我生命中的重要傢伙；人都總有一天會與美神分手，但是，幻想有一天，可以文字記下美神前所未有的豐饒與意義無盡的變幻。

如果哪天你遇見美麗，一定不要忘記衷心改過，美神之前，無限光芒；婆婆有時幫我煮飯，我每每在旁陪侍，她的寬容，令我誓言更努力。身邊有許多「人物」，他們臉上都有著美神的容顏，在人群中走著，了了創世者最溫柔的心願。

少年時候以為美神無所不在，所以很放心地去流浪，中年才知道美神的力量令人悲喜均泣。他跟著小孩走，跟著青年與老年人走，一聲不響地映著天光走，他是一個流浪的種族，追尋的神話。

不反對畫妝，我周圍的女性大都畫妝，而我是一年兩三次宴會才畫妝的人。畫妝並不表示就是美的象徵，當然不畫妝也不真能如何。美神是極致也是無情，美神是可領悟的。很多藝術家、作家都愛人體之美，甚至可以為他們死，十分危險也令人嚮往。當然，每個人迷戀的層次不一，有高貴有低下，這些大都需要人或自己去評量；美神從這些人的身軀走過，有時停在人體流連，有時停在藝術家或作家身上，攀爬精神或外在的山脈。

讓我告訴你美神的真正面貌：美神是至美的天真無邪，美神是善良的人類。美神以龐大的向上力量，常常投影在人的軀體上，似人似神，使人永世感動。美神到處在也到處都不在，可追求也不可追求。美的偉大與流浪，令追求者永遠吟唱不盡。

孤絕

孤絕的滋味，是十分豐富的美彩，它領導著絕對的美學，它分析了極致的自我精神。孤絕的領域萬丈深淵，因為領略了生命的極點，走到了世界的盡頭，可以盡情的在天涯嘶吼吶喊，成就了自我放逐的神話。那麼深刻，那麼獨自，人無邊際的自由，人活生生的自我迷戀。千古以來傳說著影子的孤絕，人類抬頭挺胸舉步橫跨世紀，走下繁華煙塵的人間舞台，成為一個殷切探索自我的時代巨人。可以在人潮的流浪中，也可以在沈默的剎那裡，一個「人」覺醒了！他不想永遠人云亦云的存活，所以他選擇了孤絕的行走。

讓我們品嚐孤絕的況味吧！哲學家以身作則，獨自思考天地人生；文學家把唯一而絕然的真理化成文字，細緻成篇；作曲家用自己的孤獨譜寫曠世的樂章，埋首填充宇宙；美學者一人行至世界的盡頭，自語自憐，永不回頭；而科學家熱衷發明，做著一個拯救世界的深刻沈思。

我們在沈思中領悟了孤獨的境界，在深沈裡瞭解了絕對的永恆。寂寞給人沈思的表象，靜謐帶領信仰。人不一定要活在大多數的掌聲中，因為那不一定是真正的喜悅，人類體認孤絕的智慧，像多數的藝術家，再造福同類或自己。

簡單的活著，一曲絕響天涯的樂章。人類需要洗淨鉛華的歷練，成就一則樸素的人生也不錯；成為一位美麗的人類，首要回歸自我的單純。單純使人乾淨，人處塵世凡間要簡單實屬不易。一個單純又善良的人性令人珍視，一個複雜又易於回歸自我的人性也令人喜歡。人可以從任何角度回歸簡單，雖然一切都那般「自然」，但對於多數人來說，的確不是一件輕易之事，因為太久了，人類生存於凡塵。

我們也許讀書，我們也許創作，都需要不斷的面對自我。這是一份單獨的工作，單獨的享受，默默的沈思，默默的領悟天地人間。

是什麼聲音引導一個人？那是大自然的呼吸，在獨處的很多時刻，人與自然合而為一。你聽冷澗流水，你看荒徑枯籐，大自然在呼喚你，與寧謐為鄰，與孤絕做朋友，而一點也不悲觀，反而出現一片新視野；一個人走在大自然裡，共生共存，引吭高歌給自然聽。有些人與世隔絕了，然而他尊嚴的立於天地之間，他成為大自然的一部份，跟隨律動，呼應生命的內裡，表達轉動的宇宙行動。如此寬廣，如此宏偉。從乾淨的初始，走入純粹之途，直抵生命的輪轉與不滅之境，形成了「完美」的顏色。

「絕對」是個不錯的理想，它表達了理想之美、觀念之堅固。當它向正面的人生看齊之時，使之豐富而極致，擇善而固執，英武的成就一位人生勇士。絕對之於一個天才是必要的精神，天才的孤絕經常振奮著孤獨的一般人，並且令他們仰望著。絕對使人容光煥發，勇於嚮往。

孤絕的完成一個「人」的心靈寫照吧！

存在

有一段時期，我們講存在主義，其實存在的問題是發生在每一個時代的。

存在是一種美，一種自由，甚至一種態度。存在是一種感性的想望，真摯的把握，與放任的自在。而在時間中，存在是寧不回頭的。

當我們面對自我，人的存在是多麼精彩呵！人類用美術描繪了自我的意義，傳承著軀體的深層呼吸，舞盡最後一筆炙熱的傳統——人在活著！人們勇於在歷史中無盡的付出，成就無盡的心靈自我；人在尋找崇高，尋找出口。人是平面也是立體的，人是單純也是豐富的。單單成為一個人，就足夠傳頌一生，傳頌存在的眾多面貌，更何況是成為文學家筆下的文學小說。

我們用努力的好壞、讀書的多寡、結婚的是否……等等來肯定存在，那兒呈現我們當下的豪情與愚蠢。我們澎湃的自信源於價值的虛設，高處與低處反目又傳情，人的肯定與否定加大了存在的真假範疇。登上真摯的巔峰，生命要求純粹，又何其矛盾的繁榮！成為自己，觀望他人！

試著成為一個人，成為自己，成為光華萬丈又謙虛自在的個體。承認美麗的心思勝過千萬心機，用深厚的思想成就美的一身，而取代膚淺的表象傳說。成為一個人，孤獨誠實地面對自己，發揮生的意志。是一個人類，走繪宇宙的輪廓，一個存在一所宇宙，一步腳印一句生命。

存在是如歌的行板，美如髮絲，美如人身，歌如泉湧。猶如深層的智慧發現，一切都是因為孤絕的祕密，生命的最堅強意志。

廣大的人我關係重視表象，生命不能滿足，堅持要求絕對之美。人生的大美在於永恆的追求，絕對的嚮往。做一個受歡迎的人也許得意，然而做一個肯定自我的人，更是無窮快樂。

孤絕使人反省，成就一個偉大的人格。古今中外許多偉大的哲人，都在深沈的思索中得到絕致的領悟，成為塵海俗世的始終脈搏振響，走吧天涯海角，這一次的思考創作一定是絕響了。

在哲學家所撰寫的書頁間，自由自在的舞動跳躍，歡愉的智慧領導著我們，死亡的況味橫屍遍野。矛盾是動盪的時代，理想在哲思的最後，搖擺、鎖定。存在的問題到處都是，哲學家廣博地收容主題，深刻地切入靈魂。人人存在，人人不自由。

貧窮的人用生命與金錢搏鬥，富貴的人用存在佔領物質範疇，然而兩者均享用生命，分解人生。存在是何其荒謬！它證實了今生今世，它分析了自由與否，更介入人我與世界之間的分裂戰爭。微風平白無故拂過貧窮者的面龐，同時飄飄然吹入富貴者的感懷心胸。而「快樂」不聽話，悄悄撰寫每一張臉譜，兩種人類一視同仁，只要悟得人生的哲學。

關於死亡的各種方法，我們決心討論著。狂熱與冷淡都是努力的進行式，荒謬與矛盾無時無刻佔據，海海人生都一式處置，折衷的方式不知是否流行？嚴寒的冬日終於降臨了，啊！不甘心啊！看啊！向世界道別的最後一個手勢！

當世界竭盡人間百態，生命於是瞬間安定，瞬間自由了。我們該如何成為一個完全的人呢？當我們明白自己的極限，我們開始信仰創造力。我們擁抱生命的自然，在孤單的肉體裡，將一切勇氣表露無遺！

寫作

我為了創造自己的生命而寫作，我為了陳述眾多人類現象而寫作，我為了記憶古老的與新潮的人我關係而寫作。種種事件，歷歷藝術，結合成一個獨特的印象世界，紛紛文字的表述，如雪雨之飛舞。文學世界成為我生命最重要的部份之一；文學令我安頓，猶如我一生之思想哲學。它逐次在我的人生成形，那般理直氣壯地站立。

人生如水，流逝無痕，文學端詳氣質，記憶流光舉止，與我的語言一拍即合。理念掌握行為，文學創造形式，這樣的工作一路走來，形成一則流暢的姿態，自我舞蹈，自我放逐。文學的氣質十分浪漫，文學的流浪經歷漫長，人我的故事是如此訴說不完，人生的體驗永遠進步向前。

我們蹲坐一個美麗而永恆的姿勢，為了一篇今生理想的書寫，塗塗抹抹筆下迴轉，千萬朵凝露化做一朝思索，成為叮嚀，提醒讀書的人走來，追尋人生裡的神話。

來回寫下磨練的文學技巧，把熱情的試煉都傾訴千分萬分，匯成唯一的藝術，唯一的骨架，把色彩放射，將技藝凝止，這是文學的外在。千變萬化的光華，給予更新的文章架構，把握與創造表象世界的光芒。堆積理論的結構，讓年輕寫下狂想，讓歲月理解生涯與歷史。我們伸手舉起一章結構觀看，行文行頁之中，得到領悟，作品於是有了安身之處，我們的理想經過智慧的處理，有了發表的篇幅。每一次，向更深遂的功力前行，向更人性的技巧招喚，這一次，更加深刻完美，我們就要嘆為觀止了！許多創作者千里迢迢橫越生活的荒漠，走向藝術的字裡行間，得到技術的安頓，那是一種前傾的凝視姿勢，迎著風雨，希望在歲月裡得到倚靠，那般美彩，那般壯麗無垠的景。人生無常，而生活有了瑣碎，編輯夢，寫成文學，了卻生生世世的痕跡，建立可以閱讀的文字神話。人奮力地走著，文字的躍動誇張地拍拍大響，振奮而有生命；花前月下，歲歲山河，人的故事與焉流傳下去，成為不朽的禮讚。

文學需要絲絲思量，細細嚮往。進入文學的世界，猶如進入美麗的天空；顫抖著領悟，佇立著凝望，美好的想像。人類穿過絕響的走廊，引領恆久的樂音，在世紀的人世間擺妥姿勢，準備千年不悔的生活，留下潮浪的痕跡。為了一個信仰「美」，為了一句承諾「真」，為了一次念頭「善」，為了不枉成為一個人類的形狀。

從小就寫日記，把點滴情感化成篇篇文字記述，記載我年少的叛逆與多愁善感。寫作是我自省的方式，經年累月匯成一本本筆記，從空白到充實，從起伏不安的情緒到沉澱安祥的理性世界，其間經歷文字的傳奇，訴說一部部心靈與家族歷史，這就是最早的成長，最初的寫作。

文學為思想而寫，其次為技巧美學與文字美學而寫。轟然決堤的思潮，狂奔而來，襲捲焦渴的創作者心靈；那是試煉，風一般的思考沉厚落定，完成絕對，劃上風格。思想之創新，如大海的流動，那般狂美，那般珍貴，成為一則絕美的流傳。思想是一種姿態，曾經自以為是的信仰，令創作者瘋狂，相信的人追隨，理想在文字間完成建築。寫作者提出一個思想，充滿全文，以文字試煉，用技巧充實。寫作是一種哲學的包容，美學的理想，自在的完成。

寫作不為生存。為生存而寫，極易結束一個作者的文學生命。寫作描述生存之甘苦，但不以生存為目的。寫作是一束理想的花叢，站立夢的雲端。人常問我：「寫作又不賺錢，你為何為之？」生存令人狼狽，賺錢與寫作根本兩回事。年輕時候，我經常在大的小的公司裡求生存，每天為了賺幾百元而狼狽不堪。然而到了晚上，這些痛苦的經驗，都成了豐厚的寫作體裁，埋首經營。

人生除了生活之外，還有價值。寫作無疑需求一個價值的世界，我們將發覺作品最需要的是它的偉大性。每一作品無一不在求一個「新」的思想，有意義的表現方式，如此罷休。

你瞧那天地之間的一個人，站立著，他是怎樣的一個人類面目？怎樣的人類態度？怎樣的處理人生？寫作者從每個人身上發現新意，表達尊敬或失落，同時行走一條寫作者反觀自省的道路。所以，寫作是一條豐富的道路。

世界是流動的，寫作者全力寫出它澎湃的自然；它的特立獨行，它的廣闊無垠，它的龐大無拘，它的一去不返。你看！那活生生的律動，已被寫作者用文字全然攝影下來。孤獨是寫作者超然的身影，來去自然的邊界，擺動物我的裳衣，為了身陷一個境界。讓我向你字字說明，我對這個世界的所有看法，用一種有意識或無意識的方式……。

一種超強而魔幻的創造力，在睡夢中形成，曾經是多少記憶的累積，曾經儲存多少生命能量，它於是勇敢的躍出，好像深沉，終於思索，那永遠的意志，在混沌中歷練，在生活裡翻騰。從空無到充滿的路途，花草都仰頭想望。發掘它！激發出一種凝結的能力，從而行雲流水，一瀉千里。凝聚千萬文字，行至人與物的影子，遠眺或近望，想像無窮可能的人間，具體與抽象的游走不停。有人試圖創造一整個世界，野心勃勃，鎮日埋首。有寫得很多，有寫得很少，有寫得十分精彩，有寫得全部文字垃圾。這是一個百花爭豔的世界，我們樂見一切進行中……。

「真」，確實不易尋求。我們看到美好的文字在在開創了文學的新境界，活生生的人間鋪向前去，主角配角自在來去文中。我們看虛偽的文字空虛地擁抱假相，扁平的面孔無知地遊蕩人叢。

有些人的創造力是洶湧的，有些人是可等待的。有人很幸運，年少就開始創作，排除艱難，精采贏得。有些人寫得不多，但篇篇鉅作，人生即創造，字字生命。

文學不是商業的，不是虛榮的，無關道德。文學是純粹的，它擁抱一個「人」。包裝設計的文字不是文學，文學必須脫離商業而居住，因為一個被包裝的作家是令人難以忍受的。文學與商業是絲毫不相干的兩回事，名氣大與名氣小不能評斷作品的好壞，這是寫作者應有的認知。

我始終對「人的世界」有著無窮的興趣，人的性格是我研究的主題。從我進入社會，與各式各樣的人碰撞與相逢，我覺得人的性格真像寶藏，那般豐富與多樣，研究與撰寫人的性格，是我的文學使命，為了反省，走一條遙遠的路，記錄今生今世「人」的形狀！一系列人類性格的研究與描寫，是我的小說寫作目標。從年輕時候，我就一直對此感到十分興趣。羅丹說：「藝術上最大的困難和最高的境地，是要自然地、樸素地描繪與寫作。」寫作要求自然的境界，勇於發掘，人性種種。

寫作貴在一顆真誠的心，還原紛紛世界之真相，珍藏人間世代之面貌，把人性寫入歷史，以純真珍惜人我，用熟練刻劃世俗，走一條歷練萬千的純情之路，走一條誠懇懇的藝術之途。哪有哭泣，哪就有道德勇氣！哪有煉獄，哪就有天使照顧！創作者永遠有著滿腔不被打倒的慈悲，有著不被粉碎的智慧，有著不可一世的單純，他瞭解與包容，並且用文學使事物恢復原來的面目。寫作者的思想影響了他作品的深度，他從遠方觀望主題，他自近處切割情節，然後注入作品澎湃的生命力量。

這就是我的寫作看法。

那祖父母的女兒

（一）

祖父祖母去世二十年了。

有一回，我坐在公車上，突然發現前面一個男人，側面長得很像我的祖父，我愣了一下，快速衝過去，看他的臉，天呀！像極了，可是不是，我定一下神，我的祖父已經去世多年了呀！他已經去世了，永遠不可能再回來了。我當場淚流滿面。這些年以來，我的心情便是如此這般不斷反覆過來的。沒有人告訴我，死亡為什麼如此容易？為什麼我們必須永遠地分開？為什麼？

（二）

那生命的盡頭，那最孤獨的一剎，那最完全的等待，是誰立定在那兒，前方不遠之處。

路的相反方向，有一個奔馳過來的孩子，那麼美，那麼絕，那麼狂放。她心裡唸著歌，一路唱下去，歌裡一一訴說她的家族，那是她最親近的東西，她全身泛著光；又因為血液的傳承，她身上泛著自信。神問：這是誰家的孩子呀？誰的孩子可以如此整天哼著歌？全身上下的。

她的祖父祖母就快要去世了，可是這個孩子，她還那麼天真！天啊！這要怎麼活下去呀？

（三）

剛滿周歲，我就被送到祖父母家養育，我很乖、安靜、聽話……。

祖母常常為我綁辮子，打扮得漂漂亮亮，祖父下班就抱我去鎮上逛街，我們三人過著幸福快樂的日子。

祖父祖母個性自然，不多抱怨，再苦的經濟生活他們都忍耐著，等待開創事業新的商機，反敗為勝。我就是在這樣的商人家庭中，慢慢成長。

我一點也沒有商人的氣息，因為祖父幾乎不把生意帶回家談，他希望他的家庭生活乾乾淨淨，孩子都天真無邪。因此，三十五歲以前，我的日子幾乎都是文學與藝術，直至最近，一個偶然的機會，我接觸了商業的書籍，雖然是淺淺的程度，倒也對另外的世界有了了解。

（四）

人問：「孩子，你在追求什麼？」

她說：「我在追求從容與美。」

人問：「那是什麼東西？」

她說：「走過四十年，我才知道那是從我祖母身上來的東西。」

祖母是一個很溫和的女子，她就是愛妳，幫妳，成為妳自己。她給妳心靈上的自由，於是妳奔馳般的思考，不必做很多家事，她讓妳思考思想上的承擔，有很大的思想空間，長大轉身站立成一個人。就是這麼簡單與從容一個轉身的面容，然而卻要花費祖母二十年的青春來扶養一個年少的妳。

（五）

行行復行行，回眸向故鄉。

我把你們的影子放在我的心裡，一直向前行，就像你們生前的預言，遠嫁他鄉，離開了故鄉，一直走一直走……

文學是我的世界。年少時候，我常深夜爬起來寫日記，祖父便過來問我：「妳在做什麼？」陪我。

我做著文學的夢，在繁榮的小鎮，總是蹲在書店的角落看翻譯童話；國中，祖父帶我去公路局搭車，上宜蘭參加作文比賽。

生活細細碎碎，於是路，我們一同走過。花驚豔，生命走入青春的禮讚，這時候，年輕的我有著隱隱的憂傷，是來自遠方死亡的樂音，忽然在我的生命中急急響起，轟然演奏。

市集中。

（六）

人問：「妳是那個祖父母的女兒嗎？」

她說：「是啊！人們都如此喚我。」

人問：「走路像，說話的調調也像。」

她說：「因為他們沒有女兒。」

人問：「那妳得快快長大哦！」

她說：「好呀！長大真好，又累積了更多智慧。」

她因為遺傳而感到溫馨，沾沾自喜。將來，這個女孩不論走到哪，都身負著他們的遺傳，而活下去——有什麼比生命的傳承更令人喜悅？更令人驚呼不已？

（七）

每個深夜，祖父死去的時刻，我總會霍然驚醒，不斷重覆。祖母則日日不停地流淚，天翻地覆，直至自己永遠的病倒。我國小二年級，有次全家出遊，計程車開九彎十八轉，司機忽然打瞌睡撞山，掉到田裡去了。全家都輕重傷，只有我牙齒輕微流血，祖母不顧自己的傷勢，一直謝天謝地對人說：「你瞧！我的孫女，她是多麼幸運的孩子呀！」

（八）

祖父母死了以後，她徹底崩潰了。

有一度，她找不到回家的路，也一直找不到祖父母的墳。她住在距離台灣遙遠的國度，燒飯時總是警鈴大響；脾氣壞得可以；不停地亂搭公車，睡到底站才醒來；搭計程車時司機會咒罵她；深更半夜接到可怖的電話，約她到某某橋下等候；有三年老是夢見，其實祖父母並沒有死亡……

她的世界毀了，天崩地裂。神給她最最嚴厲的成為一個「人」的考驗，最最殘酷的考驗，考驗她如何一個人走入蠻荒和虛無的世界，走入孤絕，走向滅亡，她在大地荒原裡狠狠跌倒了……爬起來，用整個生命力量去創造……

（九）

故鄉在我心裡，隨我流浪。現在媽媽也老了，每個禮拜從故鄉搭火車到台北找我。

媽媽教我如何打掃房間、如何煮飯、如何洗衣服，我在時光隧道裡逐漸走入凡塵，成為一個凡俗的人。我也學會如何和媽媽聊天，說些話逗媽媽歡喜。

我的文學創作風格，在蛻變之中……。掉入凡塵，掙扎起來；一身泥濘的美。轉身，再朝空摘取藝術的星星吧！

「人」，就是這樣嗎？人生的悲喜我總算知道了，知道了，再下去的人生呢？

（十）

她忙碌地尋找愛情，尋找祖父與祖母之間的那種愛，終於眾神寵愛她，給她一個男子，從「單純」開始……

過了兩年，她擁有一個小孩，那孩子簡直是她的翻版，同一個模子出來！

從今以後，她不停地重覆做著一件事，就是餵這個孩子長大，給他愛。幾乎十年，其他什麼也不做。

昨天睡前，她定定地瞧著這個孩子，翻開族譜，指著一個個性最最陽光的前人，說：

「也許吧！這就是你的將來。」

從容

年歲愈大，愈近從容。心求專一，也許明白恆遠的道理。

看見年輕人在訕訕的笑，知道那是自然的事，我也曾經。如果年輕人為人處世不圓融，我也能了解，並向自己細細解釋。

我已走過，掙扎過，向天地說明滋味與美好。年輕的夢我走來一陣辛苦，也歡笑。我在追求文字，文學流動了，我的文學得到文字的幫助，走得堅定多了。真高興，真快樂，文學真是我絕決的人生。

人生走到一半，生命不停反問，過去是否走得誠懇以及值得？我是否在不受支持的情況，還能堅持一直的理想與該走的路？就像我先生。從此以後，生命自然一點，年紀純真一點，是非仍待像處理真理一般，真實與慎重。我也許極度天真，世故推演得極度緩慢，直至有一天也終於一併在個性裡圓融了，人也鬆了一口氣。

「從容」真好，就像偶然出現的一襲花香，華貴雍容，自然自在；我們經常在上了年紀的人身上看到「從容」的美麗影子，一片溫和，胸有成竹，走向歷史。生命的反思，歲月的整理，充滿性情，理想全身。人不能沒有姿態，再狼狽也是一種美，再無情也是一種姿態完成。

人生難能時時如意，重要的是生命的態度；人類所抵達之極限，我們曾嚮往。我們努力走著或奔跑，曾經為了塑造一個自我的王國，於是，過程漸漸透徹了……

愈走愈遠，愈離開童年之美，愈離開青春的中線，愈接近中年的人生。我一定要很努力生活，每天一點一滴匯成一股人生，也要如此告訴兒子，把握他美好的今生今世。

從容像一場舞蹈，滑入城市的臉，雨點啊雨點，你是誰的容顏？你是誰的脾性？風雨與淚水交加的人生，有一人走過來又走過去，終而走向閃爍的永恆世界。

那從容的人，你看，那美之對象。

繁複與簡單的世界

擺盪！在人生的過程，從有到無，從崇高到平淡，我就是這樣的心情，在流水一樣的人生裡游泳。我的選擇圍繞著我的思想與反省，雄偉與卑微，它塑造了現在的「我」。

我不知道我會如何，我總是超越想像的慈悲與懶散。文學「明白」我，但我無非是把文學當作是我個人的修行，貴族的、世俗的、永遠的、明白的。文學是一個多麼繁複的心理過程，它超越了塵世之名，戀愛整個人世間。從小我就在一個複雜的環境中掙扎，直至面目全非。我努力地站起來，狂浪又瞬間淹沒我。幸好，我見識過祖父母的慈愛，那道人間最善良的光引導我永不失望，在人生的中段奮力奔向簡單的世界，得到幸福。

繁複的人生使我親近文學，寫下生命裡的每一滴血淚與志氣。繁複迫人思考，迫人勇於成熟。當我們面向命運，生命厚實地嘶吼狂奔，難以言喻的愛恨跌落密密麻麻的人間，任無人之境哭訴，天長地久的情感彎彎曲曲，天地無情人有愛恨，決裂今朝，放聲哭去一世。文學裡，千萬顆露珠閃爍，剎那燦爛，應時幻滅。天翻地覆的人間，隨著美紛紛散落，延去一世的情感，如水滿地延去，又飽滿又融化，又理智又感性，隨風放浪。文學握住人生那繁複的排場，滿滿雙手握住！

文學從地獄解救了我，展現了一個無以倫比的世界。我向它靠近，吐露一字字的真實，重組與昇華，走入繁複走出簡單，大宇宙將人包容，包容繁複的理由，向上向上飛行……。

我們的理想十分深厚，人生的坡度曲折，文學包括、容納了人生的繁複命運，呼嘯而去……。文學，是繁複的性格。

活在地獄的人，不知道太陽的燦爛，文學走進去，頂住天地的距離，發出撼動的光芒。從小活在繁複的世界的孩子，擺著努力而誠懇的沉思姿勢，一遍復一遍的人生練習、文學練習。

就好像彈鋼琴，最簡單的音也曾經是一個世界。那麼廣闊的理由，那麼容易移動的鍵盤練習，走動熟了，人情的開端，反覆又反覆；這個過程，終於是一條「路」了。

無論是繁複或簡單都美好，就是不能完全活在瑣碎的世界，那會世俗會枯萎，使生命失去了光亮。由於瑣碎，沒有前途，沒有退路，只是「呆著」。

文學的鍛鍊是日月積累的，剎那的靈感精彩而完成。人類走向文學，崇高而燦爛，像最初之火，是世界顛峰。風左右命運，筆吐露思潮，當代音樂撲面來……，這是世世風雲，捲起千日雪。繁複的世界之精彩，就在人間世，超越人間世，抖落紛紛萬千。繁複使人瘋狂，簡單趨向平靜；文學以繁複為舞台，化簡單為勇敢。

簡單很樸素、純粹、快樂，最後我奔向它，那是原始，人類從那兒開始。如同繁複，簡單從未離開人性，它在人性中逗留、品味、追逐與隱藏，明白了一切繁華如煙，人於是走入簡單的人生境界。

在我們的人生，各式各樣的試煉陳列路途風塵，我不再那麼害怕，繁複的人們也好，簡單的人們也好，都於善惡的歷練之中成長；人間讚嘆，歲月輝煌，各式人生在在紅塵，但願人能長久，路途遠矣，只要人心盡美，人生傳奇盡美！悲劇也是一種崇高的美。

簡單的美有被誇張了，例如一些例行的美德，或大多被忽視了，簡單的美德十分自然，也十分卑微；然而也可能是個誤解，簡單的世界，何等珍貴，給疲累的人休息，自由放縱了繁複，他面對著生命的原始之歌，完成了大自然的慈悲。繁複分裂與組合了善惡；簡單直接端出善惡，擲向天地，原始地陳列成祭品，端端正正，好人惡人是兩極，多麼令人放心的世界啊！也許在鄉間，也許在一個平凡人身上，簡單的情懷像鑽石一般閃爍。

如許依偎陽光，簡易使人單純、直接、美、堅固、結實。原始之美在人的身上，放射無窮的力，沈靜如水，瘋狂成浪，拍打長長遠遠人與大自然的感情，吐露斷斷續續幾句言語，日復一日，人便恍恍惚惚走入永恆。

當然，簡單也可能愚蠢，每件事物都有各類面貌，可悲的眾生也會繪出易懂的哀愁，使生命呈現折斷或難堪。簡單的人生卻也有簡直的處置方法，當下或過去掌握直接的哲學。人生是沒有停止，簡單在洪流中凝固，珍貴而盲目，我們不要喚醒它，它便隨時存在，我們不要否定它，它便無聲的站在那兒……。

從前害怕的，在簡單的世界消逝了；領導世界的繁複，回首面對簡單的人際人生，向飛揚的方向揮手，簡單的世界裡，有誰終身守候！

狂奔！我從繁複的童年奔向簡單的青年，為求休息一刻，哪怕一剎那也好。讓我停止如斯折騰，如斯折磨，向天地索求一縷縱容的陽光，可以輕輕鬆鬆走在街上，不再對抗命運，只是簡單地歌唱。

哪一時代灑落一地落葉，向虛榮的年代道別，直接走入簡單的時光隧道！直接刻鏤恆久，向夾道揮手的童年之淚說一些真心的語言。化繁複為簡單，不！也許有一天，把簡單也擁入繁複的藝術殿堂裡。

繁複與簡單，兩極擺盪，創造永恆！

有了逐字的自由

想說的，都寫了。

這本書。

提筆時沒想到它形成之時。

生活中，我是個說話的人。但文學裡，我怕太多，太過。這不是我希望的。

希望大家還能幻想一種藝術，一個人。希望一本書能做到作者的想法。或創造，或（給閱讀之）追索，有了逐字的自由！

（2011年）

千萬姿態

1.

萬千姿態，寫小說者的筆尖。
沒有姿勢，那個哲學人的午後。

2.

我不怕你不夠聰明，我只怕你不夠純粹。孩子。

3.

珍視沈默，可能我的理想會更清楚。

4.

如果每顆露珠都偏向風的吹拂，如果微顫的晨綠總是最美輕躍。如果沒有心事重重一如往昔，我一定可以喚住你，生命！流動面容的影子，如水如歌，如土地一路奔去的泥香。

5.

成為一個人，自然快樂；信仰承擔，背負虛無。斑斑面龐，面向生命！

6.

信仰一個純真的男子，信仰一個純真的女子。

7.

我們一樣愚鈍，一樣聰明。

但願一個正面思考的人生。

人可以柔軟，可以包含，可以踴躍。

8.

真的，男人女人之長篇大論，非我能力所及，非我志願之性情。

9.

你是陽光，我是枝葉，攀爬過每一天的日光記憶，我閃爍全身。

10.

你是最美（的男子），你是我最好的朋友。

11.

絕美的世界，我還存在。多麼美好的事實，我活著。

當我高昂地讚美世界時，妳說我屬於某一種理論。

12.

總是文學可以治癒我，一向如此，我在它（文學）的面前，綻開笑容，相容相依。

13.

原來，我狼狽的時候也可以見妳，歡天喜地地。

14.

我進來，是為了你成為你自己，全身閃爍你自己。你可以最好，你是最好。

15.

可以停頓，可以誤解，可以放棄名姓。

16.

父親和母親說：「那個嬌生慣養的女兒啊！」我聽後笑了，快樂地走向你們。

謝謝了解；謝謝疼愛；謝謝不了解的重點。

17.

靠著一點點餘溫，一點點話語，過活。

靠著一聲呼喚，萬千的柔情，記載千哩外的你。

站起來，又坐下。

站起來，又坐下。

靠著一點點餘溫，一點點話語，度過，度過我的自信與自許。

18.

你是整個世界的陽光，笑語跳躍。親情的光芒，生活的拼命，我們走入最幸福。

不要忘了告訴你，謝謝思念，飛過半個地球。

繼續行走，永恆思考，夢中相見，最美最美。

19.

人站起，人躺下，走過世紀。

有回音，有虛實，活下去。
傳承中，努力生活，最真的某天。
花朵開，兒童跑步。你是神，人是神啊！

20.

妳的兒子是高傲了一點，妳的先生是謙虛了一點，
而妳正是真真聰明的，美好的女子，幹練的女子。
大時代中的人物，妳才是。

21.

太痛苦了，我竟然寫不出一個字，只是標題反反覆覆。
原來如此，原來妳的對待如此。

22.

妳總是問著終極的問題，妳總是問神愛妳不愛。
與我一樣。
我想我的文學，不過是個哲學上的問題。
我想我的一生，不過是個宗教上的問題。

23.

我只能原諒妳多次，我有限定。
我有不能原諒的，對永恆的背離。
妳必須是人的能力，妳最後還是必須成為自己，必須信仰自己，
這是我微弱的要求。不要沈落啊！不要！
妳想已經那麼多年了，我曾多麼深愛著妳啊！我等待。

24.

人美好，千般殷切，你興致勃勃行進，
我隨後追趕，偶而並行，或前或後，或者我忘形地談論。
你說的多是理想，我說的多凡俗。
這一生我是決定沈醉於一個普通人的神話，我低頭數著落葉。

25.

我必須找人說說話，找人說說話。
也許隨便凡夫俗子。說說理想，隨便說說；說說生命，隨便說說，找個人。
簡單說說。

26.

在地球的一點居住下來，原來不知名的所在，就這麼結緣。

我是卑微的，文學是偉大的。我們依賴一生，在地球的一處繼續寫作。繼續反省。

我只帶著一支筆，還有一個乖巧的小孩。

就這樣，走吧走吧，天涯海角，海誓山盟。

每個中午我攤開一張紙，寫著寫著。

你曾經懷疑流浪的意義嗎？我是的。但我內心是安定的，文學，就是我的信仰。

我只帶著一支筆，還有一個乖巧的小孩，天涯海角。

（2010年）

我願意去生活

1.

我願意成為一個人，我願意和善的、美好的去生活。也許很慢，我就是走過種種，去發掘自己更深，不然沒有什麼值得等候。不發生，不對待，再度走向內省的道路，看看沿途，然後走往另一季書寫。我願意去生活，無關名姓。我願意屢次行過歲月的負擔，沒有虛榮的討論聲。

我願意去生活，這次帶著我的價值觀。我不再因交往普通朋友而受傷，我會小心選擇同行的友伴。也許在都市，也許在鄉間，也許在山上，哪裡都一樣，一張紙，一隻筆，只要不迷失，必然存在一個世界。

2.

我願意去完成，我的承擔。簡單說明一生，飛掠碎裂，步履深深，只為生命的深沈。我願意當作傲枝，在當年行過的雨中，不斷領略風塵。我願意走入凡間，直抵深處；剎那，是什麼即將滅絕我的驕傲？

我願意去理解卑微，我願意去理解光芒，那些最細緻的愛，不曾承認虛假。我願意批評，自省沈落到底，傳說人的表情，不停的永遠的小說人。

我願意擁抱命運中最最悲劇時的妳，用我風塵的裳衣。

朋友，妳為何經常如此謙卑？不！不要這樣，這樣令人心疼。妳是向上的，妳是往前的，妳是知禮彬彬，我明白的，夠了，很多了。

3.

我願意去生活，成全世間你們，因為我不曾、我不害怕、我不能，討論與瞞蓋。我要捧著幸福走著走著，走過這座城的無名角落，走過原野的小徑內裡，滿滿花衣即將散開，那是我的原始真誠與人的原則，但願不曾休憩的散開篇篇。那是我的苦與著迷。

我有時覺得自己寫得好，有時覺得不夠，看我的書的人應該不多。其實對於文學，我只是真誠喜悅，活潑快樂。

我喜歡閒閒的日子，和純真的人類聊天，屢有驚喜，志氣昇華。我喜歡和純美的人在一起，讓我覺得好乾淨好乾淨，好崇拜。我願意去生活，以呼喚、以讚嘆、以淚，以及無比專注的注視。

4.

我不停走著，心裡快樂地吟著歌，沿途無人，不倦累，我不覺得流浪。

命運在歌中融化，走過數年，寄情智慧，妳在記憶的故鄉到處遊蕩，我是歌唱的雲，斷斷續續。

幾乎沒有人的城市，我穿越時間，心裡吶喊，我即將走去一座圖書館，走在幾乎沒人的城市，自由自在。人不需要永遠被人肯定。

我急著翻找喜愛的書冊，一兩本而已，已經很感動。我小心地捧著，快樂的想像，今天深深的安頓。

幾乎沒有人的城市，我不必一直說著庸碌。

讀書啊！雀躍的鳥。

很短的詩，很震撼的感情。幾個字也多餘。

我在學字，練習，又練習。

技巧糟透了，思考還好，還有很長的路。

一長排書冊的沈思，一支筆、一張紙、一個上午。

彷若我不曾離開故鄉，彷若我已熟悉。

天涯海角哪兒也不走。一支筆，一張紙。

幾乎沒有人的城市，我思考我的位置。

我站在那兒，永遠。

5.

給孩子：

你太天真了，所以世故的孩子不喜歡與你接近。

世故是一種苦，它與懂事仍然有些許差距。

宇宙的奧妙，適時才好，風雲天地，花開花落，剎那永恆。

太早，是一種沈重。世故，是一種不漂亮，算計太深，缺乏真誠。

當然，那些孩子倒也不完全沒有真誠，只是超過了，有了負擔，常皺著眉頭。

你天真也好，懂事也好，我都珍視。

你可以尋找生命自然一點的朋友。也許你不認為，但我以為你不一定要很多朋友。除非有一天，你也和你父親一樣，做了生意人。從前父親，即是一個極為天真的青年。你當然也可以像父親，將來鍛鍊成為誠懇的生意人。

限定是一種規矩，而自由無價，天真是最初也是最後的財富。人們在成長中學習，有了世俗（或稱人間）的一套，如夢一般。就像穿一套衣服，每人的一生彷若穿衣戴帽，走來走去，但最後仍要回歸大地。

天真，不過天之脾性。人間，最美天地適時。

6.

前幾年，我一直在做一些哲學閱讀。經常，我找遍書房中十九世紀叔本華等人的著作，在無聲息的深夜嘆息。也許人生很短，但是人生到底是多麼精彩啊！我簡直無法形容無法駕馭它。無可說明，它的美更甚於小說人人，那燦爛是我所不敢直視。我愛我的一生，虛幻與真實。

悲劇的大美，排山倒海，人間四溢。從來我們閱讀、跟隨奔跑、仰望，走至無人理解之境。活下去，混亂，卻完全豐富了藝術內在。呼喚它，便字字湧現，人物的骨骼與血液全活生生出來了，全出來了。

寫小說是為了改善這個世界，更為了自我的反省。寫小說是為了釐清思考上的疑題，明白於行動之中而舉手投足。行夢一般的遣詞用句，珠珠流水，或字字翩翩，走步於未曾日落的一個平凡人的長夢。小說人生，行雲流水。

7.

是誰能為一首音樂生與死？為了前往，在音的永久飄蕩之中放縱。為了傾聽，在歌的最初之禮中狂妄一生，而不後退。我愛音樂，我愛它的流露，在人類身軀中，永恆流浪。

我喜歡悠閒的日子，坐在游泳池畔，也許只是望著前方的天空發呆。加州的陽光奔瀉下來，一種特殊的大自然觸覺，完美柔軟的包圍，仰望。你是倍受呵護，以光芒、以真情、以飄移、以愛，無邊的跑的人生旅站。陽光喚住，引起那表情幾乎不支的驚訝。

我不美，我只是嚮往美。

8.

底層的慈悲，也不是善良可以說盡，它或是一種源源的人格。也不是歷練可以說盡，它或是一種當下、瞬間、隨時爆發的美。它，無可救藥，義無反顧。

我看見我的朋友都在奔跑，那些一致的舉手投足，那些撕裂的面目，那些匆匆呈現的人性凝固，化成一種深沈的吶喊，一種世紀中錯愕互望的一剎。

9.

小說是藝術品，它陳述著自己的語言，獨立在那兒。我回頭翻閱，生命飛奔，不覺慼嘆道；生活更精彩！來不及啊！我的筆。只有更忠實於生活，不然真是遺憾。小說凝止於完美，欲言又止，而生活是讀不盡的史詩。我要的是人生！

天翻地覆的流水人生，筆畫向天際，思考是墨水，倉惶試圖記下每一流轉的浪花，自稱小說。

關於人，什麼是光榮的驕傲？什麼是底層的慈悲？怎樣在其中穿梭自由？得到平衡的自由？有時候，我不明白高貴或卑微，所以我用文字記下來，想一想。一生的姿態有時是個誤解，人人可以尊貴，人人得以珍惜一生，曾經是我小小的理想。

10.

我願意去生活，在可能的人間，以善的心情，以美的嚮往。

（2010年）

和你（妳）同一個時代

1.

讀你（妳）的文字，很榮幸和你（妳）活在同一個時代。

2.

每一規則，或有或無。
或只是人生的某種紀律。
一探內裡，便有反射之虛實。
我根本不愛紀律。
你當看不見我，我是最偏頗，所以領悟了無情有情，
那擊中了我，在邊際之邊際。

3.

最壞的廣告就是口沫橫飛，別人都噤了口。

4.

它可能是最慢的廣告，但它卻是真的文學。

5.

不太聰明，的確不能怎樣！你也不能拿他或她怎麼辦？

6.

她總是做事做得最徹底。
忘了半天，只為幾十塊。
她說，好愛錢。
但到底說了就走，回頭就走。

7.

任何競賽，都有絕情之境。文章是自己的事，但又不是。
我總要和善的，如果我是。
我總要面對某種讀者，如果世界依然美好，
我希望永遠躲著，永遠自由寫作，永遠自由暢談。

8.

我不能和妳做朋友，妳使我謙卑到無法抬頭，實際到無法自己。
我不能和你做朋友，妳使我熱烈到分不清敵我，脫俗到消滅了誠實。
我不知道一個人該犧牲，我什麼都不願犧牲！

那種起伏，那種表演

1.

我的人有點模糊，可能注意力在文字。

2.

你總是那麼安靜的聽我，不反抗我。你深愛著我嗎？是的。
我走在你身後，依你的路線。
隔著距離，我又跑向你。
你是我的作品，我今生最好的作品。

3.

努力著，努力著，嘆口氣，真的沒有天份。
我總是理不好平日家事。

4.

我常常想到妳。
妳跟我那麼像，雖然這麼說很大膽。
我常常推測妳，而妳應是很快就能找尋我思考的位置。
我們那麼像。當妳走過，我起立仰望，熱切而忘情的鼓掌，傾其全力，直至淹沒了自己。

5.

做計劃的時候，把人生數一遍，文字裡無風無浪的圓滿。

6.

攤開一張紙，寫下愛的種種。
於禮，於美，於原野紛紛。

7.

有一種聰明，聰明得使人疲累，她硬是要證明什麼，生命不干休。你照實對她說，她還是不干休，你只好放棄這個人，放棄誠誠懇懇。

8.

我是一個很好懂的人。

9.

語言是殷切的，自省的，而且本身就是創作。

10.

我的貧弱，妳不必尋找，我必據實以告。
我生命的貧窮，我信仰的反覆與絕對。只是我將真實，我並不懼怕。

11.

沒有什麼時間來得那麼美，只有青春！那種起伏，那種表演，那種孤獨！

12.

你為一行哲學前來，我為雙辮飛散。
故事掩卷，藝術閃動，人走向邊境忽雨，漠漠跌落最深沈，最靠近。
一剎靠近，一剎文字。
靠近深沈，有最天真！

我不呼喚她，成為我的軀體。
捕捉那男身，歷歷飄動。

13.

不要寫得太重，不容易清楚，不容易清醒。文字未跟上思考，思考當更朗然。

14.

知道朋友生病，非常驚慌，但願有最明亮的星辰，最大的祝福。並永遠支持。

15.

身體睡去，沈思百遍遊行。我的捲髮翻越兒子少年，我的捲髮翻越相信。
我們穿梭某個年代，戴暗色衣帽。我總是緊緊跟隨愛情。
隨行之風，雕塑軀體，那就是當代了！我的丈夫，我的兒子，我。

天地無言

1.

有時候覺得寫得很好，但不「真」，便全部放棄。

2.

跟你一起的時候，永遠是一條優雅的弧線。

3.

她說著上流社會，笑到心裡去了。
我沒有我，我是流浪的雲。
我一直說不準她，閃動著語言。我研究她，寫著一遍遍重複的小說。
她咒罵那些癡迷的人類，她世俗得超乎完美。
我一直反抗她，她的生命力卻是最吸引我的東西。

4.

我很老，每天循規蹈矩行過天與地。

5.

孩子你看遍野，善良是一條最近的路。

6.

天地無言，天空與樹海，看一種存在，存在於你我之間，不說的，不勉強的語言。
人世翻騰，熱烈地把生命舉起。
是神嗎？整個冬天忙於翻閱書房，為了記憶一句清晰的命運。

天地無言，我奔走於人生的中途，領悟與明白。
一切自然，舞起生命，追隨韻律，宇宙之擺動。
少年你是唯一的舞者，舞台停止，只有你的呼吸振響。
我即將在舞台的盡頭等你，領你緩步穿越那人生的千萬。
天地無言，身著淡淡的模樣，去遠方。
我是笨拙的，於天地之間旋轉。我知道試煉之無謂。

我知道我不免憂心一個落葉季節，但絕不放棄這個我深信的人生。
你看綠與花遍野，我就要趕去她永遠無法抵達的那片沈思，終其一生。

人裡面的自然

1.

不是那麼困難，只要夠聰明。
魔鬼也絕頂聰明，但它不被嚮往，它缺了一種特別的性情。
它拼命鍛鍊。
它不知道它缺了一種特別的、人裡面的自然。

2.

我可以了解妳的政治理想，妳卻絲毫不能容許我的思想自由，一嘆！

3.

終於挑戰了她的極度，不自由不必談文學。

4.

她們都老了，有局限。

A嘲笑B的老，B只是驚奇地望著A的老。人為什麼會嘲笑「老」？B不解。

5.

用一個最直接的方法去處理每天行事，放棄虛求，有點傻，有真，就抵達了，一片境地。來的方向不同，結果一致，高興自己竟能如此。收穫一致，過程是自己。就放心成為一個「俗人」了！真的放心！

6.

她誰都不要得罪，結果誰都得罪了。因為把每個人都寫得很讚美，像每個人都是穿很漂亮的普通人。（讀一本文學批評）

7.

你一直走下去，追索身體的深沈，生命的豪情，密密麻麻的某篇文章，揚起一個落筆的姿勢。

8.

我是最不想離家的人，卻居住異鄉。
我變了，變得哪裡都不在乎。
我再也不是那年蘭陽女中，放學守在校門，第一個奔回家的女孩，那麼迫切啊！
永遠有一個原因，使我天涯海角奔回去，那就是家，現在我的家在洛杉磯。
我不知道這是美國，我不在乎，我只知道這是家。

9.

為了妳，我們差點笑翻了，簡直是無可理喻。
你怎會行至這條路，怎會如此荒謬的一生。
我的眼淚笑溢了出來。其實是，我怎會一直守著這個悲劇！

10.

有時候，乾淨、準確的話讓我很快樂。
不瞞你說，在文學上，我容不下中間與平庸。

11.

祖父說，最好的企業家，他必須是最正常的人。

剎那的勇敢

1.

我的孤獨是低頭，我的孤獨是持續的明白，是自己也是龐大。

2.

創作的語言，即將來自內在的省思，像花一樣爆發。

3.

我只是普通人，芸芸眾生愛恨嗔癡，說不完的平庸，以及剎那的勇敢。

4.

我們是思想南轅北轍的兩個人，憑著最原始的好感和善良，彼此問好。

5.

讓我自由，任我，自由信仰。

6.

文字的使用，不知不覺走到這兒來的。

7.

她很安靜，無助，一種極大超越的大美。
天啊！沒見過那麼無助的人，那麼美的作品，她簡直完全不會帶小孩。

8.

文學史裡，沒有恩怨，沒有名氣，只有好作品與壞作品，
那就是最大的原因，那才是歷史。
歷史可以改寫，不可改寫。
每個作品將反省、出現、飽滿，
以一種最自然的身影，最準確的文字，躍上歷史。

9.

嬌，幾個月沒聯絡，我以為妳怎麼了，我幻想著。
今天才打通電話，遂把所有事盡對你說，說我讀的書，著急地說。
我用盡全力說話，一整夜，妳真的全聽懂了，我也全聽懂了。

說完全身激情不已。

我們是不會改變的，我終於知道，安心的入睡。

繼續獨自留在異鄉。

10.

內在貧窮的人，才會認為語言是個問題。老是花時間！

11.

連語言都無法節制的人，就不知道他還能怎樣了。

12.

一方面，我有點怯懦，很怕人們。

一方面，我又對人的喜怒、表情、姿勢很有興趣。

13.

我要以最真摯的清醒對你。

我將為你的人生不停演講。

每個生命正面奔跑

1.

不確定的人，浪跡天涯，直到他也懂得自己建築起來的溫暖，而不光是外求。
遠方不是為了一再更遠，孤獨不是只為旅人。
（只有好奇太渺小了。）
台北也是浪跡天涯，它的裡面太廣闊了！太愛它了！

2.

好人不一定比惡人弱，基本上他是健康的。
好人有一種特質，彷若天生麗質，但我是指那些經得起考驗的。
如果不如此（考驗），也就談不上好壞了。
（平常人不就是好人？）
我當不想為表像之善多流連片刻，一定，一定有所謂某種思考，
讓我們遇見最深處的真誠。

3.

我很瑣碎，他愛我。我很混亂，每個人的生命還是正面奔跑。
走出來，站在太陽光底下，（很喜歡）沒有遮擋，曬得黑黑。
從來不知道一個女子要如何？原來沒有理所當然。她就是一個女子。

4.

我談的不是教育，我談的是創造，創造一個人，創造作品。
你不會了解我的責任，因為它不是教育，教育我真的不懂，不是說成的那樣。
我不站在那樣的高度。很有可能，我不站在那樣的人群。

5.

如果除去宗教，妳還會是個好人嗎？

6.

其實那是真正的我，極度痛恨、痛恨虛假。
只是不忍說明，不忍對自己再度說明。
對別人一向平淡無語、包含、勇於塵事之中。
真的，我是一個沒有形狀的人。

7.

朋友走了，無能為力，我將用文學不斷紀念她。
當然那不是我們友誼之全部，那是歷史。
我們的友誼是當時，當時的自然，當時的風，
當時笑不可抑的兩個短髮女子。

8.

永不寫這個主題，因為那不是一個值得敬重的理解，
永不支持，永不寫我不愛，不想，永不沉落。

9.

我們都忍耐了下來，有了這樣的結果，飛奔而走。
妳站在原地。
生命轟然。
來不及的人犧牲。
我頻頻回首，生命轟然。
我頻頻回首。

10.

妳貧窮而自由，尖銳而完整。

11.

家事，我多做了就忘，忘了又興致勃勃地從頭學起。

12.

文學沒有恩怨，（沒有聲名）只有事實。
好文學壞文學之事實，這是夠大的打擊了。

13.

文學，怎麼會和聲名相關呢？

所有樂曲都純熟

1.

沒辦法，我是不能與人成群的。

2.

給妳空氣，給妳自由，當不再哭泣。如果還要幽與美，沿著妳來的路線，很思念。

3.

（長榮飛機上，一位知識分子……）

那種氣質，那種強迫。恣意，短暫的沈思，閃爍的世俗，真實的稚子。

不深刻，不學術，不像他的條件。

一個人跌落，驚起一群人，守護台灣。

4.

有時，真實與虛假只是一線之隔，所以更要誓不兩立了。

5.

我站在學校圖書館二樓，看孩子走下樓，在前廳人群中。
學生人來人往，每個人影，我的孩子在其中。
忽然我掩口輕呼，你看，他的姿勢，竟然那般美，那周遭人群最美好的移動。
我判斷著，激動著。
於是我終於知道了一切，此時我已站在我人生的巔峰！就是這孩子！

6.

所有樂曲都純熟，不重述。更新的直覺，更清白的感動出現。
它承受拂面而來的閃爍，無法言傳又無法抓住的，音樂。

7.

我與妳，說不盡的複雜，和純純的對待。
妳在超市給我一個大擁抱，我驚喜。
想著我們即將離散，那個時光，為什麼我是那般絕情，妳是那般世故。

8.

妳的圓滑使我有點煩惱，妳彷彿看透了我，我整理好書冊離開。

面對的每一個人都天真，妳應該相信。
不然妳不會完成，妳永遠笑得很淡。妳永遠笑得很淡。

9.

也許妳不會，不會變成那樣，妳只是尖銳，近身的愛情可以挽救妳。妳不會失散。

10.

妳來了以後，一切都已妥當。
幸福地站在機場邊緣候妳，我們早已不是過去的我們。
我們在這一世紀高聲辯論，趾高氣揚，更愛前端。

11.

讀到一篇好文章，又重新跳起來，我又能活得規規矩矩了。

12.

美與不美，完全與不完全。
靈魂才是生命，才是生存之真實。其他不屑一顧。
我向我年輕的衝動致歉與致敬。

13.

五十二歲，她不在意別人是否欣賞她孩子的美德，
她關心別人是否能讓她救助，非常渴求。
她一直開著一輛外觀很漂亮的車，到處尋找能讓她救助的人。
她簡直翻遍整個城市。
如果被她發覺那人不夠可憐，不夠窮困，
她就真的不和他們交朋友了，完全斷絕來往她都敢。
她做好事，求今世來生。
那些人就學她說話的內容，鎮日重複，與她說同樣，口中唸唸有詞。
於是，她找到我們，她問，你們都和那些人一樣嗎？急需人救助。
我們全愣住，不知如何答話才不傷害這個女子的美。
她是那般優雅啊！我們真的怕她轉身就走！那般優雅啊！

14.

我不知道怎麼回事，其實我應該要知道。
我只知道結果，我就走過去。
我們的人生有很多不公平，但求歷練之後，還能回復完整或純真。
你看，一定可以成為一種人，那種人啊！不要沈落，一定啊！

15.

文學不能勝過人的身體，卻可以動撼人，鼓舞人之純粹，它是身體的知己。

16.

祖母和僕人的關係很好，我是在僕人堆中談笑長大的。
所以，我總認為她們是最純潔的人，他們是我最好的朋友。
歲月流轉，人到中年，現在家中剩我一個家庭主婦。
我知道，夢在破滅，夢在重塑，但願我與過去朋友，有更新更美好的真實。
那是我們！

燦爛

1.

在思想上，她總是把自己逼至絕處，繪寫下文字。
動盪的人，專致、熱情。文學在那個時光走動了，走動了，成為今生的封面。
她，小小的，單獨的。

2.

文學只要一再地嚴肅地進入自己。

3.

太熟稔的演員，沒有生命。大時代大歷史裡也如此。

4.

記憶中妳的詩，多情流行，近年氣象萬千。
太過了，太美了。我想那真是一個幸福。

一幅女子的畫布。
普普的行李，帶來一系列妳的詩，我放在包包，走來走去一個秋天。
謝謝創造。多麼燦爛。

5.

生命就要張開。
兒子已經寫好一章小說，我開始開電鍋蒸番薯。
四十八歲，我不免歡樂大叫！
走吧！走吧！耳機音樂滾過。
我一定不會忘記，天天歷史啊！

6.

我不管妳是怎樣的人，來自再腐敗的民族，我也沒興趣。我將保持我的速度。
在我的前進中，妳誓必無法逃避。我已入列，積極前行。

7.

喜愛文字的人，永遠不會玩弄文字。
喜歡愛情的人，永遠不會玩弄愛情。

8.

妳悲憫窮人，敬重在上者。
我悲憫在上者，敬愛窮人。
我們之間，存在長長的、不易說明的孤寂。

自然

像很多事物一樣，教育是一種自然。站立於天地之間的一種自然。就是要一個孩子，出落人間，神情揮動，獨特與平凡。要一個孩子「生動」，完全於他個人，又沈落群聚深處，巨人與淹沒都有他隱約的形體。

這樣，教育之單獨，教育之美。

教育是無邊的引誘，無邊的返回，那思考之極！之完全！

踴躍生命的祕密！

每個人（以「充滿」），都是宇宙的一個喊聲。

淺談

有兩年，我專心用文字描寫古典音樂，我不知道會失敗，不知道那是危險的。我只是希望，我只是毫無邊際的幻想。文字不斷飄搖流盪出來，淹沒了客廳的琴鍵，淹沒了平淡的中年日光。

泡一杯茶，等待音樂老師來。老師讀完我的文稿，只說：好。再繼續。就把CD塞給我，與我話起家常。

我感覺，不能阻擋的思潮在我胸中，一直溢躍出來。我不知道我在寫什麼，沒有規則，只待驚奇。我在描繪我的內心，但又隨著毫無文字的音符，編寫一個遙遠的世界。

如果一首音樂，不能隱藏最深，那真是一種失落。如果生命的約定，不能提出最美，那還有什麼值得在生存之中，張望遲疑，在重覆中深深沈思？一首音樂宣告一次生命，那沈落的姿勢，那瘋狂不能阻止，繪寫人的極限，飛越多情與無邪。

我陷入古典大師的瘋狂，那些稿子，是為孤獨而作的。我的流動是多麼真實、多麼任性、多麼喜悅。只要音樂一響起，自由便狂奔而去，有時在頂點，有時滑過，有時往返，有時在末梢。我不再擔心描繪不完全，我深深的，揮筆前往，再沒有那日午後是如此勇於放縱未知，放縱深情脈脈。

我知道，那不是歌詞，但那終於是一場音樂了。我一點也不狼狽，等待又傾吐，超越又自然。但我的內心，似乎飛越，似乎不知平凡，走入神祕又片斷，而我不能控制的世界。

真實中，我是一個多麼拙於歷史的人啊。我不了解音的背景，我甚至毫無所悉彈琴的那雙手，我除了信仰音的恆久流盪，還有什麼？這樣的人，卻要畫滿一張圖，去宣告音的身世？

我終於還是迷戀那個絕對的姿勢，在文學裡歌去。讓我們（音樂與文學）在彼此的欣賞中，字字沈定。因為我奔跑，因為我凝定，在動盪中說明人生的微弱呼喚，不能從此平凡，不能放棄。我的意見吟詠，彷若無病呻吟，字字搖擺洪荒的歷史，音樂中寫盡一個女人的文字流浪，不能自制。

後來，我前往美國，稿子竟然掉了。也許往後，我不會再像當年那般真情與迷亂，回去後，我一定要尋回它的原稿。我相信我一定還會「遇到」。

是為音樂淺談。

（試寫）

音樂文學

◎前言

一個作曲家就如同一個作家，他的內心澎湃、激情、熱烈、沈澱、冷靜；狂熱少年，追逐中年，神祕老年。上蒼給他天賦，他用極度的努力或悠閒的鑑賞力，逐次雕塑精神之內涵。

每一寸光陰都藝術，每一段自然都呈現，每一次人生也流連。感情豐富了他，社會充實了他。他停在人生的路邊，無論悠然無論狼狽，藝術最後真實走過了他。

真實的「人」，不過如此。真實的一生，表現了靈魂，化裝成音樂，化裝成文學，其實都在說著自己的思想而已。竭盡一生說也說不完的腦中的流水與生存的動盪，讓我們摯愛它，信仰才華的一絲一寸，鼓舞它的狂妄與熱情。

在音樂創作中，人仔細摸擬生命的拍子，像舞盡生活的歌神。音樂裡無眠的醉意，寫在作曲者激烈的神采中，靈感已經不夠說明全部，天才竭盡生命的努力與反覆的鍛鍊，從自己身體湧出源源不絕的藝術！

鮑考雷斯料說：「怎麼樣的音樂性傳統之中都比比皆是。」所以最高的藝術是何等驚人的挑戰？全人類如此，全世界因它陷入瘋狂。

◎李斯特

琴聲走至天涯外。

每一步步履都打在琴鍵上。

輪動的美感滑落指尖，每一次開頭都震動，從樓梯上沈落。

不斷的宣稱結束，不斷的領悟只是過程。

貓般的擺動，人在流動中。

走呀！走呀！走至沈重的雲端，忽兒有幾下躍出的朝陽，人步下萬丈的雲梯，擁抱塵世的污濯，一個小型舞曲的結束。

前所未有的繁複，一個樂曲加入如此多種變化，思想在其中流失又返回初始，一個台階接著一個台階吼叫，沒人回答的空間，向前踢步行去，向前翻滾輪轉思潮，沒人可以靠近的流暢，沈下又緩緩走出來。

歲月在指間搖擺，不斷想撞出意義，理想的形式在每段樂曲裡重複。

用兩個音刺探一切，再來一段乾淨的流動。不斷有音出來刺探真理，寫下複雜的愛，在懷疑中肯定，是「我」嗎？是「我」嗎？是一個真實的早晨，小女兒在跳舞，我沒有什麼遺憾了，只有在不停的思潮翻滾下結束這一段樂曲。兩隻手重疊在純粹的流水裡，我一段接一段的迷惑，快結束了，快結束了，我要把這個樂器使用得淋漓盡致，直指上帝的心事。後來就真的有人出來表演，平庸的打扮，不錯的理論，可惜沒有命運的敲擊，突然停住了，然後規規矩矩的練習，美妙的平凡，向陽光行注目禮，再輪流叛逆，小聲完結。

傳承的音，像打鼓般走步，下一個台階的典禮，化成單音的沈寂。簡單的思考，逐次演奏開來，不明顯的人生，輕躍過花間，萬般滑落，鋼琴轉入精彩的主題。問流水的方向，問苦惱的始末，醒來驚夢，荒漠少年，向禮教敬禮，向歌的流水集中，明天還是一片荒原，是否淡漠人生？

模糊的天堂滑落，兩人踩著音樂失落，焦慮地等不到音樂，等不到生活的答案，於是耳朵幾乎聾失。音樂家為何還不出現？蹣跚得抱歉，因為少年還沒調整好智慧的聲調，向美的一步逼進，人類的庸俗逐次昇華，又翻滾跌落，依樣等候低潮，醒來如昨，回去童年好了，真實全在最後一個音屬於我們！

在水裡打扮化妝，清淡的早上，空虛得聽不到一聲心跳。

◎貝多芬

逐漸放大抽緊的命運，向上，向左右試探！

最華美的命運宣示，不斷翻滾潮湧，逐次向上昂首。

豪華昂貴的人生，隔著音樂輪動。淡淡的時候如此平乏，卻在下一個世紀立即昂起頭。

突然響起的立誓，在沈悶的生活中，慢慢形成一段流水，向苦澀呼喚一個結束不了的人生結局。

滑行的天鵝在表面旅行，不知背後人也隱藏一段壯觀。

冥想的天空，行雲流水般的人生，放心的一輩子去去去，你的一切都在眼前傳說，傳述中的花間遊行，變幻成一個無聲的你，你為什麼懷疑地圖？歌吧滑行吧手中的樂器，心想事成的成年，號角響了，我也從平凡中滑行，向宏偉向人類向世界。為何為何如此沈默？我以為一切會飛躍向天空，卻只是一朵雲好細緻……。我的青年走入流行的版圖，那揮之不去的人類夢，那小孩！鄭重向世界演奏理念，鄭重行向天涯。母親啊！一個孩子的夢無邊無際，悠揚地流傳故事，英挺的制服編織完成一個結果。

◎莫札特

啦啦啦聰明如你依然，轉變中的提琴，美麗似一種流水，在下一個線條的夢，拉拉扯扯又正經了。我想忘掉下一個樂章，從而擁有，當我們走出理想的那天，你看綠了天地啊！你看絕對的努力終止吧！

淡漠而遙遠的行者，向我們的宗教伸出翅膀，原來人不是想像的那樣，人不存在，音樂停止。音樂出沒於世紀內，只餘下單純的迴音。小鼓拍起，我重新回到兒童的那支舞曲，不由得抬頭，向吹笛者注視，我從來不想失敗於平凡。

人類的生命不平乏，這首音樂錯了。一旦門啟，風就躲進風琴，向禮讚再言更真實的庸祿，為了下一句驚奇，開頭齊唱大家。

你為什麼流淚如水？你為什麼信仰中間？我為什遊唱這麼小聲而卑微的人？我愛上你的哪一個音而選擇流浪？向乏味的美招手，再向哭過的物質移動身軀。

停止吧！人生。我的夢拜求眾神嚮往。

請小聲碎步走，請絕美天堂舞，中年級的鋼琴出現舞台，把生命帶入年輕的輪轉，無命運牽絆的自由。請再唱一首睡覺前洗禮，單純而輕快，絕對而銳利，簡單而碎步的行走。

◎聖桑

傾聽宇宙瀉下，有一舊曲破碎，奪門而出，輕脆左右擺舞，流轉。心想細音如洗，鋼琴臨下，天光依然沈醉，話在眉宇間停止，噹噹噹，噹噹噹。

如臨大敵，如遇新雨，天痕在日子之中，蟲的腳步輕撫，一條絲線如雨，輕輕擺盪裙角，泉般如響，咚咚入夏。一聲莊重，輕柔的高度，到底如雲的歌唱，花蝶今日，請問結束的花束顏色。

通俗而好的音樂，只在現在與過去的偶然，這一段，即將傳入世紀，卻在下一個世紀裡凝止、褪色與不耐。她曾優美如女子，她曾結束。

醒來，好傢伙！古典樂的樂趣再度來臨，美壯的人間，有一個結束的姿勢。

◎孟德爾頌

好雄偉的天，奔向承諾，走入理想之門。你從何處滑行而出現，如何的美，如何的單純……行入水深之邊，再一度祝福永恆，轉入天際，向左右領悟，以花朵之香完結。

啦啦啦細細牽引，從細緻開端，走入人間，滑向提琴之最，沈入思考，一、二、三、四，啊！我的夢，雲一般的夢。人不能理解的國度，你在哪跳舞，擺動彎曲入樂，琴音不斷滑走，人言行入沈靜，沈靜如水，彎曲如月光，如美的語言四射，光芒如你，你在邊緣，顫抖如花語，再深入的美，淡化一陣煙。再從頭，歌詠之音不絕，轉入一句熟稔的呼氣。而今而後，往上爬升，平和的吐露，向前滑走人海，你是海的深度，你是無窮。無形的人子無邊的故事集。

詩的語言在中途走步，不斷人間，思維透露最熟的一句旋律，那麼美的瞬間，組合成平凡，輕輕掠過雲端，淡淡畫向天邊。沈沈的樂響再啟，天人互映，簡單的陳述，不無表演時間之空乏。如意的人，日子停頓，輕柔的筆跡，無情的空蕩，訴說風景。

再起一音，沈澱入黑暗之心，往日子推移。突然美妙，驚覺聲音之輕，在樂器的沈醉之中，完成一幅中產階級的夢。再說一句，天音絕妙，無形復無形，夢復夢。思念向最高處攀爬，花向最深刻遊蕩，啦啦啦，成群的音樂走入顛峰！！

（這篇是我的實驗之作，花了兩年完成，試圖用幻境幻覺寫。朋友，讓我們進入音樂世界！）

俗塵

我總是在俗世浮沈，我不能停止啊！
我總是和普通人打交道，因為我就是。
沈迷於一切，人間世。
走往底層，走入普遍。
我在乎普通人的一顰一笑，某次回眸，我簡單的望著他們，心中湧入。
夜晚沈迷於遺世獨立的十九世紀哲學，白天高聲交談瑣碎的人生。
我匆忙行過南京東路人群，淹沒。
人在哪裡？
高聲朗誦或沈默。
我已習慣的熱情或荒涼。
手提半個世紀的身世。
她嫁給這個世紀的故事，後來字裡行間，有人寫著一個塵世的呼吸。
他們起身與沈沒，他們節奏步行。
通俗又超越，通俗裡埋藏著永恆的戀歌，群體舞蹈。
其實，我也明瞭底層的危險，只是我不能自己。寫小說者如是說。

普通人

普通人 1

我珍惜我和我的時代一起進步，我並不知道結果。我總是遇到一些普通人，他們啟示了我、改變了我。我是這個時代的煙塵，我是吹逝的一些風雲。沒有人記得歷史，我也不相信。我身邊走過一個凡人，我驚呼地追尋他（她）。

普通人 2

偉大的人，他首先瞭解自己不是那麼偉大，不是那麼重要。擺了姿勢，也可以都不要。

那就是一個普通的境界，一個中間的境界，也許不容易抵達，不容易自己承認。

他站在人類的頂點，但他目光追隨身邊行過之生動活潑的眾人，他激動了。為什麼人類是如斯狂野的生命。他快樂地哭了。

普通人 3

他是最被看不起的。但我其實知道，我無論如何抵達不了他的智慧。他太不如意了，他太聰明了。因為他不斷在鍛鍊之中，在巔峰。

那些說人命運和道人生死，或是最無趣之人。不知生命之有趣。生命的趣味，不在外表的面貌。外表太淡了，形式太孤單。最被藐視的人，可能存在充沛的抵禦。

不幸是潛力的可能起點，他的醜陋是他美的起點，他從不知道，他也不必知道。他的生命裡不在乎。

普通人 4

公車上，大家都很睏，有人趴著、有人拄著臉打呵欠、有人歪曲皺緊眉。我看這些眾生狼狽，嚇了一大跳。

唯有柔美，她坐眾人之中，挺直腰，堅持微笑，維護姿勢直視前方。當然，現在柔美的笑容快要僵掉，她畫很美的妝，她堅持全世界都在看她！

忽然，我明白柔美的一生了。她堅持的手段和美，終於繼承公婆大筆產業，榮華富貴。可是也由於她極致的虛偽，接受一個完全無法愛她的丈夫，兩人痛苦終生。

每個人都痛，而柔美走在痛的極致、美的極致。隨時隨地，她以為全世界都在看她、欣賞她。

普通人 5

我不曉得我想的對不對，但我一直有這樣的感覺。我的小孩一向對來我家做清潔工作的墨西哥阿姨很有禮貌，我並沒有教他如此，我覺得很驕傲。

有時候我在想，對於社會地位較我們高的人，表示尊重，是應該的。但是我們分辨一個人的「好壞」，可以看他如何對待「較低階層的人」。

我的朋友A來我家，傭人向她問好，她做出嫌惡的表情。

我的另一朋友B，博士，一進我家門看到傭人在清洗，立刻用另一種語言向我指責傭人的不對，一刻也不放鬆，令我十分驚訝。

這兩位朋友傭人都沒有得罪她們。而我終於知道，她們只是很自然，很自然地表達。

普通人 6

妳瘋狂地奔跑，彷彿回到少女，追跑啊！那世間的虛榮！

最大最大的妳要。瘋狂地。

妳不知道妳有多醜陋，妳不知道妳有多麼美。

妳一點都不普通。

妳征服的男人，最清純最無知。

普通人7

a.

他的演講，有一種快要超出去的驕傲，但他從不超出去。

對齊著生命，對齊著世界。

b.

你錯了。我只要在小小的世界和小小的普通裡。

c.

我若說我，也不一定是我，你誤以為那種偉大。

人可以小，可以大，可以空虛與空無。

d.

琪琪的人生是沒有名姓的，這是她的創意。任何面孔是她，她是任何人。

e.

我知道我的缺點，太驕傲。

我也知道我的優點，太不驕傲。

（2017年）

絮葉

1.

我喜歡無名，我喜歡最初開始的感覺，天荒地老，天地荒老。

2.

她有一種專業的漠然、崇高。

3.

大師八十歲了，他顯得很焦慮，滿座師生，竟然無人完全瞭解他的思想和著作。

4.

一個創作者，他顯然不一定要是一個理論者，他可以非常好的。無法想像。

5.

有一次我聽一個老作家講話，我發覺一個優點，他太空閒於思考了。

於是我立刻不煮三餐，不計較瑣事，專心思想，把全世界空了出來。

6.

妳教我要偽善、虛假、高貴，妳簡直苦口婆心地勸我——。

妳說：「孩子，妳一定要聽話啊！」

我離開妳的住處之後，哭出來了——。

7.

如果文學變成一種交際（社交），那的確有點慘，滿慘的。

8.

我總在我有限的衣服中搭配，我知道這一定不美，但我花了創意，最重要是不用錢，這也是個喜愛的創意。也許現在不自由，以後自由。

9.

太善良適合的是公關。

10.

我信神，我愛神，但我不以他之名。

11.

對自己的真實，對世界的決裂。

12.

她忽而極高尚，忽而極低落。

13.

整個下午都在尋找一首詩，十分不安。

14.

我希望我跟大家一樣，世界公平，走在路上一樣樸實，我的衣裙會飛飄。我不要比別人美，也不會比別人不美。

15.

說真的，政治這種東西，如果和真理抵觸，隨時都可拋棄，並不猶豫。

16.
不必為了某種高標準，而失去更高的道德。

17.
她問我，我寫的是誰。我說我寫的不是誰。

18.
男人女人，真的是很完美的東西。男女有別。

19.
她的演講是很不好的，但她的詩，頗有格調，她在進步。無法解釋的奇異。

20.
我是一輩子追求愛的人，他是一輩子擁有許多愛的人。
他總是莫名的看著我，他不了解我這種人。

21.
人生無需試煉，我們就是試煉，我們的身體就是。

22.
人生總有最自然的樣子出來，我們總跟隨我們最好的感覺走。

23.
愛情，順著身體的方向走。

24.
重新孤獨的感覺真好。

25.
沒有永遠的明星，沒有永遠的靈感。

26.
用文學解決問題，不傷人。

27.
他是謙遜的，沒有這種和緩，他寫不出從低往高，最長的跳躍。

28.
由於太逼真，我無法安靜聽完解釋。我總在幻覺中度過。

29.
她所知道的上階層，卻是我一生所忽視的。

30.
堅決以為我沒有拒絕壞文學，我明白了。

31.
我安慰她說，我也一樣的毛病啊！她是我們家的長者，我們的寶貝。嫣然一笑。

32.
我知道那是粗糙的，但我不忍這麼說，是我以為粗糙之最初，也是心喜煥然。

33.
鎮日沒事，她的小孩最重要。她這個女人，全世界都不要，只要她三個小孩。無窮的煩，無窮的惱，她誰都不愛。

這世界使她變得如此糟糕、如此狼狽，她只愛三個小孩。
她是天使！

34.

老人說：「怎麼辦，一天天的老。」

35.

我不必為了誰奮發圖強，我本身就是奮鬥的，它沒有目的，只是躍起。

36.

我們屬於我們的時代，你屬於你。

37.

把文字用語言表達，是干擾一種藝術。

38.

散失的，是完整的最初，完整的唯一。

39.

我相信某種普遍的科學或醫學，它躲藏的尖銳的真理。

40.

走「人」的路，一個人的路。

41.

所謂美是不一定的，那人以為美，這人也許不以為然。美女帥男不是一定的，每個人有每個人美的分寸，誰也勉強不了誰。所以美是多麼公平！

42.

她說：「妳不要失了面子才行。」她以為的富貴。

43.

大家都以為散文隨便寫寫，沒有形式。我卻覺得大有可為。

44.

看過梵谷畫，我忽然一幅幅想著他的心情，那飛絮。
普通的女子，普通的人，我懂了。

45.

他總是奇幻的、浪漫的、驚詫的，其實我有點知道了，無論如何亂的。

46.

沒錯，你說的是他外在的「缺點」。但那是最淺薄的人，如此說他。

47.

如果這是個順從的禮程，那麼我們何必創作？

48.

真正的文學，是嚴苛的，一字能，一字不能。沒有餘地。

49.

有此可能，許多最好的作家，都是書寫「愛情」高手。

50.

有一些作品，忽然就消逝在煙塵中，亂無頭緒，亂無方向。

51.

所謂聰明，有時候不過是平均值的問題。
可是所謂觀念，卻是高智慧的反覆推演。

52.

他有許多應景、景致的老習慣，
當那習慣都已經很老、很東方，我們就無法相信它曾是一張美麗的人生圖說。
也許是平淡的時光失誤。

53.

我們努力找出生命的意義，她努力尋找世界的無意義，匯成一條「歷史」大河。

54.

我恐懼大自然，我恐懼無人的感覺。

55.

男人講的話，因為我是女人，多少他們是想出一個禮字，不是逼近苛刻，倒也空蕩與知心。所以異性，一個禮字，天光亮麗。

56.

我沒有要怎樣，我只要竭盡一生的努力。

57.

可憐的人找宗教，神聽完，更苦惱了。

58.

我期待一個打開的世界，一個人性中道的世界。我已窮盡，並不貪求。

59.

他做了一個人生大夢，擁有最好的學歷，不可理喻的後半生。

60.

所有的形式都只是觀感和技術。

61.

我問她，為何老才一直要挽回某種外在美？
讓老是老，年輕是美，讓它自自在在不是很好嗎？

62.

為什麼偉大的畫家喜歡畫普通男人、普通女人？
會不會那才是他們心目中，真正的美？

（2017年）

直覺，它錯落的姿勢

1.

人類之生存，與物質貼身密切，之於金錢、之於器皿、之於欲望。
人離不開靈魂，人類也切切捨不得物欲。他們沒有罪惡感，
只是一番繁榮，真的，不要絕望，我們可能是富庶的人、豐腴的人！
我們跳起來，站住一個社會位置，彷若愚弄，彷若親愛，打扮自己，縱身愛。

2.

貧窮又守操守的人走過一條街，路樹閃閃。（沒有錢，她總是很早就睡了。）
數千年，人類追逐物質，生物追求生存。
人類是孤立的、折磨的、勉強背過身去。

3.

我從網上讀來的。那人大概說：
天下大亂之前，有識之士會變得愈來愈客氣謙虛，

無見識者會變得囂張而據理不饒人。

4.

文字在最自然的狀態出來，否則像過度或不足，有種矯飾了。

5.

文字是工具。文學作品是思想與文字的高度結合，最終評論高下者，其實是作品的深度，作品的哲學性。

6.

我喜歡批評權勢，憐憫窮人，這是我的性情。很顯然我的人生已得到狠狠教訓，怎麼辦？我依然故我……。

7.

做為一個寫作者，我並不需要很多讀者，我只需一部份讀者。

8.

作家，會不會寫完？會的，而且極具可能。如果不再進步，一切都會結束。

9.

一個女人，如果連和同性都無法相處和包容（同性應該是與妳最接近者），也不叫女人了。人本應嚴肅的被對待和檢驗，才是活躍的、活生生的生命！

10.

人有許多微細的感覺，微細的反應，組合成後來的結果人生。時時刻刻流露著一種性情，彷彿無事，卻是無事般的戲劇。

11.

想要什麼都好，可能就什麼都普通，人生的技術就是如此。

12.

普通人，這是她的願望，一種孤單的氣氛。不領導、不虛妄、不多餘。

13.

人生，只能往前走。莫要回頭看你為什麼失敗？沒有，你還沒有！望著目標！

14.

做為一個生意人，愛自己的外型。做為一個創作者，愛自己的孤絕。

15.

妳的整個人生都是清醒的、冷清的，或說整個是臨近勢利的，無話可說。

16.

有時候和一群人相聚、飲食，我都不知道自己為何如此混日子。有些場合。

17.

我覺得，我一定要把妳寫得更好，因為妳是那麼浩大啊！

18.

最好的人，和最壞的人之間，有時只是一線之隔，他們可能不是天與地的距離。他們的道德，原來才是他們勝負的地方。

或者，好人根本不必挑戰壞人，他就自自然然、根根本本的勝利。那就是道德這樣的禮物。

19.

買東西買完了，高興了，無止境的（沈落）。

20.

妳總嫌我不夠美，不夠時尚，極盡能事。妳說別人會因此拋棄我、嘲笑我。

我愣了一下，走過去妳化妝台的瓶瓶罐罐，以及那些浩大衣櫥。

那裡有我純粹的嚮往與真實嗎？

我始終沒有說出來。

21.

感覺，支持著我的理想，不斷思考，不斷奮起。

夢未曾消逝，自我年輕、中年。我但願我的單純，我但願我的真實。

22.

也許挫敗正是我需要的方式，你永遠不會瞭解的樸素。

23.

愈是不如意，我愈是可以奮起。

24.

我要一直往前走，不懼拉扯。辯論真情，搖擺中道，取悅正直。
我要發現天才，面逼天賦，有欲而孤絕。

25.

無論如何，你是值得驕傲的，因為你寫得太好了！
誰也不能形容你一個字，你的美！但你能不能偶而平凡一點，平乏一點？
一個普通的奢求，對於一位到底的平凡的我這個文學編輯而言。

26.

我的純情和無邪，只留給四十五歲前，
之後我的人生要更豐厚、更繁複、更澎湃於自自然然。

27.

既富既貴之人，可能永遠看不見人的真面目。

28.

這個小孩從小有點虛榮，父母不更正，功課不錯。有一天他見到外面的世界了，性情擴大，對父母嚷：「你們都長好醜啊。」盡力逃躲。

29.

小姐姐回來了，我站在電梯口和她講話，覺得她特別美。妳念MBA嗎？不，是念當地的一個課程。她和兒子小時候，是多麼可愛的一對。時光真好！人生真好！不要走過去啊。

30.

祝福你，永遠豐厚、富足、敏銳、極致。

31.

寫得真好。

澎湃的原創力、原始，那翻起來的土壤，純粹而愚直的欲望，張望的男女。最底層的力氣，原來的人。

32.

有人寫作只是為了寫，沒有別的目的，只是為了最好的作品，這種人啊！絕了啊！

33.

在我的世界裡，付錢的不會是老大，外表的美也不值得任何驕傲。

一直如此認為，始終以為。

34.

你其實不追求一個家，你只是在尋找的過程中。

一接近你就破壞，你並沒有完整的意義。

35.

她不漂亮，她卻喜歡拍很美的照片放大，不像她，卻很得意。

36.

我喜歡競賽，好像我總是從最低處、最公平的地方出發。我相信世界。

那不是推薦的、權力的、社會地位的。

找個人出來演講或致辭。你說明我，我說明你。

那不是一個姿態。那是空白的權力與一再的勤奮。

一再的、屢次的、完美的跳躍！

（2015年）

這是我憤怒的方法

我早就向命運妥協，說著活的人愛聽的話，我早就與魔鬼和解，做一個乖女孩。

歷史已經改寫，我忘記了我們的誓約，後來活著的人贏了。

我跌跌撞撞來到這裡，今天說著這些，明天說著那些。

我漸漸學會討人喜歡，做個孩子。我終於走到我後來的世界。

我們的前人持續受到極大的羞辱，生前與死後，我畏縮在書房，沾沾自喜自己是個和善、人人愛的孩子。

我看見那些絲毫沒有什麼的人，都留了下來，活的很久。

他們改寫歷史，成了勝利者與獨裁者。尤其成為人人尊重的長者。

我活著、寫作、沒有形體。有事沒事她們茶餘飯後談論我，頗不以為然。

我快要不是我，我沒有思想的中心，我最大的成就是擁抱魔鬼。

讓自己像個平常人，讓自己沒有意義，這是我活下去的方法，這是我憤怒的方法，這是別人讓我活著的原因。

台北作家

1.

星期天的午後，寫台北，寫台北滾滾的生命。
我是少數，我不以為我是邊緣，我也不叫島民。我是天地之間，生命翩翩。

2.

走出了張愛玲，我們海闊天空。
可是那個時代，如果沒有張愛玲，我們不會到那麼深刻、深沈的地方去。

3.

如果不是幻想與幻覺。如果不是夢見文字的準確。我們為什麼文學？

4.

寫得再好，文學再精湛，若有一點不是真實，真理的真實，也不要了。

5.

演講不該像個演講，演講該表達語言、姿勢之深沉，想一個哲學思想、文字思想。是為驚嘆。

6.

讀完這套書，我突然失去方向。再爬起來，前行。世界，你無法決定我要成為的樣子。

7.

年紀小的時候，你總是堅定地堅定地要著一個真理，你總是辯解。直到生命流蕩，你終於長大了，望見生命的屈服與平淡。不是真理的，彷彿真理。

8.

不要為了題目而寫，那不容易。

9.

說當代文學是一種運動，不如追尋那位最誠懇的青年小說家，追尋他的創作歷史。文學史是作家、作品；文學史是人，不是歷史。

10.

我的作品其實是有猶豫、有遲疑的，因為我望見下一代。

11.

你太在乎自己是個作家，忽而文言，忽而白話。你總想做好。

12.

寫散文，勉強不來，急了，可能就壞了。

13.

人生是一場盛大而正式的表演。

14.

他隨手就是詩，就是最精彩，他也沒有要怎樣。寫了隨意放，寫了隨意。

15.

我不會強迫我寫，我就是我，或我不是我，我是夢裡。

16.

有兩種偏激。有一種作家，才華無端揮灑，創作極致，但彷彿作品寫了，書出了，他就隱居了。另一種人寫幾篇就很寶貝，而他也寫得並不好，不斷刊登、出書、演講，彷彿馬上就千秋萬世。

17.

我們的工作就是文字，除此而外別無他求，別無他法。

18.

不要不相信文學理論，以為它只是理論。可能你的失敗，就在你沒有努力了解。

19.

我的道理是「有」、「存有」。我的空無不是空無。

20.

一定有什麼原因，它成了這部小說，某個章節、某個段落、一個永恆的片語。

21.

我覺得鄉土，其實可以不要那麼模糊。

對準感情，準確的，它就成為一篇很好的、獨立的文章，而不再只是鄉野傳奇。

22.

我相信未來的文學會比現在更好，我們站在其中。

當代文學也超越了過去的經典。

23.

多數好作家都湧向台北，在我們那個時代，最好的文學雜誌、出版社、自由的大學文學院。他們接受嚴格的文學考驗，美麗的人生。

24.

用我們最現代、最當代的智慧生存，不要後退。

25.

怎樣來，怎樣回去，聰明人都懂得反覆的原因。

極為歡樂，然後回復。極為文學，然後生活。

26.
如果是假的擁戴，裝扮的成績，不要也罷。

27.
在寂靜的夜，都是文學，文學。

28.
在你們走向街頭的時代，我們正下定決心詳讀深鬱的思想理論。

29.
我喜歡文學雜誌，從小就愛來自台北的文學雜誌，因為它是最新最熱烈的文學。

30.
我不贊成為了刊登，叫一流作家去寫二流作品。會有惡的果實。

31.
走過我們的人生，我們為了「文學」二字，堅持站在一個角落。那是我們相信一個限定的理論，可以張狂它的意義，它的幻想。我們為什麼文學？

32.

讓我們浪蕩去，去一個地方，那裡只有純粹。

33.

你覺得不好的事可以栽培嗎？敬愛的作家。
為什麼你的身邊這麼多虛幻的掌聲、朝聖的平庸。
你的作品是那麼的好，你的行動是多麼的多餘。

34.

你只有感到孤獨，你才會往內心走。知道事情不能那般炫耀，你不該站上台。
以他的道德，他是完全可以。以他的文學，他是完全不必。

35.

「我會前往，我會回來，我會如約完成。今生今世。」那個作家說。
一切規律，一定是天才，一定是天賦。

（2019年）

自己

1.

天下三個人可以讓，婆婆、媽媽、妹妹！

2.

媽媽躺在床上，幾乎不講話，講不出來。

我輕拍她棉被，我說：

媽，我都沒有衣服了，你病了三年，我的衣服都穿壞了，我又變胖，穿不下。沒人幫我想衣服，我真的很難出門了，你一定要快點好，幫我找師傅做衣服，真的真的不行了！你真的要起床、該起床了！！

媽媽眼睛一亮，說：好。

3.

彷彿有一種錯覺，每一篇文章都為了寫「母親」，好的、生氣的。

4.

不是不想社交，是因為能力太不足，外型也不能！

盡力所能盡力的人生！

5.

他說：「我也不是一個善良的人、單純的人！那只是我的基本動作！」

6.

「我還是不能與妳分手」

我今生最恨的女人、最愛的女人！我的一生都在妳的手掌！

7.

我祖母說：「妳若學會煮飯、拖地、洗衣服、擦桌子，妳的一生就完了！」

所以她總是跟在我身後，收拾我丟的剪刀、紙張。我總是在一個空間想東西！

8.

也不見得穿著樸素的人，就心裡樸素。

也不見得種花種草養雞的人，就與世無爭。

9.

如何使你輕鬆、如意、舒適、愉快的人生（晚年），就去做！

10.

窮就用窮的方法，胖就用胖的方法，無盡美的人生，千千態度。

11.

他媳婦要幫公婆家付冷氣費和全年電費。

兒子說：他們只是要省錢。不冷氣、不電風扇，他們不是沒錢。

乾枯的。裂開的鄉情。

12.

明明妳是魔鬼，我卻把妳當作天使。到底我有多奇幻！到底某個我有多失敗！

語言時代

（創造新語言者）

1.

創造新語言的人，就是創造歷史！這個時代。

2.

就讓那些粗糙的，流蕩吧！
就讓那些古典的，重回美的驚奇！
就讓我們這些觀眾，零星的上台！羞澀地鞠躬。

（戰鬥的意義）

1.

在大環境中，在複雜中得勝與失敗，
使我們迫切人類自由的邊邊，迫切高昂的真理！這就是戰鬥的意義。

2. 我喜歡整齊劃一的節日，整齊劃一的國家。救國團的大哥哥大姊姊。

（破裂的音樂）

1. 那是已經相當成熟的音樂，好音樂。但社會運動很迷人，它可能需要有破裂的音樂。（有一點點缺陷沒關係。）

2. 他不只是政治，他創造了一種生活方式，生活熱情。

（勝與敗同義）

1. 勝與敗同義，都是一場嘉年華。

2. 誰能夠不斷領先思想，誰就領導這個時代。

天下

1.

不可以被自己犧牲，也不可以被別人犧牲。

2.

人，有時候是沒什麼贏。智慧、表象。只是一種勞力。

3.

我們都沒有成功，但我們一直非常真誠的努力，與努力。

這就是我要的。

4.

你不會永遠那麼美，在你最美的時刻，走向熱烈。

5.

無需對不懂你的人負責任，無需對天下人負責任。

6.

夠聰明，不一定會贏，

但夠聰明可以維持一種堅持的姿勢，

叫做美。無與倫比。

7.

對於我們這種人，我們只想讓有創造力的人勝利。

這才是社會。

8.

聽到他的名字，所有人都全身一震，但又儘快假裝不在乎。

原來天下人好愛他！

9.

人生是一場迷。對美、對創意、對力量的迷戀。

迷與交錯。圍繞與流轉。

天涯邊境，風中的某個口號

1.

我們應該努力讓真理復原，讓最好的創意，重新站到台上。
讓最好的人，最高昂的口號與手勢。永遠保存天之底下。
（那某個畫面）天涯邊境、風中的某個口號！

2.

像追逐一種思想，當代的煙與塵。

3.

更多人，他要的是一個價值，一個生命價值。如果一切可能。

4.

希望永遠不會結束，英雄永遠在青春的讀本裡。

重刊時代

1.

一定有什麼深沉的原因，一定有什麼勝利的手勢。一定厚重。

2.

如果生命那麼簡單，凡人所為，那我們何必深究。

3.

我們當然是為了文學，而真心喜歡。我們當然是為了政治，而真心喜歡。
我們怎會為了虛假真心喜歡？腦筋壞了嗎？

4.

如果有人，愛那人像愛神一般。愛人像愛神一般。
那就是愛，淑雲。（其他不配）

5.

我想從創造和創作的觀點，來談論情勢。或者這應該是重點。

6.

世界不是屬於最有毅力的人，世界是屬於最聰明的人，智慧戰勝一切！

努力只是努力。智慧戰勝一切。這就是人類文明。

7.

每一天都會改變我們對世界的看法，有時我們謙卑地像一朵野花。

8.

人生，不是一套鄉愿的理論，也不是一個平乏的原則。人生是驚濤駭浪。

9.

有一種時代，文字已枯了，語言已枯了。惶恐度日。

10.

好人應該如何治壞人？好人不能都像古典小說男主角，出家修行啊！

我們需要政治家，完整的理論

1.

我們需要政治家、哲學家、文學家。我們的社會需要一套理論，完整的理論。

2.

最好在孩子大學時代，就讓他接受一套完整的知識理論，選擇這樣的科系。

這是他一生非常重要的精神基礎。

群眾

群眾，是一種不可思議的技巧。

歌天地間

粉絲對明星的愛，粉絲對英雄的愛，歌天地間。
那些廣大，是我們對宇宙的真真切切。

完美者

要表現那麼完美的人，
一定遭受過很大的困頓，和很大的驕傲。

和平

壞人終於全贏了，好人終於全輸了。
世界終於和平了。

華文作家

1.

華文作家中，台灣作家有一種特別的文雅，文字的優雅。
本來作為一個作家，這種優雅是必要的，仿若在詩詞裡學，思考裡學。

2.

我們花太多時間在回顧與整理，那是不對的。消耗往前的生命，耗盡當代。

3.

什麼是邊緣？什麼是島民？這是幻覺，未曾在我心中存在。

4.

又誠懇又低調，這種人在我們圈子「比比皆是」，但不代表文學專業很好。

一個好人不等於他的努力。

5.

這是一場文字的勝利。文學獎的、政治的。這是天下局勢。

比「不朽」更高

1.

如果這個方法使我生存下去，那就是我的目的。
它又是聰明的，彷彿比別人更前衛，我也得到了了解。
畢竟地球在快速前進，
我東張西望匆忙躍上一列好像目的地正確的列車。

2.

我們都老了，朽了。
但我們背負遠大的希望，子子孫孫，我們世代。

3.

你可以了解一個平庸的人，深愛他。
但那不表示你得愛一個平庸的作家。

4.

鄉土是一件很了不起的事，就好像我們說地域的書寫。
這種文字是孤絕的、絕對的。來自根本的根本。
所以文學，文字，不該受另一種文字干擾。
文字是獨創，單獨，天長地久。

5.

我們應當追求一個比作品「不朽」更高的意義，
那就是身體的存在。

好想愛上永不毀滅的自己

我們渴望成功，並不代表我們真的想要成功。
我們享受過程，並不代表人生要的是過程。
我們只是好想愛上自己，永不毀滅。

文學談論一

1.

其實，文學雜誌的目的只是要照顧有才華的人。只是要有才華的人贏。

2.

一位藝術家（林懷民）說：「好的創作者，大多年輕就發神經了！」

3.

成為優秀的評論家非常不容易。
普通的評論，是對作家最大的打擊！因為他必須和這些人在一起，面目模糊！

4.

可能我在尋找一種語言的理想。
二十歲追逐思想，五十歲追逐文字、語言。

5.

歷史文學工作者M半玩笑的對我說：沒事的，如果有人願意搞文學，搞最壞的文學，花最多錢推廣、榮譽。你應該覺得高興，讓他流行，讓他榮耀。他筋疲力盡了，呆著一直空轉，不再另外傷天害理了！

M半開玩笑。

隨便他，要文化、文學。隨便喊，最好搞得很累。只要不傷天害理，只要不戰爭。

M最後說：未來好的作品、好的作家會收拾這些。

6.

我必須讀絕好的詩、散文，

我才能寫作。因為其實我需要的是詩文中的「音樂」。

7.

文學家通常是看美不美的，

一生追逐文字之美，追逐給文字美的人。

富人有富人的美與不美，窮人有窮人的美與不美。刻薄有刻薄的美。

他們是那種人類！

談論美，死而後已！

8.

如果要從中上的、台灣史的理想看，這個作品當然非常好。
但如果翻越到底人類經驗，它……。

9.

我喜歡室內有文學，有文學的感覺，
我大概每半個月會買一、兩小箱書，
這樣的我是無比愉快的。
很多書是最近的新書、新雜誌。
有時候是一往情深，知名的作家寫了新書。
你知道我們文學就是知名、不知名。
凡是經典是必讀，不經典也重要。
你不知道隨時會有哪個作家，超越了昨日的經典。
你就會感覺整個時代是雀躍的，生命是值得。

10.

像一個詩人所言，文學家不是主不主流，文學家是風格。

11.

詩是形式，形式不一定是詩。

文學談論 二

1.

在文學上，誰都可以得罪，李白、司馬遷都可以得罪。

你不能得罪的是真實！

2.

我不是說，我們一定非要照顧無權勢者，抵制有權有勢者。

我是說，如果有一個點，它有權或有錢的分配。

我們就應該把它發揮至最好。

以無名為起點，以盡情為終點。

無論身份，以才情為終點，以盡情為終點！

對於我們這種文學雜誌，這才是（權與錢的）美麗理想。

3.

沒有思想的詩人，成不了大師。這是文字的殘酷，字句的道理。

4.

我看完了他近十本哲學、美學，我已「頭頭是道」。
可是我還真不記得他講過他什麼樣子，什麼生活事。
或極好的作者不著迷於瑣碎、生活。

5.

族群和文學有什麼關係？
文學的到底，是因為族群的不同嗎？
文學是只管你好不好，誰管你是原住民，還是平地人？
只管你作品好不好，誰管你是美國人還是德國人！
在整個文學史上，大家都是無分別的，公正的。
你根本不必站在角落。

文學談論 三

1.

為了一閃而過的美，全生命以赴！

2.

作家不該把散文當作傾倒（事物），這是他徹底的不透徹。

3.

因你心中的恨，不夠明朗，不夠純。所以你的文章是糊上去的。

4.

我突然覺得二十歲在讀哲學、文學的時光，那種複雜回不去了！

或者大師只是老了，我要自己尋索下一個回答。

5.

愛，哪需要什麼大理想？「可愛」就是。「很可愛」就是！

流行文學不都是流行作家嗎？

嚴肅文學也有它們的浪蕩！

6.

如果能不在意她文字的平凡，

會發覺擁有這位作家的澈然，

就像擁有金銀寶窟。

7.

綜觀這部文集，一部名利追逐史！聲聲呼喚！

8.

年老詩人的散文被擺在副刊很邊邊。淡了。

他是詩之國王。

他偶而逛逛文壇，但多不打擾。多不打擾。

9.

她追求聲名，但她絕不用文學追求錢。

她很窮，所以她不見讀者和批評家，免得還要買新衣服新裙子。

世界得不到她的同情。她是當代重量級小說家。

10.

是不是有一個文學理論，自己不會搞錯，頭頭是道。

別人一聽他講，別人一直搞錯？

（我看翻譯理論）

11.

語言的掌握，是要靠閱讀與潔癖的。

12.

作家說：「在現實世界裡把我當作作家，其實是沒意義的。」

13.

嚴肅藝術的肢體也是肢體，流行藝術的肢體也是肢體。

（嚴肅藝術也可能壞的、尷尬的。）
走向一種純情的感激。

14.

我們都必須認清一個事實，
後來的年輕詩人可能都比我們好，
他們已經知道自己的詩比較好，
他捧你，致敬你。

15.

無論它是如何「邊緣」，
如何「少數」，如何值得政治利用。
那個文化不好，你就不能硬說它好，
你是「說」不贏的。

16,

多數人喜歡的，應該是某種生命的優雅吧。
但嚴肅和流行，它又不一定誰一定深沉。

嚴肅雖然很美好、完美，
但有些是假象、心煩。

17.

創作的靈感，就像大明星的青春，有一天會消逝。
我們戰戰兢兢，保護。

18.

那可能是我想追求、抵達的地方？
其實也不是，那超越過我的自然。
我知道我喜歡的「模樣」。

文學談論 四

1.

我們應當很清楚，誰是好的朋友，誰是好的作家？
我們應當很清楚，誰導致流浪的文學，
誰讓我們一直追逐著血液中的虛無，無所事事。

2.

沒有人會原諒幾次彈錯音的演奏，
就像沒有人會原諒用錯詞的作家。

3.

那是很不好的文字。
但很奇怪，我看完整套書是驚顫的。
因為他們是用整個生命去寫。
用庸碌寫，用生命寫。

不好的文學，卻想流淚。
我恭敬地讀完整套選輯。
這不是文學。
這是震動。
這是人民。

4.

當年，我們文學院老師都讓我們自生自滅。
英國文學史吳潛誠老師說，我只負責每班產生一個作家。

5.

他說，他喜歡這樣介紹自己：「我是一個不出名的作家。」覺得非常驕傲。

6.

有一天，我們不再用金錢衡量珍貴的知識，
我們不再問大學畢業薪水能賺多少。
深刻的文學雜誌不用買的，因為有廣告商贊助。
有一天我們的世界會靜下來，

它會履行它完美的深厚，
我們逐步抵達。

7.

讓美好的人成功！這就是社會，這就是人群的意義。

8.

沒有最絕的開始，也沒有最絕的結束。人生奮力擊鼓！

9.

作家在群眾中，當然非常好。
但不是吶喊也不是懷舊。
如果嚴肅作家能在群眾中，帶領一個時代。

文學談論 五

1.

他說，我已經不寫小說多年了。

但我一直用一種小說的頂點技巧，在注視、批判我或別人的人生。

我沒有忘記這種最高最高的人物藝術，

它在文學批評裡突飛猛進，它充實我孤傲的一生。

2.

人之對待萬物，也是一種「委屈」。

人追求自然，但沒有永恆的自然。閃閃爍爍。

或說人的創意，後來完成了那種浩瀚。

文學、藝術、政治家完成了那種浩大。

可以奔跑的，宇宙的。

對待自然，不一定要是自然的方式、自然的平等。

而是一種進取的方式。

不是走進大自然，就叫融入大自然。這說的有點淺、有點淡。

3.

一位很好的作家說，當我離開世界，我的作品可以掃入垃圾。

不需流連，我已完成。

我以與我的當代人相識為榮，我一生的作品是為了改善我的時代。

我盡了全力。

4.

我喜歡這位評論家給讀者的「鼓勵」。

他讓我們從年輕閱讀的那些中外古典，有了重新思考的勇氣。

我們站上「歷史」的位置，反觀人類古典。

我們做了長長的、生命一樣長的一場演說。

5.

我到底是要走一條孤絕的路，擁護最優秀的作家。

還是同流合污，四處攀談？

6.

很多年前，去參加一個稍大型文學獎頒獎典禮。
一開始，音樂就超大聲，尤其在室內。
逐漸的，台上用歌唱方式，把得獎文字一一改編唱出來，肢體表演。
我嚇了一跳。
沒多久我就和先生、兒子溜出會場。
我終於有點了解了什麼。
文字與音樂的結合是天造地設，完全勉強不得，倉促不得。

7.

有些理想，是用命換來的。
不是說理想有多偉大，而是說做為一個人，有多渺小，多毀滅。

8.

說誰是誰的傳人，誰是誰的弟子，
會不會有點小看了寫作？誤解創意這種東西？
每一個人都是一個新的開始，在歷史上。

文學談論 六

1.

有時候我們看人，不是看學識、美貌，因為那可以假裝。
我們是由於一種直覺。（好像一種洪荒的力量。）
所謂知識份子。若心中都是仇恨、都是毀滅，是不會了解人間這種洪荒的愛。
是讀不好什麼書的，什麼道理。自己迷路。

2.

無論你如何解釋。你知道這個名作家的軼事，他的演講，
他的作品提及哪道菜，他是如何辛苦培養靈感、生活。
他是何等孤絕。
如果他的作品不能非常好，那就是沒有了，完全沒有！
誰管你過程如何辛苦！
這就是創作者的真實。

3.

二十年前，這本書在書店最明顯的位置，捧紅了幾位作家前輩。
二十年後再讀，文字也舊了，評論也老了。人就這樣。

4.

因為有唐詩宋詞而極度美好，
因為有德國哲學、法國文學而身著優雅。
走過晃蕩的靈感，豐富的少年。

5.

每一個人都平等，必須如此看待，每一個人生都有難言之隱。
作家、藝術家，也和農夫、幫傭相同，不過是一個「人」。
鄰長、孕婦、販夫走卒，都是一個「人」、某個生命。
沒有誰比較值得。
這是最基本的，你尊重生命。

6.

在一生中，我們有責任追求真實，而不是追求「社會大眾所期待」。

這是我對自己的勉勵。

7.

人生本來就沒有一定的道理。
女人不一定要嫁既富且貴。
台灣也不見得沒有世界級當代哲學家，
只是當代人「不想」知道，不想尋找。

8.

那都太淺太淺。
不是思想。
是排山倒海湧進來的「美」。
是美的直覺。統治整個世界。

9.

崇拜歷史人物、古典聖賢、或神明神祇等等，不如崇拜當代人。
因為只有你才「看得見」當代人。
那是真的人。

只有你讓自己，有能力分辨當代人、「逼真的人」的意義，你才會了解聖賢。不然看再多歷史都可能是虛妄。

10.

朋友說：「後來的鄉土文學呢？要不要多鼓勵？」

我說：「可能現在的鄉土文學，語言、敘事更進階了。它也不用人們奮力鼓舞，它已成為它自己。像隨時的血液中，隨手的文學。」

11.

每一種文學，每一個主義，都應該放到市面上自由競爭、自然奔放。「重點支持」，是有其荒謬性的。

12.

寫美也好，寫醜也好。不是不能寫醜，但要生命高貴。

藝術沒有什麼大不大膽，再大膽，不是藝術就不是藝術。

所有的表現，都是創作者的「道德」。

好人不一定寫得好，那是因為可能他的好，不是真正的「好」。只是世俗。

文學談論七

1.

文學，它能使人活得相當好，使靈魂乾淨。許多富裕人家，
沒有經濟壓力，多愛讓孩子主修藝術、文學。
一生接近美、幸福。
但解救人類生命的，是醫學。
這點要分清楚。

2.

你是你自己的主流，何必怕時代？何必怕狂風？

3.

不是翻譯，就一定是文學的國際化。
應該說找得到最好的翻譯家，才是國際化文學。
文學最好的方法是向深處發展。文化不要在外面繞。

4.

前幾年，台灣一個文學獎大獎，頒給一本「恨台灣」的作品。
這是一本藝術、文學技巧很好，極深刻的預言作品。
它的所有條件都抵達顛峰，
只是作者是一個一心一意，從小就想逃離台灣的台灣人。
他又把台灣底層看得很「深刻」。
我想，我們這個社會，已經成熟到連這樣大的文學位置，
都願意給一個這樣身邊的人，
我們容許他人，愛他們自己，恨我們。
我們愛所有人。
恨也是另一種愛、一種激情、專執。
當它抵達很高的藝術性。
我們愛人類、愛生命、愛恨我們的人。
所以這個社會和平了，成熟了，
社會在這時，自自然然發出了一個訊息。

5.

有一本小說雜誌，算是這七、八年來非常好的文學刊物，

幾乎篇篇上乘。不做美編、外形比任何一本書都平凡，不擺在書店雜誌架上。
我想可能只有我們這些沈默的讀者會定期買，每期買，它是我們的寶物。
出版商也沒有要賺錢。
於是現在已經停刊。
彷彿它的出現與停止都很自然。
在我們的人生，就會有段這種美好。乾乾淨淨。
有人在社會的最裡面，往外推。

6.

詩人不該被文學保護，詩人該保護詩。

7.

語言的徹底，對作家來說，其實是一件很重要的能力。
我們現在，都太容易做語言干擾，我們以為那沒什麼，或很前端。
一本好的文學，語言是很重要的原因。
所以翻譯文學，面臨語言的失真。
地方文學，也面臨語言與很大程度的違和。
（當然也有少數創作者已呈現驚人的創造）

8.

語言是一種潛力、直覺。

初民的直覺。

9.

這個作家，一生都沒有戰爭，一生都沒遇過政治迫害。

他的文字表現了「幾近一世紀的優雅」。

文學談論八

1.

我覺得，搞文學就該像他一樣一生悠閒地搞。慢慢讀寫。

2.

文章、一篇文學能不能永恆流傳，那是它的「命運」，
作者不必癡癡倚靠作品。

3.

不是我們不相信歷史，歷史真的很偉大，
大到每頁史料都在嚇唬我。
我不曉得不好的文學，為什麼拼命寫文學史。

4.

真，做起來不容易。

敢於反抗最偉大的作家，如果他寫得不好。
敢於否定價值非凡的畫作，如果其實你並不喜歡。
做真的人，即使你過得歪歪斜斜，並不如意。
但你是純真的。

5.

在淡江讀書時，最燦爛夕陽。
一個朋友住淡水河邊，喜歡邀人聊天，我很少去，去了也不看窗外，我怕河水隨時會進來。
我一點都不喜歡山和海，我覺得景物無情。
我心中自有山海，我心中自有斜陽燦爛，
我自有我要的美或偉大。
我其實不需要外面的東西。

6.

智慧和青春一樣，都是「短暫」的。
智慧沒有比較偉大。
青春是極致燦爛，智慧也是極致燦爛。

人走過青春，五、六十歲擁抱智慧，
但七、八十歲就忘東忘西了。
智慧也不長久。

7.

並沒有每個人都跟我說我可以，並沒有每個人都愛我。
所以我是好的，我是安全的。

8.

前輩的話我都聽進去了，
做一個低調的人，高調的愛。

文學談論九

1.

穿過文字語言、作品思想、美學經歷的一再考驗，
穿過整個台灣文學不停止的創造力，他只是千百創作者的一例。
我們不要錯過時代的大師，更不要小看沒沒無名的作者。
歷史有時候只是必然與偶然。

2.

其實對於我們這種人，只有一個目的：寫好它！

3.

七十位最有名的詩人，和七十首最有名的詩是不同的。

4.

怎樣的形式，怎樣的狡辯，就是為了浮現哲學。

5.

了解作家生平，不見得能了解他作品的內涵。
就好像一個遊歷全世界的人，
不見得比一個終生在小鄉村努力工作的農人深刻。

6.

我不知道人沒有創意會怎樣？
可能不會怎樣吧，只會敗亡。

7.

可能不是因為它是否繁複、是否生活？
是因為作品是否近文學、文字哲學、文字美學？

8.

其實我覺得我們的文學、文化有很強的進步，
它不一定要反映在看書的人口，雖然我是寫書人。
讀者不一定要看我們的書，只要他進步神速。
文學作品出現了驚嘆、甚至曠世，

即便它是少數，它還是強力帶動我們。
我們的文學、文化造成一種社會，
你看當代詩的盛世，你看媒體底下的留言，個個是寫手，
甚至比媒體本文寫得更好。
這是我們現代社會的一顰一笑、字字句句。
雖然極普通的文學還是一片書市，但是更強的挑戰人物，
更艱辛的文字創作者，我們一直不缺乏。
有一個文學、文化世界，我們很樸素、很專情，
這就是台灣文學。

9.

寫作家的軼事，並不能對作品或文學如何，只是糾纏。
創作和生活是不同的，
很多思想，生活中永遠看不到，平凡永遠無法企及。

文學談論十

1.

只有你對得起你的讀者，你的讀者才會對得起你。
只有你光華了你的讀者，你的讀者才會光彩你。

2.

最不耐文評有本省作家、外省作家之別。
那是對作品價值的誤導，那不是真誠的文學批評，也不是文學歷史。
那是人為的偏頗，文評者在文學史中的迷失。

3.

他的散文，有一種氣氛，
也許他所有作品要的就是這個，他並沒有要說明什麼（甚麼思想）。
整部作品為的是感覺。

4.

從小我總認為，只要我有創意，只要我還是得文學獎，我是不管別的了。

班上，同學？

可是因為這樣，我的周遭總不好。

最愛打扮的同班同學，考上文學研究所第一名，讀不下去被退學。

我們縣上的縣長，十年前的演講和十年後一模一樣，卻繼續連任並且高升。

我雖然非常生氣，但我沒有努力反抗什麼，吶喊什麼。

所以我的社會十分無聊，我的國家非常平庸。

我到底在這群人中，始終想不透為什麼一大堆平庸的作品，

在文學副刊不斷的重複？這個時代還有沒有自己的思想？

近年，我開始追逐更高的創意，更高的社會的理想。

我發覺我必須努力發現，那種活潑，那種熱烈，那種會滾動的力量。

我開始走入社會、走入網路、走入政治。

尋找全身創造力的時代人物。

活的，生動的，天底地底。

5.

創作者只是以不同的面目藏身人海，

他們不是不創作，他們在觀望這個世界的最徹底。

6.

一個文學的完整時代，不帶遺憾的完整時代。

那種平靜，用文字說服他的光陰。

那個人！

（致敬楊牧）

7.

我們繼續喜歡我們喜歡的東西，支持我們要的理論，你不會影響我們什麼。

關於無知在世界的某個地方，某個文獻。

自己的社會自己救，自己的文學自己救。

文學談論十一

1.

我覺得要收拾這個時代的散文，真是千言萬語。
對於散文，這真是個很壞的時代。

2.

我們當追求生命靈魂的公正，
對一個作家來說，這比追求歷史意識或歷史定位重要多了。
文學不是編年記錄，可能也不會服從某一段政治。
文學是整個人類靈魂的吼叫。

3.

不管我們是否跟得上光陰，我們都在光陰深處。

文學談論十二

1.

人活在城市的某個巷弄，我覺得那是很完美的居所。
穿過文明，穿過煙塵，與一個城共存活，共藝術，
一個完美創作者的居所。
不再是山上、鄉下。

2.

每一種表達，有一很高的境界，叫準確。
文字一樣，口語也一樣。

3.

我們拿到一篇文章，也不必分別它是古代或現代，
或它是史冊上的，它就是一篇文章，獨立而尊嚴。
你就是尊重地閱讀它，判斷，在你心中留著它的價值。

那就是意義，甚至時代意義。時代是自然浮現的，當然浮現的。
我們喜歡那種呼氣，那種空氣，時代的空氣。
「當代」、「時代」對我們來說是一種極致，
破天荒的，天地荒老。
不管文章會記得或過去，我們的永恆應該是我們無時無刻的判斷、反覆、繼續。
那些孤獨的，致力的反省。

4.

批評者說，這部文學史，文學的價值不高。
（是說因為它政治的考量太明顯。）

5.

不要黏著自己的文章，不要過度信仰它。寫過就永遠，寫過就罷手。
它只是你的思想，你還有身體，你依然是你。

6.

有時候順著流行做事，流行使你光榮，流行也可能傷害你。
我們活在潮流，我們要說得清楚潮流。

7.

每一場表演都是獨一無二，
不要活在上一場的表演中，不要活在多年前的掌聲裡。
作家也是，不要活在上一本、上上本書的掌聲中。
你的讀者在「思考」你。
引領群眾，或「跟得上」群眾，隨時看得到台下的臉，
看得到讀者的表情。不停思考。

8.

學問到底有什麼好？學問真的很好，
它在有才華的人身上，打好了基礎。在沒有才華的人身上，
悔恨張望。

9.

沒有思想，只有技巧，永遠都是泛泛之輩，不會改變。
我們要往哲學追求。

文學談論十三

1.

有人可以論述，但他無法服從。能論述能服從者，可達到一種偉大的協調與均衡，是所謂真正的和平。

2.

我最喜歡挑戰艱難，我最喜歡挑戰權勢，直至世間灰飛煙滅。

3.

人生，你不見得要是一個正確的問題，正確的答案。你只有創造，你是真的想過，文字、群眾才會往前走。

4.

有所為，有所不為。有所以為然，有所以為不然。一種誓約與願望。

5.

2019年和2014年台灣的社會語言（文字），其實就有很大速度的進步，群眾在奔跑。我們和我們的時代追著跑，語言一路拋擲。

文學談論十四

1.

我無法卑微地像一朵小花，任意張望。我無法不意志。

2.

永恆真正的意義，可能不是時間的長久？
永恆真正的意義，可能是瞬時。燦爛。我假設。

3.

有時你做一點編輯，那並不代表創作的你犧牲了你的單純。
那是一種規律，人生的紀律。
你就是晃啊晃的。生命像一純色的波浪跳躍。

4.

我很開心理論與它的背叛，我很開心我們的世界超過一切，超越的創造。

文學談論 十五

1.

文學不只是一直寫，它是一種調子，一種調調。

2.

我從來不會想我要是個好編輯，
因為我們的目的是讓文學雜誌好，文學好，不是讓編輯好。

3.

文學和歷史是不同的，戲劇與歷史也是不同的。
不必一廂情願。

4.

不是我多愛文化，可是一個沒有文化的社會是不行的，
像一個粗劣的人形。

5.

有個作家（閻連科）大約是說：
「藝術是殘酷的，藝術不會因為你在現實、政治受到多少迫害，
而增加你作品的價值。」
也是，每個人都必須是真功夫，
每個作家都無法取巧。

6.

不管天才或庸才，有些道理，
天地間的論理，是我們必須遵守的。
行走世間，我們堅持了什麼？
我們是否把握了自己，看清懸崖。
狂亂地愛著自己與別人。

7.

那是某個扭曲的很厲害的（文學）世界，
其實我真的滿怕進入那個地區性的語言世界，
我怕其實是我誤解了什麼。

8.

劉再復：

一個覺悟到「文學狀態」的作家，

他就會捨棄市場、捨棄功名、捨棄榮華富貴，

也會捨棄自己的「主義」。

9.

老作家教了我一個最不虛榮的原因，

它使我卑微，卻救了我的文學。

10.

有一種中文，是翻譯似的。其實它應該不是中文，它假借了什麼。

11.

不修飾的史料，是一種寫作的打擾。

12.

每一首，每一個字都敲著，

音樂地，音樂地。

13.

他其實不是一種中庸的儒家，
中庸的道德，但他成為華文文學批評的巨人。
書名溫和、偉大。
但內容澎湃、翻騰、苛刻、奪恨。
他說明了上一代一場孤獨的評論、論說。

文學談論 十六

1.

我想重回詩詞的起點，尋找音樂的驚馳。

2.

詩還是要有詩味，詩還是要有詩的原因，所有的諒解都不會是詩。

3.

尊重某些族群，不是用他們未及抵達能力的大獎項，侮辱他們。很努力使它偉大，只是讓他淹沒在繁複、競寫的海裡。一再錯寫。

4.

一個演員最重要是身形、表情。
一個作家（藝術家）最重要是他的誠實。

5.

他誤以為那是藝術，所以他為它犧牲了自己的生命。

唉！

整個世界都是騙子，你怎會騙一個最傾慕的心？

偉大的作品要讓你能活啊！

6.

優雅，是外部的光鮮亮麗嗎？

請問那作家，你的文學是否純粹了什麼？深刻了什麼？

你彷彿是，就站在文學館內廳。

你並不是當代寫得最好的作家，

但你是品德最優雅、品德最優秀的作家。

這樣說才公平。

7.

你每一次考試，都是重新考試。你每一篇文章，都是重新開始。

讀者會因為對你的好感，給予容忍，但絕不會容忍多次。

每一篇文章都是考驗，永恆在奮鬥！

8.

文學，不是一種妝容。

詩，不是一種化妝。

9.

形式之絕美，所以為詩，這是現代詩。

更深沈，所以出神、入化。

10.

作為一個作家，你一定要比你的文學作品更聰明，

一定要如此。

（2022年）

整個世界靜止了

1.

他的文中，幾乎沒有美存在，他很乾燥。
但整本書卻有一種狂妄的荒，
一種荒原恨過的，一種天涯的未完！

2.

文字不能被文字迷惑。
有時候你必須當作它不太重要。
它不是你的形象。

3.

文學就是文學。
沒有農人、工人、受過政治迫害，就比較文學。
大家都比努力，比天賦，不比勞作。

4.

我真完全搞混了，我是要往文學走？
還是要往不懂文學走？

5.

我隨手拿起地板上，女作家T今年的小說，她幾乎每年一本，
看了近十頁，我內心驚呼：
「啊！」T今年69歲，她從未失手過，但這本真的不好。
她69歲了。
如果連T都老了，華文世界的小說該怎麼辦？

6.

當T寫出那幾本小說，整個世界靜止了？
我相信有那個世界，我也幾乎不相信有那個世界！

7.

人生也一樣，寫作也一樣。一再模擬勝利的姿勢，是不夠聰明！

8.

我慷慨激昂地論述兩位我愛的作家。

我沒說名字。

A說，是誰是誰？

我幾近發抖寫下他們姓名！

9.

早上六點跑去超商喝咖啡，

小弟說他眼睛2000度，殘障，政府一個月補助三千多元。

他問我，寫作不是很難生活嗎？

我說我從小就在這個行業裡，

我已經幾乎找到，一種在這個時代生存的方式！

10.

世上真偉大的作家，可能早上八點就進圖書館，晚上十點才出圖書館。

可能他們和旅遊、或住鄉野山上，這些事都無關。

文學流淌

1.

這首歌，這首文學，流浪歸鄉！
文學流淌成歌，流淌電影。
文學流淌美的任何形式，那高昂的價值！
每種流行，與不流行，都應當放到市場上去。
代表每種孤獨！

2.

我又躲進來，世界。
我也可以照我自己的方式生存，千萬不要站上舞台，
不是不是。
感覺上，文學創作者較沒有金錢概念，其實也不盡然。
許多淡泊，是因為真真切切的活，確確實實的計算。
是因為活得「好」！

3.

這是一個很完整制度的文學團體，與城市比劃高度，豐盛的鄉鎮，絕倫精彩，文學端上桌了，作家老了，智慧了，燦爛！

整個詩的、小說的、文學獎的台灣。台灣盛世。

4.

文字有文字的使命，詩一般的人間。

我們要面對世界的不詩情，文字的破裂、失敗。我們要面對文化的塗去。

5.

讓沒有勢力的人也能出現。世界不是權勢、名利，世界不是只剩下這些。讓愛文學、不愛權勢的人也能出現！

6.

我幻想理想、幻想愛情，但我通常「不幻想」文學（即寫作）。

作為寫作者，我知道它是一字一字。

我也不幻想翻譯的可能與不可能。

7.

精緻的散文，那不是歌，那是口吻。那是一個少女的口吻。

8.

美的討論，或已超越文學、哲學。我們湧動生命的直覺，存在。
讓一種爆發！
寫作的路途，我永遠不知道明天在哪裡？
明天還有靈感嗎？
我小心走過一條街巷，小心保護我的腦子。

文學是你愛的能力

1.

寫得非常好的，不是很多。
演說得非常好的，也不是很多。
人生本來就是一場表演，
何必說破他愛人的能力。
所有都是愛的能力！

2.

朋友勸我，寫得淺顯易懂些，較多讀者！
我回說：「去死啦！本來就很淺！」

3.

文學就用文學的鍛鍊贏，不需要流行的、小道的。
那很弱！

4.

文章沒有什麼短文、長文；詩沒有短詩、長詩！
重要是好啊！文學好啊？！
再長的詩，文學不好，也是荒廢。
敘事、歷史、綿延的思想。
必要上乘。
所以不必覺得長詩才能入史。
這不是勞動，勞作！

5.

翻譯文學，它是一個轉折，一個商量！

6.

我們會繼續活著，活著像一個刺蝟，活著像一抹光榮！

文學不是親戚

1.

文學不是親戚，文學也不是父女，文學更不是手足。
文學不需要負（這些）責任！
文學不是寫給這些人看的。

2.

我較少和那個範圍的人來往，
是因為我被寵得太慘，又被漠視得驚訝！

3.

就這詩嗎？
你真的要如此？
你真的要不流蕩、不論辯。

4.

一個作家，和他的高傲有什麼關係？
一個作家，真正有關係的是作品品質，而不是他的性情！
所謂高傲、卑微，只是他願意成為的姿勢。

5.

厘俗、民俗，它基本上都可以口語，
但它離文字的深處、深度還是滿遠！
這是為什麼地方性語言，可以可愛，
卻不容易到達文學之最深沉！

一首音樂換一整個世界

1.

一首音樂換一整個世界，誰說流行不如古典？
誰說當代是短視？

2.

我會看很好的作家、不好的作家。
再想想看文學史上很好的作家，是不是真的那麼好？
有什麼我不能做，不能重複的創作上的錯誤！

3.

最好的愛情，是與兒子的愛情。最美的愛人，是兒子！

4.

我不過是一首偶而還不錯的流行歌曲！幾個小節！

5.

任何文學的姿勢，我都不耐煩。
任何文學的稱號，都不是我！

6.

每個人都會在大歷史裡歸隊。
在寫作中。
有一種人，他都提拔比他寫得差的人！
有一種人，他都提拔比他寫得好的人！

7.

這麼低的地方適合我，
我適合站在台下，我才能遇見我愛的真實。
任生命去啊！

8.

半個世紀的文學輝煌、文學血脈、滿座師生，
抵不過後代詩人橫空出世的一首詩！

最好的文學史，或是一種「排除法」，排除無所謂的大師。
讓真正的、文學的純粹顯現。
註：排除法是文學史學家李維斯的見解。

9.

我很個人！
我比較常看詩刊、詩史、詩選、文學評論、文學史、
文學刊物、哲學、長篇和短篇小說。
讀詩，我是依靠其中的音樂！
很多時候，文學、政治都是一個語言的問題，
準不準確的生命感覺！

10.

這個人很虛榮，攀附富豪！
但他卻寫出幾乎絕世的歌、真摯。不可思議！
人生，或許有更高、更高的境界，
我們從不知道！

11.

他就是。很詩詞。這是評論的表面。
這個詩評好像使事情更複雜，語言無理由的纏繞，
直至完全無法釐清！
彷彿，他正在嘗試一場偉大的詩創作，
與些微的毀滅！

12.

不想與人來往，是不想有些意見不能寫。
不想人情牽扯、人情誤解。
或一切都為了作品！
一切都為了諒解！

出現很強的哲學詩人？

1.

看那個地區的中文，始終不能透徹，也不能很美。
我在想為什麼他們普遍這麼「不熟悉」？
是因為他們太熟練他們方言，而有所阻擾？
真的可惜，極美的中文，可哲學、可詩。無以比擬之境界！
或許，心裡只能一種流淌，叫透徹！
像這樣趨勢，要出現一個很強的哲學詩人，要很努力！

2.

土地和文學有什麼關係？土地和文學就是簡單的疏離、遇合。
像農莊一樣的荒涼、孤獨、風。

3.

44歲，尼采寫自傳「瞧！這個人」，他徹底瘋了。

尼采如果不是瘋子，就是他的譯者瘋了！

4.

我每次出書，都希望拒為讀者簽書。

因為我認識的文字不很多，

我的文字是用「思考」、「思想」的！

5.

這文字，精準地捉住那抽象，甚至抓住那幻覺！彷彿是的。

現在文學的極致已如此！

既然繪畫可以幻象，文字也一定可以幻覺！

老有一種源源情懷！

1.

我突然了解為何張愛玲晚年都不理人？
不漂亮不必理，不必接觸這世界眾人的看法，
老有一種源源情懷！

2.

你不能為了文學而文學，為了原民而原民！
你的歌這樣誕生，不會「好聽」？

3.

有一次得獎。
校長在宴會上對我說：「妳還沒寫得很好，妳要加油。」
他以為我會怎樣！不理他我轉頭走了。
好不好，我不知道嗎？

又有一個宴會，我正開心的轉圈圈。當年縣長憂鬱、深沈的指正我。
我為什麼不能驕傲，我為什麼不能跳舞，
我為什麼要如你們一般處處提防？你是什麼鬼！

4.

文學史的寫法。習慣是唐朝李白杜甫，宋朝蘇東坡。
楊牧、余光中，生於何年，著作有何、卒於何年，
屬哪個詩社、文學特色、時代。
有人用作家的時代現象、作家文化現象，作家作品現象，
寫成一章章專論、每一時代的代表者。
譬如論楊牧與抒情、三毛與流行、陳映真與中國。
當然還是依編年、時間，
編成厚厚扎實、鉅大的文學史！史學一覽無遺！覺得十分充實！
看了時代人！負責的時代人！
像夏志清的「中國現代小說史」，志氣宏大！

5.

我突然發覺，詩，不能用看的？

應該用語言讀出的？

6.

人的一生，真的要去走一趟文學系，
那裡創造的澎湃創造力！

7.

那時候，我夢想我出了第一本書，
我走過營養師大廳長長的廊道，我將我的書送給營養師，
她是我當時唯一、唯一的朋友！

8.

他說，台灣文學是血淚的文學。
政治人搞的文學，搞的邊緣，有種無奈。
文學是思想之美，美學之美，人性。
文學是有點歷史，有點不歷史。
整個世界，都是審美的結果，對一個創作者的技巧來說。
台灣文學、中國文學的巔峰，可能也是審美！

男人女人都覺得，在他一生總算遇見愛情了

1.

妳沒有我聰明，因為妳沒有選擇善良！這是最簡單的一條路。

2.

廣告公司給我的訓練，文字必須準確，不準確東西賣不出去啊？！

3.

我也懂一點哲學，
我高中最喜歡的課本是「三民主義」，大學是「尼采」，大學後是「叔本華」。
對我來說，這三者都是曠世巨人！

4.

有人說智商不在高低，只有不斷重複，使其爐火純青？
這說法滿鼓勵的！

5.

作為一個文學編輯兼創作者，
你就是要去登那些寫得比你好、才華比你高的作者，你的雜誌才叫好！

6.

我很像「沒有」什麼朋友的人。
我早就在計劃，如果AI取代，文學也「沒有」了。
我不一定要怎樣，也不一定要現在的我。

7.

我是知道她對我做多可惡的事，但我還是原諒她，
並不是我有多珍惜我們長久的友誼，而是我本來就是這樣無所事事的人。
即使關於我的文學，我還是可以藐視她。

8.

像我們這種小島，要的是理念、思想！
不是追隨！它會亮起來！

9.

他們那群人，都有一種清新，有點薄，有點甜美。他們是這世紀的永遠。

10.

我們是一個島，我們可能不是國際戰略雜誌上的那個島，
我們可能不是驕傲的；是我們流水日月的某種智慧，流水日月的某種身形！

11.

男人女人都覺得，在他一生總算遇見愛情！！

12.

我小時候很呆，我以為貧窮都是好人。
我希望這樣。

13.

政治不用怕文學，文學也不用禮讓政治！
我們的文化獎、國家文學獎。

14.

他的長篇小說，每一頁都久遠。浩浩蕩蕩，好像狂收的寶物！

15.

寫作者心裡應該有一本文學史，
自己的文學史！和文學批評！經由自己大量閱讀、自己判斷！

16.

如果看文學是看名氣，那你是滿悲哀的。

17.

我喜歡陳說的：不要注意詩人，要注意他的詩。

18.

一句詩文、一篇文章都是我找尋的方式。
可能我還有其他非世俗、世俗的形式，
譬如說社會交往、醫美。

19.

文評家有「歷史已經認為」、「歷史固定認為」，這是很糟的習慣、致命的懶散！

20.

文學只有更深刻，你怎麼可能更地區？所有台灣最強的作家，都日夜埋頭寫，埋頭深刻。

詩人對整個時代的單戀

1.

你可以假裝，歷史會略過你。
在這個世界的規矩裡，規矩裡，你可以做表情。
你像偌大海洋的魚。
你可以偽善的迫害，你可以快要被迫害。
但你不能真的毀滅人類生命，你就是歷史的惡的敵人，
無法返回了！

2.

不犧牲任何一滴鮮血，這才是真自由！
凡讓人民流血的領導者，都是歷史的失敗人物，不必搭理他。

3.

戰爭勝利和家破人亡不就是同義詞嗎？

我們要保衛誰？保衛我們自己的愚笨嗎？
為什麼我們不是用低姿態去求得世世代代繁榮，
求得全體年輕人可貴的生命？

4.

看思想，就像看品行。看語言，就像看徹底。政治是一部哲學類似。

5.

我覺得我不要再看這些不正常時代的故事了。
我要努力的使我的國家正常，每個人都做努力。
可以每個人都乾乾淨淨。

6.

「愛政治，就像一種單戀。」
就像一種詩人對整個時代的單戀。
我好像網路上聽人這麼說。

塗鴉歷史

1.

政治是信仰，政治是一群人一直一直，地老天荒。
愈來愈精緻、精細的政治，會淘汰卑劣。
愈來愈純情的詩歌、文學會屬於政治。

2.

他就是絕，所以驚奇、聰明、美得嘆息！
他就是絕，所以沒有退路，所以躲過了。

3.

時代是擋不住的，
不要想偷取別人的快樂，偷取眾人的快樂。
在歷史上畫上你的塗鴉，有什麼意義！

4.

我們都躲開了這個平乏的時代，
舞台上那個永遠唱不流行的流行歌者。

5.

這個媒體。
好像演一齣戲，男女主角都不「美」，
好慘。

每句口號都很徹底，從底部翻越

1.

他的優點是，他的每句口號都很徹底，從底部翻越。
顯然他是個很「了解」的人，或深具才華。

2.

我們對語言的敏感，對掌控語言的人，我差點要誇張說：
到天荒地老！

3.

說讚美（他）的話，他聽不進去。
說寫實，他一定聽得進去。
他是個活著的人，一個特別好的人。

4.

我們會在一切的頂點相遇，我們不會走失。

5.

大家都是歡欣鼓舞地喜歡，喜歡你。不想你太激烈。又愛你太激烈！

6.

對我來說，真實就是虛幻，虛幻就是真實。

7.

權勢沒有不好，而且是非常好，

但沒有人會平白無故給你這麼貴重的東西！一定是代價。

8.

他的政治和哲學，走在不可思議的境地。

9.

用最能生存下去的方式生存，沉靜、低頭。往世界走去，無限智慧，些微謀略。

無論虛實，都令人嚮往

1.

有的群體，厲害的是台上的人物。
有的群體，厲害的是台下的眾人。群眾智慧。

2.

文學就是文學，政治就是政治。
好的政治才會是文學。

3.

活著的文明，不過是求一最溫柔、最善的平等。
不再權勢，不再矯情。

4.

一個群體，帶著很高的智慧，充滿泥土，充滿人生。呼嘯過風。

5.

我喜歡他的政治，我喜歡他把政治當成詩。
他的寫手都是極好的「詩人」，他的人民都是詩的對象。
無限美的絕對，無限美的境地。
他找到一個境界！社會一種審美的力量！
所以政治不偏執了，政治不是不能寫了。

6.

總是好像好，又好像不好，
我們的推存，我們的崇敬。
總是我們不能推出最好的，因為我們這個世界原本就不夠好，
世界配不上他。

7.

說主義、說論理。
因為那是一種「孤絕」，無論虛實，是非常令人嚮往的。

8.

他讓群眾的每個人，人生很完整、很完美。
他讓每個人「彷彿」得到幸福，抵達了什麼。
一種很高的品質。
一種很高的政治狀態。

甚或是偏方，維護世界和平

1.

你永遠都在追著他的創意跑！

2.

我用這種政治的方式，在紀念我的人生。
我覺得較浩瀚。就像古人用史記。

3.

（我們不是敗給英雄，更不是敗給自己！）

最慘的時刻，人很慌，時代很慌。

你焦急地收拾身分證、兒子畢業證書、七本你寫的書。
你可能要逃到鄉下，鄉下的鄉下，然後絕路。
（俄國攻打烏克蘭、然後台海飛彈—）
原來如此，我們過了一生的榮辱，

最後結束在別的族類的無知。
我們結束於更低等的。
我們竟然不是自己宣告自己的死亡。
竟然不是那樣的尊嚴。
我們竟然帶著無解的冤屈。
我們的一生竟然敗給「極弱」的人的無聊。
我們不是敗給英雄，更不是敗給自己！

4.

被世界拿來當偉大的戰事喧嚷或預告地，
這樣的民眾、國家是極度丟臉的。
（每一個人，在世界的大家庭，都應該想盡一切辦法，
甚或是偏方，維護世界和平！）

我們相信的是洪荒的、直覺！一種人！

1.

妳的人生是完全美好的開始！
沒有歷史，沒有包袱，妳是唯一！

2.

獻給站在政治藝術巔峰的人！
政治和文學都是一種誠摯的表演，完全誠摯，才能真正抵達頂點。
才喊天份！

3.

這個學者，他有多苦，他的國家有多苦，
他為什麼要繞過整個地球、半個人生，去擺脫那些主義？
他為什麼像個囚牢？
他為什麼要反教訓、追求自由？

自由為什麼必須追求？
它不就永遠在那兒嗎？

4.
一個內涵的，一個表象的，他都走得十分完美。

5.
他真的，連天都要嫉妒他。

6.
如何把人群看作人。
不能把人群看作每個人的人，
她是沒有資格搞群眾的！

7.
面對對抗，就像求知，
面對知識的方法。

8.

我喜歡規規矩矩的國家，古典詩詞的少年。

9.

聰明的人不該被不聰明的人打敗。

世界要交給誰？世界要交給何種扭捏的幸福？

10.

一個口號，表示一個修養，表示一個社會的深度。一個史的性情！

11.

我們是為了某個理想，某種方式，再厲害的世界也不能分散我們！

12.

政治只是我要活下去的方法，是一切方法的前方。

13.

我喜歡這樣的語言，這樣的調子，這樣的手勢。所有審美的手勢！

14.

（一種品質的生活）
是與非最重要，其次這是不是一種品質的生活？
一種你要的詩。

15.

準確，與有點不準確，確實存在於理論之中。
但這不是相鄰，這是天壤之別！

16.

你問我為什麼？我怎能告訴你為什麼。
我們是對手，你必須比我更聰明，你只能如此啊？

17.

這個媒體，它已經失去偏左、偏右，或偏藍、偏綠的哲學。
它已經偏向邪惡了！
（它沒有思想。）

18.

這個平平凡凡、結結巴巴的世紀！

19.

輕輕鬆鬆表現自己思想之深刻，
是語言之絕，是思想在心中的無比的流暢！

20.

如果沒有論述、如果沒有發亮般的才華，高高名望只覺得很好笑！

21.

他是壞人，可是他也非常努力，用自己的壞要改變世界。從這一點了解。

22.

她不喜歡他，也可能沒有要怎樣吧。
她喜歡他，也可能沒有要怎樣吧。
人都活得一種禮貌，禮貌內藏著性情。
變成一個人。

23.

推戰爭是邪惡的，說如何如何抵抗。
這是人嗎？
舉凡防禦、武器、誰支援、國際友人，
都令一個看報紙的平民百姓噁心！
我們的人生就這樣完了？

24.

我們相信的，可能根本不是主義，
不是價值，也不是民族！
我們相信的是洪荒的、直覺！
一種人！

政治的形上，是一種品質

1.

不敢讓最聰明的人出頭的國家，在這世界不會贏！
就像不努力推銷最好的作家的文學獎，只剩拍照和送往迎來！

2.

政治的純粹，像音樂，像語言中的樂音，音樂的故事！

3.

愚笨的走上台會怎樣？不會怎樣吧！
只覺得底下世界竟然有一剎「美」得側目！
呆得側目，垮臉得側目！

4.

政治的形上，是一種品質。

「真形上與形下，並非形式的對立，而是兩種完全不同的世界。」

（「純粹詩境」p.85）

5.

政治。這是一個「眾人」的觀念，你一定要心疼每個人！

6.

（即使是我的父母、子女，也無權叫我為誰流血。何況陌生如你！）

我們不犧牲任何一滴血，憑什麼要我們努力奮戰，憑什麼你的臉！電視上。

7.

他們的人群中，沒有很強、很創造的論述者和思想者，

所以領導者只能一直重複述說，安慰他們廣大的人群，

人群也如痴如醉，讓大家彷彿安靜、平靜！

好像你在聽一個老者，訴說文學史，其實你就是文學人，

整本歷史你都知道了，你只是那種「文學的幸福感」，只是那種幸福！

你只是那種政治的幸福感。

8.

只管你準備了多少，充實了多少，你是否極度聰明？

9.

（他生命的方式）

她在談A的形象、溫暖時說：

我很高興在我的人生的晚年遇見A，

他生命的方式，總算我這輩子沒有白活。

美好的、與世界的相遇！

1.

你不用管我，我自己會走，我自己會經歷，
我自己有一個美好的、與世界的相遇！

2.

（有你陪伴的時代）
一個集體的願望。
我們只是希望你存在，在世界的某個漂亮的地方，可以探望，也許在網上。
甚至，我們只是希望你的「創造」存在。
一個當代的、集體的、燦爛的願望。

3.

我走累了，我抗爭累了，我要努力回到我阿公阿嬤的公平、和平。
我對整個世界不屑一顧！

4.

去學學那商界文案？去看看那些壞蛋如何壞！

5.

最強烈的人，就會是你最好的朋友。

永遠不要相信普通、溫和，因為他沒有能力愛！

6.

我只在乎，我的國家能不能是一個審美的地方。

他們是我們時代的永恆！

1.

我關心政治！

我幾乎從沒去過任何造勢。

但我崇拜那些群眾的瘋狂！我崇拜他們的純真！永恆！

他們的聲聲叫喊是這個時代的永恆！

韓粉，會是我們這時代的永恆！

希望，每一個人都用自己的方式，欣賞我們的時代！欣賞個人！

2.

不與沒有創造力的人同時代，不與傷害生命者同舞台！

3.

令人厭惡的排場，令人厭惡的官場，不忍目睹。傷害平民的真誠！

4.

把群眾看成一群人，是不對的。必須把群眾看成每個人。這是完美的政治家！

5.

我覺得他在面對鏡頭時，已經抵達一種相當「單純的表情」。
這是一個政治人物，很不容易的地方！這是一種生命的、很深刻的鍛鍊！

6.

人民是一個人一個人，一個靈魂一個靈魂！
他可能不是一個群體，不是你的部下，不是你能叫他去犧牲、去戰爭。
他不會為你生，不會為你死。他是一個靈魂！他若是路人，你也是路人！

7.

看我們喜歡的頻道！深刻它的理想和瑣碎！直到我們改變我們的世界！

8.

他有一種性別的力量！性別的力量，人類世界的徹底，世界的到底。
女人愛他，男人更愛他！

勢如破竹的民族！那種如佛、如神的宗教

1.

一個人，沒有理念，是丟臉的！
一個國家，沒有偶像，是孤寂的！
你沒有那種勢如破竹的民族！你沒有那種如佛、如神的宗教！

2.

那絕不是一群人喜歡他，那是每一個那裡的人都喜歡他！

3.

彷彿那是個危機，
但人生何必按著一定的地圖走，
何必要思考時代所思考，叫囂時勢所叫囂。
你何必要那樣陷入沈思。

4.

他即使是極小的地方，極偏僻的地方，都極度文學！

5.

你可以了解不好的人，容他一方。
但你不可以全力支持不好的人，
因為他一定不會容忍你！

6.

罵到最後，罵到絕對，罵到改變。
一個時代就是這樣，一個微小的人民的努力！

7.

不要讓自己變成那麼重要的角色，
你不是美麗的島，你不是歷史的勇敢，世界的朋友。
地球看不到你！
於是你就活下去了。島！
世界想要毀滅的，是你的偉大！

8.

這有什麼！就是要反權勢、反勢力！
反一切的不好！直到一個朋友都沒有！

9.

人民不會希望一直看你演相同的戲，
他們是大時代的敏銳、苛刻！大時代的觀眾！

10.

失敗，要有感覺，要「非常在意」，
絕不假裝，絕不騙人。

面對哲學是勇士！面對戰爭，你則必須是懦夫！

1.

這就是一個最聰明人的世界，沒辦法！
這就是一個最好看的人的世界！你真的沒辦法！

2.

五十歲，是你可以接觸政治的時候了！
哪怕你的「政治過去」像一張白紙！
你已站在人生的巔峰，社會的巔峰。
你可以瞭解它們，「影響」它們！盡情它！

3.

雲淡風輕的憩息，雲淡風輕的手，
表示一種對緊張的自然！
我一個手勢就解釋了一個局勢。

4.

那不是愛情，但那是一種與愛情的相似，讓你想粉身碎骨！

5.

如果你連別人想毀滅你，你都無法先毀滅他。

那就不必談「老老實實」的生存！！

6.

面對哲學是勇士！面對戰爭，你則必須是懦夫！你就漂洋過海。

第三章：童詩（約2002年）

誰最漂亮

從前有兩個洋娃娃
一個叫「愛漂亮」
一個叫「不愛漂亮」

有一天
她們遇到
一架照相機

照相機說
站好不要動
讓我看看
哪一個漂亮

這時候——
「愛漂亮」娃娃
趕快微微笑
「不愛漂亮」娃娃
討厭照相機這個人
便嘟起小嘴
做了一個
不漂亮的鬼臉

討厭鬼

鬼來了
好怕
暗暗的
好怕

媽媽都不怕
把我溫柔的圍起來
不准過來
鬼
走開走開
討厭
鬼

雲

媽媽臉上的粉
逃跑了
躺
在
天
空
當野小孩

每天

每天要刷牙
每天要洗澡
每天要睡覺
唉！
「每天」這個人真麻煩
小孩子不喜歡她

可是
他跟我媽媽
是好朋友呢

剪刀

剪刀是
不懂事的小弟弟
碰到東西就咬
看到東西就撕
鬧完了不會收拾
就不知所措的——

愣在筆筒裡

回去報告老師

回去報告老師
你推我
你罵我
你不掃地搬桌子
你偷看我的考卷
你沒有唱國歌
你撿到橡皮擦
沒有交給老師
還有……
你說我最愛打小報告

心地

看見別的小孩
被欺負
我放聲地
哭了

你幾歲

我的弟弟三歲
問他幾歲
卻比了四隻手指頭
咦！奇怪
這個小腦袋
原來弟弟的食指笨笨
還不懂得學彎曲
嘿！叫他拜我為師吧

我是哥哥我才是四歲
弟弟都是很可愛很慢長大的
他三歲

跳芭蕾舞

一隻昆蟲
名叫小蝴蝶
她的脾氣倔強
但心地善良

只有春天了解她
教她跳芭蕾舞
專心學習的小孩就不會變壞了

亂

有一個小孩會變魔術
他一走過去
世界就亂了

所有的人都忘了東西
所有的東西都失去位置
所有的動物都忘記吼叫

太陽忘記光芒
歲月遺忘流水
人類追求不可能

有一個小孩會變魔術
他一走過去
童話屋裡的東西
都亂了位置

可愛就好

媽媽說
可愛就好
天真無邪是我的面孔
連英文名字的音節
都為了可愛

可以在天空下呼喚
可以唱一首高亢的曲子
可以與同學遊戲
可以是獨生子
我叫做我
用鉛筆寫一萬遍
可愛就好
我喜歡——
我

打瞌睡

有一隻小蟲
在我的眼皮上
作裁縫
忽然聽見老師叫
「誰在打瞌睡？」
小蟲嚇得彈出眼皮
我就醒過來了

板擦

我們教室
有一塊板擦
每天在黑板上
追老師的右手

嘶——敬一個禮
偷吃一個字
嘶——敬一個禮
偷吃一排字
哇！老師都不知道嗎？
老師都不管嗎？
好吃鬼拍馬屁
丟丟臉

（今天回家媽媽問我
功課為什麼退步？
嗚！我不知道啦——）

都是臭板擦
每天追老師的右手
搶粉筆灰吃
人家還沒看到就擦掉

都是臭板擦
它是不是想當
這學期的模範生？

奶奶

沙發會唱催眠曲
奶奶一坐下就睡著了
電視都不好看
奶奶且慢打瞌睡
ㄑㄧㄤㄑㄧㄤㄑㄧㄤ
我演楊麗花歌仔戲
給您看
禮拜天也不休息的

奶奶說還是好寂寞呀
小孩都上學
爸媽又上班
奶奶別傷心
等我長大賺錢
也替您報名去上學
交很多小朋友
好不好

藍色

有個調皮搗蛋的小孩
名字叫做「藍色」
他跳到爸爸的
藍西裝上睡覺；
他躲在藍原子筆裡
探頭探腦；
其實他有個大志願
就是要做一位——
為天空染色的大畫家

碰翻的墨水

墨水是
小黑人的眼淚
受委屈卻不敢說
嘩啦啦全流出來
擦了好久好久
還是
一臉黑

生病

病菌
在我的喉嚨
踢毽子
在我的鼻孔裡
玩水槍
太可惡了
我要鍛鍊身體
把它們全趕出去

橡皮擦

有一個
勤快的清道夫
將我的錯字一把抹去
將哥哥的紅分數
刷得面目全非
好厲害我問他
可不可以也把
姐姐失戀的日記
輕輕拭去
他點點頭答應我

書籤

有個小孩習慣壞
喜歡躺著看書
把書當棉被
偶爾也把腳露出來
悠閒地晃一晃

大字典

我最好吃
我最偏食
肚子裡裝一大堆食物
但只愛吃文字和注音

停電

天空的眼睛丟掉了
心裡的小鹿
到處跑
到處找
到處躲
哭成一團
閃電風神及時把眼睛送還
天空笑開嘴
說能看到人間
真好

午睡時間

老師坐在講台上，
糾察隊小朋友在
窗外巡來巡去，
他們都好像在說：
「快睡覺快睡覺！」
可是……可是……
外面操場好寬闊
我睡不著，
只想去打球啦！

尺

我有一把尺
要測量天有多高
要測量水有多深
要量一量
你是
好人還是壞人？

夏天的花園

有一盒水彩
在花園裡
跌倒了

所有的顏色
都渲染跑出來
在花朵上
很自由的
曬日光浴
當夏天的主人

宇宙海

一個蘋果掉下來
滾進我的科學夢
一個兒童生出來
走進了人類的宇宙海
一位老人走過去
搖擺著滿腹的大智慧

孤獨

我是獨生子，
我喜歡朋友，
他們就是我的
「兄弟姊妹」。

我向媽媽說：
我要出去尋找
我的朋友，
我要去流浪。
媽媽不答應，
抱抱我，
拿了一本日記本
給我，說：
這就是你的好朋友。

故鄉

家　躲在商店的招牌後面
直上樓梯
就是我的十二歲了

羅東　羅東
夢裡站立呼喚的地點
是誰行走中正街
眼睛巡視百貨店及水果攤
去買一束淡淡的菊花
送給遠走的阿公阿媽

我是獨生子，
沒有兄弟姊妹，
「孤獨」跟我玩，
教導我許多的智慧。

無情的歲月
一掌打醒
迷想家園的子孫
長大吧　孩子

為了成長
我們付出了極大的代價
不斷離開家　不斷回家
就是那個地點
就是那個地點呢

為了成長
我們付出了極大的代價
不斷離開家　不斷回家

第四章：附錄

真摯是美感，從容沒有姿態

評「當代之人」張紫蘭

◎文：月飛來

我發現，我喜愛的作家幾乎都是天才型的。我覺得我自已也寫得出來的，我就不看了。我會看，因為他是獨特的，只此一家，別無分號的。因為靈魂凝鍊前世今生的精華，發之於筆端，帶有真性情。他吟詠個人的生命歷程，決不造作，絕不重複，絕不為寫而寫，正如人不為活而活，不為了藝術而藝術，他保持孤獨，自我，往一個人的通天大道行去。所謂作品，就是生命造化的神跡，留下的只是一點點雪泥鴻爪而已。他的生命深沉，生活具有厚度，視野具備超凡的高度，或是俯瞰，或是平遠遙望，視角是「人性的與太人性的」。他的作品可以震撼人心，對人類的心靈吶喊著，呼喚著，撫慰著。這些雋永的文字，傳與不傳已不重要，重要的是曾經來過，曾經寫過，曾經愛過，曾經把握過有限的人生，寫下真誠的心靈之歌。生命給你的是曾經，每一個曾經加起來等於永恆。這才是書寫，畫生命於創世天體的洪荒，開未有的聖殿！

紫蘭，還有眾多文友們，我們一起努力。這個時代，或許是我們寫出來，創造出來的。我們是未來人的盤古與女媧！我們是他們的神話，我們就是他們的神！

這篇是紫蘭給我的感動！

以下是我評論紫蘭的「當代之人」。上邊那一大段是我今天再讀後的感動。

閱讀是生命流動的方式。我大半人生都在閱讀，別人的生命也就印入我生命的長河中。曾經費力閱讀我所不懂的書籍。苦澀的追尋，浪漫的求索，翻看小說或歷史，品味詩歌或美文。如今已近知天命之年，我開始寫我的。彷彿春蠶吐絲，那是再自然也不過的了。

我閱讀了〈當代之人〉，彷彿讀到了靈魂，一本很不一樣的書。真摯是我的第一個感覺。因為真摯而沒有任何染色，張紫蘭女士如實地書寫了她自己，宛若吐絲般地，她用生命織成綾羅綢緞，錦繡華服。顏色樸素，但是輕盈而有光澤。

為什麼我這麼感覺？或許是因為，這時我自己也開始抽絲剝繭，知道春蠶吐絲的心情。寫作是生命的凝煉，我看見她的足跡，我宛若發現了同伴，同於黑夜的荒漠中，鑽探地下的深泉。

每一個字都得來不易，如果你閱讀紫蘭的作品。但是你要細細讀。然後，你會發現她的不同。作者背後依傍著生命的哲學，很有西方傳統的深度。她缺少刻意為之的鑿痕，通篇是直指人心的寫作。我喜歡她的珠璣，每個短句都有真理。那些句子被洗煉過，又組合為散文或小說。

好的作品必須有其獨特性，那是作家的性格。〈當代之人〉書寫的只有一個人，那就是作者自己，她一生的至愛就在其中，沒有虛偽矯飾，自然現出她的與眾不同，她的美來自文學與哲學的恩賜，從容而沒有姿態。

我與紫蘭相逢於部落格，近年來閱讀了她的每一篇文章。她創辦〈從容文學〉，謙虛自持，揖讓他人，她提攜如我這種不知名的作者，看見我內心的真切想望，並給了與其他人一樣的舞台。這一方文學的靈山淨土，來自生命的映照。每一個寫作者都會在別人的世界裡發現自己，那足跡宛若神的降臨，走過的才知道。

紫蘭的創作走過了孤獨，邁向從容。我為之慶賀。任何好作品都得忍受住時代性的孤獨，克服內心的噴湧或是流淌，回歸自己的真心。時間會醞釀獨特的滋味，但是必須堅持表述獨特，或是從容，或是孤絕，或是覺悟後的美好芬芳。

我孤寂了好一陣子，心情其實過中年，不再為激情驅使，追尋不屬於自己的物外之境。紫蘭書寫的故事中，當代之人儼然如是，我看見自己佇立其中，就好像她站立在你面前。沒有宗教軀殼的求道者，謙卑地書寫著生命的偈語，散文寫的像詩一樣，精確你的實情。她說的美神，或許是真實的自己，不用俗眼，撥開雲霧，那神就在燈火闌珊處，天真無邪，似神似人。

我沒有引用她的隻言片語，我是拿自己的生命與之呼應。人與人之間就是微妙之間的心心相印而已，互相點頭，就是道理。因為真摯，她看見了我。因為從容，我們毫無姿態地書寫，繼續吐絲化繭。因為這是十分美好的時代，雖然世道很亂，我們還有從容的文學。

五本散文試評

不好意思，自吹自擂。敬請包容。以下是我兒子林函一，試談我的五本散文。孩子的話，當作給他鼓勵鼓勵：

張紫蘭散文作品摘要

◎文：林函一

故事的本質，可以大略分為兩大種類。

由『面』下手，是一筆一劃地建立起小小的舞台劇，一個個相同又相異的小人們點綴於背景的澎濤洶湧，或是風平浪靜。他們既是故事中的主角，也同樣僅是大時代社會底下的一個個手舞足道的演員們。

由『點』下筆，是由一舉一動地刻劃出人類的基本姿態，再藉由人們的各式各樣的行為，由小到大地拉出他們所在的『面』，他們的背景，以及他們所在的社會，讓讀者更能夠心領神會地將重心投入於時代之中，沒入作者筆下的角色之喜怒哀樂當中。

張紫蘭小姐的作品固然是從『點』起手，但是她選擇更為刁鑽的方式去下筆，以『點』為絕對中心；用著最為簡單的線條勾出背景的輪廓之後，全心全力地投入去雕刻她所有表達的『人』。這並非什麼出奇的作法，但卻相對是一條艱難的修羅之道。讀者們無法滿足於簡單線條的背景，他們的眼球只會注重於人身上，也只能被人物的任何線條給束縛住。

更何況，作者本人本就沒有想讓讀者進入這個角色。

她只是想把自己所感受的，內心中的話，用著最為真誠的筆調，寫出來。

這是一本本第一人稱的故事，從第一本『永遠』走到最後一本『語言時代』都是如此。

文章連綿不斷，走了五本書依舊看不到盡頭，因為作者她的人生依舊還沒有停下，我們甚至無法預知未來的走向通往何處。

故事需要一個結局，不論大好的喜劇還是大壞的悲劇。

但人生無法看到結局。

這是一個普通人的自白書，普通地經歷，普通的人生。

以及普通的拾起文學。

以及普通地，被文學給救贖。

推薦人意見

◎文：林函一

我讚賞張紫蘭小姐，一個勇於表達自我之人。

人的雙眼，是無法看到自己。

他們總需要一些外來的媒介，藉由他人的雙眼，口語，甚至是最為忠實地投影出人影的鏡子，去描述出一個新的自己。

然而，哪怕人們用著鏡子這個最為客觀的媒介，去描寫出自身的輪廓之時，他們總是無意或有意的一筆一劃地將人的形狀撫平，將身上污痕抹去，最終呈現在世人眼中的作品如同藝術，如同完人。

卻沒有想過那些缺陷才是讓人像人，畫龍點睛的那一點，讓角色飛躍於紙上。

就如蘇軾所曰：月有陰晴圓缺。但如果月亮在天上永遠都是完美正圓形狀，那月亮就不再是月亮了。

這是生物與生俱來掩蓋自己缺陷的本能。

而張紫蘭她卻逆流而上。

用著自身最為辛辣的筆調，將自身的喜怒哀樂無一不缺傾訴給讀者。

動機可以是可笑的，相遇可以是無聊的，而衝突也可以是荒謬的。

但是掩蓋是非必要的。

她將她的普通的人生，她與文學相遇，以及她與現實的衝突，每一個片段都散落到她一本又一本的書籍當中，從『永遠』到『語言時代』，抬頭挺胸的坦白著自我。

在此，為張紫蘭小姐的勇敢獻上敬意。

出版的書

2000年　一個位置（短篇小說集）
2002年　月亮真是太外向了（童詩）
2006年　永遠（散文集）
2012年　妳的準確妳的實情（散文集）
2016年　當代之人（散文集）
2018年　普通人（散文集）
2021年　語言時代（散文集）
2023年　文學談論（抒情）（散文集）
2024年　張紫蘭文學選（微型的半個世紀）

得獎紀錄

1976年　蘭陽女中全校小說（第二名）
1977年　蘭陽女中全校小說（第一名）

1980年　淡江大學五虎崗文學獎（小說第二名）
1981年　全國大專院校復興文藝營（小說第三名）
1988年　中國時報文學獎（散文佳作）
2003年　宜蘭文藝作家協會徵文（第三名）

作品發表

2023-06～2023-12　中華日報副刊
2015-06～2024-01　從容文學雜誌
2007-01～2009-08　世界日報副刊
約 2006　民眾日報副刊
1989-11～2004-06　自立晚報本土副刊
1988-10～1996-06　中國時報人間副刊
1980-09～1983-07　中外文學

張紫蘭文學選（微型的半個世紀）

1979—2024（短篇小說、散文、童詩）

作　　者／張紫蘭
發 行 人／林志崧
封面繪圖／李永平
美術編輯／仲倍瑩
校　　對／張紫蘭
發　　行／戴瑞瑛
出 版 者／從容國際文化事業有限公司
地　　址／台北市民生東路五段85號2樓
電　　話／(02) 2761-5089
傳　　真／(02) 2761-5095
印　　刷／科樂印刷事業股份有限公司
2024年05月 初版
定　　價／新台幣500元整
郵政劃撥／19985011
ISBN　978-986-96393-9-2

國家圖書館出版品預行編目(CIP)資料

張紫蘭文學選（微型的半個世紀）
1979—2024（短篇小說、散文、童詩）
／張紫蘭作 --
臺北市：從容國際文化事業有限公司, 2024.05
504面；23×17公分 --（從容文學；09）
ISBN 978-986-96393-9-2（平裝）

863.4　　　113006352